中山七里

Shichiri Nakayama

# 作家刑事毒島の暴言

The abusive language of "BUSUJIMA", the Writer Detective

幻冬舎

# 作家刑事毒島の暴言

装画
帽子
Twitter@boushi_1

装幀
長崎 綾
(next door design)

目次

# 一

## 予選を突破できません

1

美少女が登場したのである。

ヒザまで伸びたサラサラの美しい髪。

見る者全員をトリコにするエメラルドの瞳。

上から目線で、その場にいる全員を見下す。

「私が誰なのか、知っての不作法なのかしら⁉」

「誰だ⁈お前は⁇」

「自分で名乗るなんてとっても情けないことね。私はもっともっともっと有名だと思っていたのに」

美少女は形の良いアゴを上げて、上から目線で言うのであった。

「現在生存しているただ一人の名探偵、十六夜《いざよい》愛羅《あいら》‼」

その瞬間、その場にいたその者たちはいっせいにその場にひれふしたのである。

「貴女があの‼伝説の‼美少女名探偵⁈」


これは駄目だ。

ほんの数枚目を通しただけで、多門《たもん》紀平《のりひら》は原稿から顔を上げた。

たった一枚の中に「上から目線」という言葉が重なり、目障りなくらいに指示代名詞が頻出する。疑問符や感嘆符の多用はまるでマンガ原作だ。書いた本人はミステリー系の新人賞に応募するつもりで執筆しているが、下読みは冒頭だけ読んで原稿を投げ捨てるかもしれない。いや、ミステリーという前提なら冒頭部分の稚拙さはトリックの伏線である可能性があるので、最終頁まで読まなければならない。多門はこの原稿を読む羽目になる下読みが気の毒になる。

だが一番問題なのはキャラクターだ。類型的とかリアリティ云々ではなく、十六夜愛羅というのは人気アニメの主人公なのだ。

他作品のキャラクターを登場させた時点で、それはオリジナルではなく二次創作になってしまう。多門も再三にわたって警告しているのだが、当の本人はまるで聞く耳を持たない。

書いたのは受講生のジョーカー西野《にしの》。ストーリーの構成には見るものがあるものの、毎回十六夜愛羅を登場させるのでまともな小説にならない。

「でも先生。十六夜愛羅は本来、俺が生み出すはずのキャラクターだったんです。ほんの少し俺の本が世に出るのが遅れただけで」

西野の十六夜愛羅に対する偏愛は相当なもので、多門の手に負えない。本人は「作品に対する強い拘り《こだわ》」と称しているが、要するにただの馬鹿だ。またぞろ同じ注意をしなければならないのかと、多門は嘆息する。

二本目は木原葉根《きはらはね》の『サラマンダーの花嫁』。本人のコメントによれば中世を舞台にした恋愛ものらしい。


「何という下品な女なのだろう、あのシャルロッテという飯炊き女は」とサーベラは言った。

侍女のサーベラの悪口は、わたしは心の中で何度も公定する。いくら親が金持ちでも、持って生まれた品はごまかせないものだ。

それでもわたしはつつしみぶかく、

「そんなことをいうものではありません、サーベラ。外見で人を判断するのも厳禁です。人を呪わば穴二つということわざを知らないわけはないでしょう」と言った。

「それでも、あんな女がエドワードさまの寵愛を受けているのを想像すると、わたし……」

「黙りなさい！」と、わたしは言った。

「……」

自分でもきつい口調で言ってしまったので、わたしも気まずくなってしまった。

「……」

「……」

これも、なかなかにキツいな。

多門は人差し指をこめかみに当てる。「公定」は「肯定」の変換ミスだろうが、それ以前に文章が致命的だ。中学生並みの語彙力に加えて推進力がない。言い回しがおかしいので、ページを繰る手が度々止まってしまう。

木原が得意とするのはキャラクター造形だが、逆に言えばそれだけだ。キャラクターを動かす文章が稚拙なので、ストーリーに信憑性が感じられない。突飛なキャラクターや予想外のストーリー展開は文章力に支えられて初めて効果を発揮する。彼女の文章ではとても持ち堪えられない。

第一章を読みきったところで偏頭痛を覚えた。続きは後回しにして、三本目の作品に手をつける。まずタイトルを見て眉を顰《ひそ》めた。

『転生したら悪役令嬢の継母でした。最上級クラスの勇者にＮＴＲれ、王国転覆の参謀本部を立ち上げます』

作者は講座に入って四年目の守屋《もりや》行路《こうろ》。ライトノベルの新人賞を主に狙っており、今回の作品もジャンルに沿った内容らしい。


「はあっ……！　はあっ……！　いったいここはどこだ⁈」

意識を取り戻して目覚めた場所は、正方形の石畳が敷き詰められた道路で、アスファルトとは全然違うのだ。

路地裏らしく建物と建物の間が一メートルもない道に俺は大の字になって寝ていた。

「本当にどこなんだ⁇　だれが答えてくれよ」

周囲を見渡すと王都の片隅らしい。トラックに轢《ひ》かれたと思っていたのだが、あれはひょっとして夢だったのかもしれない。

「とにかく学校に急がなきゃ」

俺が路地裏から出ると奇怪な光景が広がっていた。鎧《よろい》姿の騎士が二人、往来で剣を交えているのだ。

「地獄のバーサーカーと恐れられた最強騎士わたしに一対一で挑もうというのか。なかなか見どころがあるな」

「問答無用‼」

山ほどもある大男がチビに襲い掛かる。大人と子供以上に体格差は歴然としている。

カンカンカンカンカン！

大男の斬撃をチビは巧みに払い退ける。

「どうした？　まさかそれで全力なんて言うんじゃないだろうな」

カンカンカンカンカン！


参ったな。

我知らず多門は頭を抱えた。正直、自分で書いたことがないのでライトノベルの作法を熟知している訳ではない。記号や擬音が横溢《おういつ》するのが果たして正しいのかどうかも分からない。

だが絶対に過ちと分かることがある。タイトル及びジャンルの選択だ。最近のライトノベルにおいて異世界転生ものが主流になっているのは多門も知っている。聞くところによると、新しい書き手たちも異世界転生ものでなければ企画が通りにくいという。だが、新人賞の応募に今の流行《はや》りものをぶつけるのは、戦略として間違っている。新人賞とは言わば新製品の品評会だ。手垢に塗《まみ》れたストーリーと他作品の劣化コピー版キャラクターで臨むなど悪手でしかない。

守屋には口が酸っぱくなるほど忠告したが、本人は異世界転生ものしか書かないと明言している。見方によれば潔いとも言えるが、要はバリエーションを増やせないだけの話だ。

多門は三人の原稿を積み上げて再び嘆息する。小説を執筆する際には覚えなかった気疲れが、両肩に伸し掛かっている。

多門が小説講座を開講したのは十年以上前に遡《さかのぼ》る。時代小説を主軸に書いていたものの文学賞にもヒットにも恵まれず、単行本での刊行は遠のき、文庫書き下ろしも鳴かず飛ばずで初版部数の右肩下がりが続いた。執筆依頼もなくなり窮余の策で開いた小説講座だったが、いつの世にも作家に憧れる層は一定数存在し、ひと月の受講料収入が印税を上回ったので講師業に軸足を移した次第だ。今では新刊を出してくれる版元もなくなり、書店に自著を見かけることもめっきり少なくなったが、それでも受講生の前では現役作家として振る舞える。

だがカネ儲けには苦労がつきもので、小説書きの時にはアイデアの枯渇に悩まされ、講師になってからは受講生に悩まされた。

元より講座の門を叩くのは小説の書き方を知らない素人《しろうと》なので、文章も構成もキャラクター造形も稚拙だ。多門の指導を受けて次第に文章力や構成力を身につけていく。ところが中にはどれだけ指導しても、何年続けても全く上達しない者も存在する。上達しないままなので、何度新人賞に応募しても一次予選さえ通過しない。

それが件《くだん》の三人だった。

多門自身が痛感しているが、まともな小説を書くには相応の才能が必要だ。だが三人にはその才能の欠片《かけら》すら見出せない。死ぬほど書き続ければ一次や二次は突破できるかもしれないが、最終選考に残り受賞に至るのはまず不可能だろう。

数年も続けて目が出ないのであれば、そっと肩を叩いて退場を促してやるのが親切というものだ。だが絶望的に才能のない人間ほど執着心が強い。己の能力を根拠なく過大評価し、プロデビューを信じて疑わないので決して講座を退会しない。かくして多門は毎回、眩暈《めまい》がするような原稿を読まされる羽目になる。これは多門の持論だが、音痴や運痴以外にも「文痴」というものが存在するのではないか。つまり大脳の先天的な機能不全のために文章の巧拙が自覚できないと考えなければ、彼らの文章のひどさが理解できないのだ。

一方、講師である多門の側にも彼らに退会を勧められない事情がある。新作を書けない、書いても売れない現状では、多門の収入源は講師料だけだ。ならば本人たちが在籍を続けたいと希望しているものを無理に追い出す必要はない。講座と言っても所詮は商売であり、顧客である受講生のニーズに応えるのが第一義だ。

今まで何度も繰り返してきた葛藤だが、いつも最終的には現状維持という結論に収まる。現状維持。向上心のなさを糊塗するのに、これほど都合のいい言葉はない。

多門は気を取り直して次の作品に移る。先々月に入会したばかりの武邑譲《たけむらじょう》の応募作だ。本人の弁では生まれて初めての長編で、しかもミステリーの挑戦も初という。

お手並み拝見とばかりページを開いた多門は、ほどなくして粗探しを忘れて物語世界に没頭し始めた。初めての長編ということもあり地の文の生硬さは仕方ないとしても、台詞《せりふ》の躍動感やキャラクターの立て方が絶品だ。何より冒頭に提示された謎が、いささかの失速もせずにストーリーを引っ張っていく構成が素晴らしい。ミステリー初挑戦というのが本当なら、この武邑という受講生は十年に一人の逸材かもしれない。

多門は時間が経つのも忘れて原稿に読み耽った。

*

その日、ジョーカー西野は指定されたカルチャーセンターの一室に足を運んでいた。講師の多門から直接講評をもらえるとあって、ここに来るまでもはちきれんばかりの期待でなかなか落ち着かなかった。

ジョーカー西野、本名西野佳祐《けいすけ》が小説の新人賞に応募し始めたのは五年前だった。高校卒業後に就職したものの職場環境に耐えきれなくなり退職、その後は契約社員として色んな職場を渡り歩いている。

作家になろうと一念発起したのは当時の勤め先から契約切りに遭った直後だった。暇つぶしに立ち寄った書店で、平台の新刊に懐かしい顔を見た。人気を博したアニメ『美少女《びしょうじょ》船隊《せんたい》』の主人公、十六夜愛羅。西野が愛してやまないヒロインだった。どうやらアニメのノベライズらしいが、帯に謳った宣伝文句で目が点になった。

『続々重版　シリーズ累計250万部突破！』

西野は取り上げた文庫本を慌てて裏返してみる。定価は六百八十円。つまりこのシリーズは680円×250万部＝17億円を叩き出したということなのか。

十七億円という途方もない金額に目が眩《くら》む。実際には出版社や書店の取り分があるだろうから十七億円全てが著者の懐に入る訳ではないのだろうが、それでも十七億円が分母となるならいずれにしても億単位の収入になる。

億単位の収入があれば人生は一変する。時間に束縛されることも、いちいち飲み食いの代金を気にすることもなくなる。もちろん勤め先の上司の顔色も窺わずに済む。

いや、それより何より十六夜愛羅だ。彼女を主人公とした小説がこれほど売れているとは。

気がつけば文庫本を手にレジに急いでいた。家に帰ると早速ページを開いた。特に本好きではなかったが、すらすら読み進めることができた。

ひと晩かけて読了した感想は、意外にも「可もなく不可もなし」だった。改行と台詞が多く、漢字の少ない文章は自分にも書けそうだった。

ただヒロイン十六夜愛羅の描写は堪能できた。アニメを鑑賞していてイメージが確立されていたせいもあるが、自分の推していたキャラクターが小説世界を縦横無尽に駆け巡るさまは痛快としか言いようがなかった。もちろん不満もある。自分だったら悪人を懲らしめる場面で、もっと華麗なアクションを取り入れる。その方が最終章でのカタルシスが倍化するはずだ。だが、こんなリクエストをしたところで作者が応じてくれるはずもない。

その時、天啓を得た。

だったら俺自身が書けばいいじゃないか。自分で書けば十六夜愛羅を好きに動かせる。彼女の魅力を一番理解しているのは自分だから、こんな作者よりよっぽど上手く描けるはずだ。それに莫大な印税が懐に入る。いいことずくめじゃないか。

勢い込んで小説を書き始めたのはよかったが、十枚書いたところで音を上げた。読むと書くとでは大違いだと悔やんだが、十六夜愛羅と印税のために書き進めた。四百字詰め原稿用紙で二百枚を書き上げた時には疲労困憊《こんぱい》の極みだったが、かつてない充足感に満たされていた。

これでプロデビューだと鼻息を荒くして某新人賞に応募したが結果は一次予選で敗退、

ならばとネットの投稿サイトに晒《さら》してみたものの、何と獲得したＰＶ（ページビュー）数は三桁にも満たなかった。

そもそも初心者が全くの独学で小説を書くことに無理がある。検索をかけて一番受講料が安価だったのが〈多門紀平小説講座〉だ。

多門は怒鳴ることもせず、講評も的を射ているように思える。彼に師事すればプロデビューも遠くあるまい。西野はそう信じてこの四年間書き続けてきた。最近は自分でも上達したのが実感できる。特に今回の作品は過去最高の出来で、どんな新人賞に応募しても最終選考に残る自信がある。教室を見渡せば同期の木原や守屋の顔も見える。

二人とも悪いな。俺がイチ抜けだ。

「ああ、皆さん。おはようございます」

ドアを開けて多門が教室に入ってきた。それまで弛緩気味だった空気がわずかに張り詰める。

最初の十五分ほどは多門による、最近の各新人賞の傾向と受賞作関連の雑談だ。どの選考委員が何を主眼にして受賞作を選んでいるのか、多門の想像を交えて解説してくれる。西野も全ての新人賞に目を配っているわけではないので、こういう雑談は大いに役立つ。

雑談が終わると、いよいよ作品の講評に移る。多門の指摘はやはり的確で、指摘された受講生は二の句が継げずにいる。

三番目にようやく西野の番になった。

「ジョーカー西野くんの『プライベート愛羅』。これ、どこかの新人賞に出すのかな」

「〈双龍社新人賞《そうりゅうしゃ》〉に応募する予定です」

西野は高らかに宣言する。〈双龍社新人賞〉は四十回を超える由緒正しきミステリー系の新人賞で、受賞者の多くは今も尚文壇の最前線で活躍している。知名度では芥川賞・直木賞に並んでいるのではないか。

その栄えある賞を授かるに相応《ふさわ》しい出来だ。そう称賛されるとばかり確信していた西野は、次の多門の言葉で凍りついた。

「これもさ、一次で落とされるよ。間違いなく」

聞き間違いではない。西野は即座に異を唱えた。

「でも先生。それは自分史上最高の出来で」

「自分史上って言ったって、今まで一度も一次予選を突破したことないんでしょ。もっと上のレベルを想定しないと駄目だよ。〈双龍社新人賞〉は落ち目になったプロも参戦してくるんだからさ。これさ、扱っているミステリーのネタが小さ過ぎるんだよ。いくら応募要項に広義のミステリーと記載されていても、そのミステリー部分に魅力がないと予選突破は困難だよ」

「確かにミステリーのネタは小粒かもしれませんけど、ヒロインのキャラクターの魅力が、それを補っていればいいと思いますけど」

「あのね、西野くん。もう何度も注意しているけど、他の作品のキャラクターをどれだけ魅力的に描写したところで同人誌にしかならないんだったら。最もオリジナリティが要求されるところを余所《よそ》から借りてきたら駄目だよ。そういうのは人の褌《ふんどし》で相撲を取ると言うんだ。あなたが十六夜愛羅を好きなのは充分分かるけど、ミステリーの読者が十六夜愛羅のファンとは限らない。むしろ被る部分はとんでもなく小さいよ。今後も作品に十六夜愛羅を登場させる限り、いつまで経っても万年一次落ちだよ」

＊

自作をこき下ろされて悄然としている西野を見て、木原葉根は大いに溜飲を下げた。前々から西野の作品には拭い難い瑕疵《かし》があると感じていた。そもそもキャラクターありきの作品などお子様の読み物ではないか。その点、自分の作品はモノが違う。どの物語にも確固とした軸があり、主張がある。わたしの作品を読んで胸を揺さぶられない女性はいないはずだ。

木原は映像ソフトの会社に勤めて、もう五年になる。専門学校を出てクリエイターを目指したが、日々雑用仕事に追われて最近はモニター一つ覗かせてもらえない。

『現場は力仕事が多くて、女には負担が大きいんだよ』

『いくら努力したって、結局は才能がモノを言う世界だからさ』

同僚や上司たちなりに気遣ってくれるようだが、木原自身は誤魔化しだと思っている。

映像の世界は今も昔も男社会で、木原のような才能があっても男たちがよってたかって封殺しようとしているのだ。

映像作品は監督をはじめとした集団の作業によって生み出される。自分一人がどれほど重要なメッセージを発信しようとしても、会社の方針や予算の都合でどんどん主旨を歪曲《わいきょく》されてしまう。

そこで木原は作家デビューに舵を切った。小説家としてプロデビューすれば、誰も自分を蔑《ないがし》ろにしない。木原の抱くテーマに賛同して作品を応援してくれる。

ネットで作家養成の専門学校を検索してみたが、存外に数が少なく、それよりは小説講座の広告が目立った。〈多門紀平小説講座〉を選んだのは、教室が自宅の近くだったからだ。

以来、小説書きに邁進《まいしん》してきた。自慢する訳ではないが着実に筆力は向上している。キャラクターに血肉を与え、作者の主張を具現化するのは成功しているはずだ。書店の平台に積まれていれば皆が争うように買い求めてくれる自信がある。

問題は作家の登竜門である新人賞にまるで引っ掛からないことだ。いくら自信たっぷりで書き上げた傑作も、一次予選の厚い壁に阻まれて先に進めないでいる。もちろん理由は明白で、下読み担当の男どもが木原のような才能に嫉妬して辛い点数をつけているか、さもなくば握り潰しているに違いない。わたしのように才気溢れる女性が四年も努力してデビューできないはずがないではないか。

「じゃあ、次は木原葉根さんの『サラマンダーの花嫁』」

きた。

「中世を舞台にしたファンタジー、だよね。これ」

「はい。男尊女卑に凝り固まった世界が、ヒロインの恋愛を通してアップデートしていく様子を書きました。〈R－20文学賞〉に応募する予定です」

〈R－20文学賞〉は老舗《しにせ》の文芸出版社が女流作家専門の新人賞として創設した。受賞者の中にはリベラルの旗手として活躍している作家もいる。木原葉根のデビューするレーベルとして、これ以上相応しい新人賞はあるまい。

だが多門の言葉が木原の妄想を木端微塵《こっぱみじん》に粉砕した。

「全然、駄目」

あまりにあっさりと言われたので、すぐに反応できなかった。

「あなたが小説の中でやりたいことは分かるけど、如何《いかん》せん圧倒的に語彙力が不足している」

何だ、そんなことか。

「でも先生。難解な文章よりは読みやすい文章だって、いつも先生が」

「語彙が少なければ読みやすいんじゃないの。熟語が多くても読みやすい文章はあるし、逆に語彙が少ないにも拘《かか》わらず読みにくい文章もある。木原さんのは典型的な後者。これね、理由は歴然としているんだ。木原さん、この小説を執筆している最中、何か別の本を読みましたか」

「執筆している時は他人の作風や文章に影響されるのを避けて、何も読んでません」

「木原さん、執筆していない時もあまりプロの小説を読んでないよね。インプットが不足しているんだってば。元々の文学的な資産がないから大したアウトプットもできない。語彙力というのは難解な熟語をこれ見よがしに多用することじゃなくて、いかに多くの言い回しを効果的に使用するかなんだよ。そのためにはプロの小説をもっと読まないと」

「でも既存の作品はジェンダー観をアップデートしたものが少なくて、あまり参考にならないんです」

多門は眉を八の字にして言葉を続ける。

「本を買う人はさ、何も木原さんの主張を読みたい訳じゃなく、ストーリーを楽しみたいんだよ」

「でも」

「それから作品の中にフェミニズムとかミソジニーとかの記述が目立つのも駄目。フェミニズムって十九世紀から盛んになった運動でしょ。それがどうして中世を舞台にした小説に出てくるのよ。フェミニズムを扱うのはいいけれど、それならそれでもっと時代考証に気を配らないと、異世界ものと誤解されちゃうよ」

「わたしの小説は面白おかしいだけの話じゃなくて」

「わざわざ深刻ぶりたくて小説を買うような読者なんていないよ。自分の小説で主張する前に、まず手に取ってもらうことを考えなきゃ」
多門はこれ以上話しても無駄と言わんばかりに机を叩いた。

*

木原が撃沈するのを二つ後ろの席で眺めていた守屋は、内心でほくそ笑む。常々、木原の作品に対して抱いていた違和感を、多門が見事に言語化してくれたからだ。

小説に求められるのは一にも二にも娯楽性だ。小難しい討論や文学論を闘わせたければオンラインサロンを開設すればいい。テーマもなくて構わない。読んでいる最中に現実の憂さを忘れられたら、それで充分ではないか。

守屋の作品は徹頭徹尾分かりやすさを追求している。一読すれば脳内にアニメーションが展開するような文体を目指している。そう、アニメだ。守屋の小説は最終的にアニメ化を目標としている。逆に言えばアニメ化・実写化されないような小説はクソだと思っている。ライトノベルやなろう小説の現状を俯瞰すれば分かる。映像化されていない原作はどれもこれも売れていない。

小説など映像作品の原作に過ぎない。文学的価値など所詮作者の見栄でしかなく、要はどれだけ読者の歓心を得るかだ。そもそも守屋自身、ライトノベルとなろう小説以外は読んだことがない。地の文が五行も続けば鬱陶しくなるし、比喩表現を目にすると頁を繰る手が止まる。早く次の展開に移れと、物語に向かって罵声を浴びせたくなる。

「では次。守屋行路くんの『転生したら悪役令嬢の継母でした。最上級クラスの勇者にNTRれ、王国転覆の参謀本部を立ち上げます』」

タイトルを告げる多門は何故か悩ましげな表情を見せる。

「これ、どこに応募する予定なの」

「〈雷撃大賞《らいげき》〉です」

「えー、正直言って俺はライトノベルやなろう小説はあまり詳しくないので、独自のテーマや文体をどうこう指摘する資格はない」

不明や未熟を正々堂々と表明できるのは、それだけで尊敬できる。守屋は多門を見直した。

ただし多門への好印象はそこまでだった。

「テーマや文体がジャンル的に正しいかそうでないかは分からない。でも、賞の主催者側や選考委員の思惑は予想できる。確か〈雷撃大賞〉って毎回三千作から四千作の投稿があるって話だよね」

「ええ、最盛期には六千作ありました。最近はなろう小説にずいぶん流れちゃったんですが」

「四千作もあれば、そのうちの九割はウンコだよ。他の新人賞でも同じことが言えるけど、投稿作の九割は数ページ読むのが苦痛なくらいの代物だ。守屋くんには悪いけど、この作品もそうしたウンコの一つ」

　思わず腰を浮かしかけた。

「ウンコなんて。他に言い方がないのかよ」

「いーや、ウンコだ。理由は今から言う。タイトルに『転生』、『悪役令嬢』、『勇者』とかのキラーワードが入っているのは意図的だよね」

「そうですよ。今日び異世界転生や悪役令嬢がデフォなんですから。タイトルで分からせないと見向きもしてくれませんよ」

「でも異世界転生も悪役令嬢も、なろうサイトではタダで読めるんだろ」

「当たり前じゃないですか。あんなもの素人が好き勝手に投稿しているだけなんだから」

「タイトルを見ただけでは守屋くんの作品も『素人が好き勝手に投稿した』作品も同じにしか見えない。ネットを開けばタダで読めるものを、誰がわざわざカネを出して買うもんかね」

　守屋は返す言葉もない。確かに多門の言う通りだった。

「当然、〈雷撃大賞〉主催者も下読みも、そんなものは選ばない。いつも言ってるけど、主催者が欲しがっているのは新製品なんだから。中古品の、そのまた劣化コピーなんて読むだけ人と時間の無駄遣いだよ。〈雷撃大賞〉に応募するなら流行りものに一切目をくれないオリジナリティで挑むか、いっそ応募先の変更を考えた方がいい」

　頭は羞恥《しゅうち》で沸騰しているが、多門の指摘が的外れでないのは思考の隅で理解している。

反論すればするだけ恥の上塗りになるのも承知している。守屋は俯いて口を噤《つぐ》むしかなかった。

「さて、本日分の講評はこれにて終了。〈双龍社新人賞〉は今月末が締切なので、応募する予定の人は急ぐように。ああ、それとこれは皆さんに伝えておくべきだな」

多門の口調が俄《にわか》に晴々としたものに変わる。

「残念ながら今日は休んでこの場にはいないけど、先々月に入会した武邑譲くんが長編ミステリーに挑戦したんだ。これがまた出色の出来で驚いた。とても初めて書いた作品とは思えなかった。文章に多少生硬さはあるが、キャラクタライゼーションもストーリーもトリックも申し分なかった。タイトルがまたいい。『人喰い太郎の履歴書』。いやあ、いるんだよ、こういう逸材が十年に一人くらいの割合で出現するんだ。彼はこの作品を〈双龍社新人賞〉に送るらしい。一次は間違いなく通過する。三次までいくか、まさかの最終選考に残るか。とにかく今から楽しみで仕方がないよ。うん」

2

講評を終えた多門は、控え室に戻ると珍しく反省していた。

武邑譲の作品が出色の出来であるのは嘘ではない。最終選考に残ってくれれば〈多門紀平小説講座〉のいい宣伝にもなる。だが、未だ一次予選辺りでうろうろしている受講生を前に喋っていい内容ではなかった。

浮かれていたとしか言いようがない。開講してから十年余、凡百の才能にしか出逢わなかったので目が眩んだ。まるで自分が武邑の才能を発掘したかのような興奮で、自制心を失っていた。

受講生の多くは文才など欠片も持ち合わせていない。いや、最低限の作文は書けるだろうが、まともな小説を書けない。当たり前だ。特殊な才能が最小限必要とされる分野で、ぽんぽんと逸材が誕生するはずがないではないか。プロとして食っていける人間はひと握りどころかひと摘みしかいない。

才能を煌《きら》めきと形容するのは的を射た表現だと思う。だが煌めきも過ぎれば目が眩む。目が眩んだ者は進む道を誤る。

この国の識字率は異様に高い。ほとんどの者が文章を読み書きし、理解する。最近はSNSの普及も手伝い、多くの人間が己の体験や思いを投稿し、手軽に評価を受けている。こうした環境にいれば、自分にも創作の才能があるのではないかと夢想するのはむしろ当然と言える。だが音楽やスポーツと異なり、学校の授業で己の才能を見極める機会が与えられないので目測を誤る者も出てくる。つまり凡百の才能しか持ち合わせていないのに、自分は創作者になる運命だと勘違いしてしまうのだ。

驚くべきことに、多門の小説講座に集う受講生のほとんどがこうした勘違いをしている。作品を講評されて勘違いに気づく者もいれば、そうでない者もいる。いや、才能のなさに気づいていながら、その事実を認めるのが怖くて気づかぬふりをしているのかもしれない。

件の三人も典型的な勘違い組だった。毎回一次予選すらも通過できないのに、間違いなくプロデビューできると信じ込んでいる。喩《たと》えてみれば五十メートル走の中学生標準記録にも達していないのに、オリンピックでメダルを狙うようなものだ。

そして勘違いは往々にして軋轢《あつれき》を生じさせる。具体的に言えば才能を持つ者への持たざる者の嫉妬だ。

先刻、多門が武邑の作品を絶賛した際、ふと周囲に違和感を覚えた。もちろん同門に傑出した才能が存在したことに喝采を送り、自らを鼓舞する者も多かったが、例の三人は反応が違った。

まるで親の仇を褒め称えられているような顔をしていたのだ。

彼らの気持ちは痛いほど分かる。小説家である多門もまた、化け物じみた才能たちに翻弄され続けた凡人だからだ。

あの三人と武邑を同席させない方がいい。

そう心に決めた時だった。

ドアをノックする者がいた。

「どうぞ」

部屋に入ってきたのは西野だった。

「さっきは講評をありがとうございました」

殊勝に頭を下げるが、どこまで本気かは分からない。

「指摘された箇所、キツかったですよ」

「まさか、ここで蒸し返そうってんじゃないだろうね」

「蒸し返したところで、先生の講評が変わる訳じゃないっしょ」

西野は勧めもされないのに、手近にあった椅子に座る。テーブルを挟んで多門と向き合うかたちになる。

「だけど今日の講座のハイライトは作品の講評じゃなくて、武邑譲くんのプロモーションでしょ」

「何のプロモーションだって」

「武邑譲くんの処女作がいかに度外れの傑作なのか、まず身内である俺たちに刷り込んでおかなきゃならないからね」

「言っている意味が分からないよ」

「え。わざわざ俺の口から言わせようっていうんですか」

西野は妙に親しげな口調に変わる。

「〈双龍社新人賞〉って後援は双龍社だけど主催しているのは日推協（日本推理作家協会）でしたよね」

「そうだね」

「で、多門先生も日推協の会員でいらっしゃる」

「ああ。会員でいると同業者と会える機会が増えるしね」

「〈双龍社新人賞〉の一次予選をシードして二次に滑り込ませるとかも」

何を言い出した。

真顔を向けてみたが、どうやら西野は本気で言っているらしい。

「結局ですね、一次予選は一人の下読みが目を通すだけで、そいつの好き嫌いや相性が大きく作用する。言い換えたら世紀の傑作が取りこぼされる可能性がある。でも二次予選なら複数の選考委員が読むからそんな心配はない。俺の心配はさ、『プライベート愛羅』がしょーもない下読みの偏見や嫉妬で握り潰されることなんです。協会員の多門先生は武邑くんの作品を二次予選に滑り込ませるつもりなんでしょ。それなら俺の『プライベート愛羅』もシードにしてください。内容は武邑くんの作品に引けを取りませんから」

聞いている途中から開いた口が塞がらなくなった。

下読みが信用できない、というのは万年一次落ち投稿者の被害妄想に近いものなので、今更くどくど窘《たしな》めるつもりはない。看過できないのは、多門が協会員だから選考に介入できるだろうという件《くだり》だ。

「名にし負う〈双龍社新人賞〉を何だと思っているんだよ。ミステリー系新人賞では最も歴史があって、日推協も厳正な態度で審査に臨んでいる。そもそもいち会員の俺にそんな権限はないって」

「まあ、そういう建前は建前として」

西野の追い詰められたような目を覗き込んで、多門は合点がいった。

一発逆転を狙うロクデナシの目だった。今までの人生ではずれ馬券を買わされ続けながらも競馬場通いをやめられず、財産や信用をドブに捨て、それでも大穴狙いの馬券を握り締めた者の切迫した目だった。

「建前だと思えるのなら、あなたは相当な幸せ者だよ。第一、そんなコネが使えるんだったら、さっさと俺が自作を滑り込ませている」

「いや、でも」

「俺が笑っているうちに出ていった方がいいと思うよ。さ、帰った帰った」

多門が手で払うと、さすがに西野はばつが悪そうに部屋を出ていった。

西野が消えると、講義とは別の疲れが襲ってきた。嫌な予想ほど的中する。これではおちおち休んでもいられない。

早々に片づけを済ませて撤収するべきだ。そう考えて荷物をまとめ始めた時、再びドアがノックされた。

「先生、すみません。木原です」

多門が返事をする前にドアが開けられた。隙間から覗いた顔は、西野より歪んでいる。

「今、いいでしょうか」

駄目だと断ったところで後日付き纏《まと》われるに決まっている。この場で手短に済ませた方が得策だと判断した。

「先ほどは講評をありがとうございました」

それなら少しくらいは有難いように話せと思う。

「この講座を受講してから『サラマンダーの花嫁』が何作目になるか憶えていますか」

いきなり訊かれてまごついた。退会した者も含めれば受講生はかなりの数に上る。一人一人の執筆本数など憶えていられるはずがない。

「悪いけどいちいち憶えていないよ」

「十五作目です。四年間続けてきて、やっと十五作です」

「年間約四作ならまあまあのペースだね」

「ペースなんて関係ないです。いくら書いたってデビューできなきゃ何の意味もないじゃないですか」

木原は互いの鼻が触れそうになるほど顔を近づけてきた。

「今までの十四作は全部一次予選落ちです。〈R－20文学賞〉だけじゃなく、他の新人賞に使い回してみても、どこもかしこも門前払いでした」

「そりゃあさ。賞との相性以前に出来不出来の要因が大きいよ」

「違うんです」

「何が違うのさ」

「作品自体の評価で落とされたのなら、まだ諦めがつきます。でもわたしは作品そのものじゃなくて、わたしの属性で落とされたんです」

こいつ、何を言い出した。

「ちょ、ちょっと意味が分からないんだけど」

「どこの新人賞の応募要項にも投稿者のプロフィールを記載する欄がありますよね。年齢・職業・学歴・筆歴とか明記しますよね」

「まあ、本人の履歴書みたいなものだよね」

「わたしはアラサーでただのＯＬです。出身大学も東大や早稲田じゃありません。だからプロフィールの時点で撥《は》ねられているんだと思います」

「あのねえ」

多門は自制心を総動員して感情の発露を抑えようと試みる。

「確かに性別や学歴で差別する職場は今でもあるんだろうけど、少なくとも新人賞の選考にそういう差別はないよ」

「でも受賞者は圧倒的に男性が多くて、出身も有名大学が当たり前みたいじゃないですか」

「そもそも投稿者の多くが男だから割合として妥当だし、高学歴なら文章や論理にも破綻が少ないかもしれない。だけどそれは結果であって、最初に性別や学歴で篩《ふるい》にかけてるんじゃないよ」

説明しながらも多門の苛立ちは募る。実際、今の文壇で活躍している女性作家が何百人いるか知らないのか。大学を出ていなくても名作・傑作・問題作を発表し続けている作家がどれだけ存在しているか知っているのか。

自分が一次予選を突破できないのは、新人賞が実力以外で選ばれているからだ——多門の経験では、そう邪推する投稿者に限って実力が不足している。才能のない作家志望者が罹《かか》る一種の病気なのだろう。

「多門先生は文壇でもベテランの部類なんですよね」

「もう二十年近くは続けているからねえ」

「〈R－20文学賞〉でなくても構いません」

木原は決然とこちらを睨んできた。

妄執じみた視線だった。

「わたしの『サラマンダーの花嫁』を二次予選に捻じ込んでください。二次の選考委員なら、必ずわたしの作品を評価してくれるはずなんです」

「何度も言うけどさ」

「もし先生がお願いを聞いてくれるのなら、わたし」

木原はこちらに詰め寄ってきた。

色仕掛けに近い行為は、木原以外の女性受講生からも匂わされたことがあった。だが多門はそうした取引自体が好きではなかったし、そもそも賞の選考に関わることができないので、後で約束の履行を迫られても困る。

「そういうのはね、勃《た》たせる魅力を持ち合わせている女が言うもんだよ」

相手が色仕掛けでくるなら、こちらとしては無効化で対抗するしかない。

さすがに木原は色をなした。

「ひどい」

「ひどいのはそっち。自分の不甲斐なさを棚に上げて、何、被害者ぶっているのさ。もしも訳の分からん陰謀論を信じているのなら、芥川賞作家羽田圭介の名言を教えてあげるよ。『物事にはびっくりするほど裏がない』。あんたは自分に才能や実力がないのを認めたくないだけなんだよ」

「ひどい」

「今日のことは忘れてやるから。あんたはあんたがするべきことを、もう一度考えろ」

木原を無理やり部屋から追い出すと、多門は帰り支度を急ぐ。この分では守屋も押しかけてきそうだ。彼が襲来する前に脱出しなければならない。

西野と木原の逸脱行為は多門にも若干の責任がある。講師の立場を忘れて武邑の才能にはしゃいでしまったのが原因だ。

しかし、と多門は自己弁護する。

あれは致し方なかった。小説講座を開いて十年余、石ころのような才能とばかり付き合わされた多門が初めて出逢った宝石だった。あれで目が眩まない講師がいればお目にかかりたいくらいだ。

多門も〈双龍社新人賞〉のレベルの高さは承知している。いくら『人喰い太郎の履歴書』が出色だとしても、初挑戦でいきなり受賞というのは難しい、良くて最終選考に残るくらいだろう。重要なのは選考委員の選評でどこまで学べるかだ。

ファイナリストを受賞に導く。今まで多門も試せなかったハードルだ。武邑譲にとっては作家デビューが、多門にとっては名伯楽への道が試されている。

カルチャーセンターの建物を出ると、寒くもないのにぶるりと身体が震えた。これが武者震いというものか。いずれにしても受賞に向けての傾向と対策を練り直さなければならない。

だが、多門の意気込みは意外なかたちで空振りに終わることになった。

「僕、〈双龍社新人賞〉を受賞しました」

武邑から報告を受けた時、一瞬頭の中が白くなった。久しぶりに武邑が講座に参加するので控え室に呼んだ、第一声がそれだった。

「昨夜、双龍社から電話連絡がありました。一番に先生に知ってもらいたくて」

そうか、最終選考日は昨夜だったか。日にちまでは武邑からも説明されなかったし、昨夜は受講生の作品に講評をつけるのに集中していたので、つい失念していた。

「お、おめでとうございます」

思わず声が上擦る。下手をすれば本人の方が冷静だ。そして多門はまたしくじった。

これまでも受講生が新人賞を獲ったことはある。しかし地方主催の文学賞であったり、中央の賞でもマイナーだったりで盛り上がりに欠けた。

だが今回はまるでレベルが違う。直木賞を獲って消える作家はいても〈双龍社新人賞〉を獲って消えた作家はいないとまで言われている、その〈双龍社新人賞〉なのだ。

多門は武邑の手を引いて教室に駆け込む。その場にいた受講生たちは何事かと目を丸くしている。

「皆さんにビッグニュースです。ここにいる武邑譲くんが見事、〈双龍社新人賞〉を射止めましたっ」

一瞬の空白の後、歓声が沸き起こった。

「すごいすごいすごい。武邑さんすごい」

「武邑くん、投稿初挑戦だろ。それで〈双龍社新人賞〉って無双じゃん」

「ううう、あたし武邑くんと一緒の講座でよかったあ」

「受賞作、ナンバーつきでサインして。わたし一番だかんね」

武邑の周りに祝福の輪ができる。受講生の多くはまだまだ純真さを残しており、同門の栄冠を寿《ことほ》ぐ余裕がある。もちろん内心では忸怩《じくじ》たる思いもあるだろうが、仲間を称える気持ちで押し隠せるなら上等と言うべきだろう。

新人賞受賞、作家デビューの道は悪路極まりなく、しかも闇夜だ。道標もなければ街灯もない。目的地に到着しないまま遭難する可能性すらある。仲間がいても、書いている時は孤独だ。誰も助けてくれないし助けることもできない。

だからこそ同門の受賞を誇ってほしいと多門は思う。仲間を誇ることで自分を鼓舞する者もいる。そうした相乗効果がなければ同じ講座に身を置いていてもつまらないではないか。

期せずして拍手が生まれる。

「いや、どうも。いや、ホントにありがとうございます」

武邑は照れながら、しきりに頭を下げている。

受賞に向けての傾向と対策を練り直すという計画は白紙となったが、新たに『人喰い太郎の履歴書』をテキストにして〈双龍社新人賞〉受賞のための集中講座を催したいと考えている。ミステリー系のみならず新人賞では最も著名な賞だから、受講生のほとんどが垂涎《すいぜん》の的と見上げている。武邑の受賞を機に、彼らの投稿熱も一段ギアが上がることだろう。

祝福と熱狂が渦巻く中、ふと多門は異物感を覚えた。真っ白な和紙に一滴だけ落ちた墨。それが見る間に染み広がっていくような感覚。

教室の中を見回して異物感の元を発見した。

あの三人だった。

西野と木原と守屋はまるで気のない拍手をしており、決して寿いでいるようには見えない。

嫉妬どころではない。

三人は憎悪とも怨嗟《えんさ》とも思える昏《くら》い空気を醸していた。

ようやく多門は己のしくじりに気がついた。少なくともこの三人の前で発表するべきではなかったのだ。逆恨みは意味のないことだが、嫉妬で我を忘れた者に説諭こそ何の意味もない。

即座に思いつくのは、三人も〈双龍社新人賞〉集中講座に参加させて負の感情を昇華する方向に向かわせることだ。

多門は早くも受賞作のテキスト化に頭を巡らせ始める。

だが、この意気込みもまた意外なかたちで空振りに終わることになった。

三日後、武邑が死体となって発見されたからだ。

3

五月十七日、午前七時二分。葛飾《かつしか》区新小岩《しんこいわ》。

警視庁刑事部捜査一課の高千穂明日香《たかちほあすか》は犬養《いぬかい》とともに現場に臨場した。既に葛飾署の捜査員が一足早く到着しており、検視も進んでいるようだった。

死体は陸橋の真下に横たわっていたという。なるほど死体のあった場所にはアスファルトに大量の血溜まりができている。

「お疲れ様です」

葛飾署の塩見《しおみ》が犬養の傍に駆け寄ってきた。何度か同じ事件を捜査して、すっかり顔馴染みらしい。

「お疲れ様。陸橋の上から転落でもしたんですか」

「ただ転落したのなら庶務担当管理官も事件性なしと判断したんでしょうけど、事故死と片付けるには難点がいくつかあります。一つは靴底に滑った痕跡が見当たらないこと。雨も降っておらず、飲酒した形跡もありません。陸橋の上から突き落とされた可能性を否定できません」

「自分で飛び降りた可能性もあるでしょう」

「自殺の線は希薄ですよ。想像ですが、おそらく本人は人生の絶頂期にいたでしょうからね。天にも昇る気持ちであっても、自ら転落する気分ではなかったと思いますよ」

「どういう意味ですか」

「所持していた身分証から被害者の素性は判明しています。因《ちな》みに財布の中身は手つかずのままのようですね。住所は葛飾区高砂《たかさご》、氏名武邑譲三十五歳。彼の名前は今朝のうちに、全国紙で公になっています」

「どうして今日の朝刊に載っているんですか。まだ事件の報道前でしょう」

「彼が今年の〈双龍社新人賞〉を受賞したからですよ」

双龍社新人賞と聞いた途端、明日香はああそうかと納得した。同賞はミステリー系では歴史のある文学賞で、知名度なら芥川賞や直木賞に匹敵する。文壇では「直木賞を獲っても食えない作家はいるが、双龍社新人賞を獲って食えないヤツはいない」とのたまう者もいるらしい。

ミステリーどころか一般文芸も碌《ろく》に読まない明日香が新人賞に詳しいのには理由がある。時折コンビを組まされる刑事技能指導員が兼業作家でもあるせいだ。

一方、犬養はと見れば露骨なほどにテンションが下がっている。犬養は犬養で過去に文壇絡みの事件を担当した際、関係者の下衆《げす》さにほとほと閉口した記憶が未だに尾を引いているらしいのだ。

「お分かりでしょう。新人作家としてデビューしたばかりの人間が世を儚《はかな》むなんて有り得ませんからね」

「新人作家がどれだけ有望かはともかく、厄介な案件であるのは間違いなさそうですね」

犬養は気乗り薄そうに鑑識の動き回っている現場を遠巻きに眺める。

「第一発見者は買い出しに出ていたビル警備員です。午前三時過ぎにこの陸橋を渡ろうとして死体を発見、そのまま通報したとのことです」

「高千穂。応援要請だ」

「応援要請って。まだ鑑識作業の真っ最中なのに」

「初動捜査の段階から参加させた方が手っ取り早く済む。例の作家先生を呼んでくれ」

この場合、作家先生と言えば一人しかいない。明日香は反射的に鳥肌が立った。

「また自分だけ逃げるつもりですか」

「人聞きの悪いことを言うな。あの作家先生はとびきり有能だが、抱えている事件が皆無に等しい。そういう人材を捜査に投入しないでどうする」

真っ当なことを言っているようだが、単なる逃げ口上であるのは丸分かりだ。

「とにかく呼べ」

先輩の命令に逆らえるはずもなく、明日香はスマートフォンで彼を呼び出す。

しばらく待機していると声が掛かった。

「ほう、今回は犬養・高千穂コンビか」

ブルーシートのテントから現れたのは御厨《みくりや》検視官だった。

「検視、終わりましたか」

「見るか」

二人は誘われるままテントの中に入っていく。中には武邑の死体が裸に剝かれて横たわっている。

「死因は頭蓋骨陥没による脳挫傷。創口は階段の角と形状が一致しており、階段の角からも本人の毛髪と血痕が採取されている」

「他に外傷は」

「頭蓋後部のみならず全身に打撲痕が認められる。しかし最も興味深いのは胸部の打撲痕だろう」

御厨の指す部位を見ると、多くの打撲痕と異なり突かれたような痕が一つ認められる。

「靴の爪先痕のようにも見えますね」

「形状はそれに近しいものだろうな」

立場上、断言はしないものの、御厨は犬養の意見に同意を示している。早い話が、被害者は胸部を強く蹴られているのだ。

「胸部に蹴られた痕があるなら、階段を上がる途中に上から蹴り落とされたという状況でしょうか」

「否定する材料はないな」

この瞬間、事故死の可能性は後退し、事件性が顕著になる。検視を待たず判断を下した庶務担当管理官は正しかったのだ。

「死亡推定時刻は昨夜の午後十一時から翌午前一時までの間だろうが、解剖結果次第で範囲が更に狭められると思う」

「だけど、この界隈は人通りも少ないし防犯カメラもないから、目撃情報を集めるのは難しいだろうね」

何の前触れもなく発せられた声に三人が振り向くと、テントの入口に彼が立っていた。

「何だ。あんたも来たのか、毒島《ぶすじま》さん」

御厨のうんざりした口調に、毒島はひらひらと片手を振って応じる。

「はいどうも御厨検視官。お久しぶり。いつもながら不機嫌そうで何より」

「検視の場所に満面の笑みで入ってくるのは、あんたくらいのものだ」

早々の登場に、毒島を呼んだ当の明日香が驚いた。

「ずいぶん早過ぎませんか、毒島さん」

「ちょうど錦糸町近辺を移動中に連絡もらったからね。つまんない事件ならスルーするつもりだったけど、被害者が武邑譲くんというのは興味がそそられる」

犬養もうんざりとした顔になる。

「興味があるなしで事件を選り好みしているんですか」

「どの口が言ってんのさ。犬ちゃんだって作家絡みの事件は露骨に避けてるじゃない」

「避けているんじゃなくて適材適所というのがあるんですよ。従ってここは現役作家でもある毒島さんに一任します。それじゃあ」

そう言い捨てると、犬養はそそくさとテントから出ていってしまった。後に残されたかたちの明日香は自分が生贄《いけにえ》にされたような気分に陥る。

武邑の死体は解剖に回されることになり、毒島と明日香はテントの外に出る。

「さっき、被害者が武邑さんなら興味が湧くと言ってましたよね。やっぱり今朝の受賞発表の直後だからですか」

「いやいや。武邑さんの受賞は数日前から聞いていたよ。業界内の話だし、僕も双龍社と仕事しているしね。もちろん口外無用ではあるけれど」

「じゃあ、どうして」

「デビューした後、二作目のプレッシャーで自滅する新人は少なくない。でもデビューが決まった直後に死んだなんて話は珍しいよ。今日のことだし、普段は文壇に興味のないマスコミも集《たか》ってくるんじゃないかしら」

「武邑さん本人について知っている訳じゃないんですね」

「本人のプロフィールよりは作品の中身。『人喰い太郎の履歴書』ってミステリーでね。双龍社内の噂じゃ近年稀《まれ》に見る傑作らしい。おまけにそれが初めての長編小説だというんだから版元の期待は爆上がり。担当者の話じゃ既に次作のプロットも完成したと本人が言ってたみたい。ホント、新人離れした逸材だった」

「初投稿で受賞というのは珍しいんですか」

「いや、特に珍しくはないけど、才能の有無という点では分かりやすいよね。作品の出来がいいなら尚更だし、双龍社としても業界としても期待の星だったと思う」

「期待の星だから毒島さんの興味を惹《ひ》いたんですか」

将来を嘱望されているなら新人といえども商売敵だ。毒舌が服を着て歩いているような毒島からどんな皮肉が飛び出すのかと怖じ気づいたが、毒島の言葉は意外なものだった。

「惜しい」

きっと頓狂な顔をしていたのだろう。毒島はこちらを見て眉を顰めた。

「何て顔してるんだよ」

「だって毒島さんが、そんな殊勝なことを口にするなんて。てっきり若い才能の芽を摘みにいくとばかり」

「高千穂さんはいったい僕を何だと思ってるのさ。ところで死体発見時、本人が身に付けていたのは身分証の入った財布とスマホのみ。それで間違いないね」

「はい。毒島さん、武邑さんのプロフィールもある程度は知っているんですよね」

「都内の大型書店に勤務する三十五歳、独身でアパート一人暮らし」

職業と独身の件は明日香ですら初耳だった。

「業界では既知の基本情報。ただし関係者がざわついたのは別の情報によるもの」

「何の情報ですか」

「彼、小説講座に通っていたらしいんだけど、その講座の主宰に問題あり。多門紀平という人で、ある意味業界の有名人。ただし悪い方の意味で」

毒島が悪いと罵る相手なら、それはもう極悪人ではないかと思う。ただし怖いもの見たさの気分もあるので相手が喋るに任せる。

「悪評その一。以前、多門さんは公募雑誌にエッセイを連載していたんだけど、要するに作家志望者への指南書。まあ公募雑誌には相応しいエッセイではあるけれど、何とミステリー系新人賞の受賞作品を俎上《そじょう》に載せてストーリーどころか肝心要のトリックまで盛大にネタバレさせちゃう。密室内の教室で開陳するならまだしも、定期刊行物でそれをやっちゃうものだから関係各所からは大顰蹙《ひんしゅく》、中でも双龍社新人賞の担当なんて怒髪天を衝くような勢いだった」

ミステリーのネタバレが厳禁であることくらいは明日香も知っている。それを創作する側の人間が行えば営業妨害のようなもので、顰蹙を買うのは当たり前だ。

「悪評その二。毎年年末になると『週刊春潮《しゅんちょう》』では『年間ベストエンタメ』というランキングを発表するんだけど、自作の売れ行きが低調だった多門さんは何とお弟子さんの組織票を掻き集めてランクインを果たす。ランク順位と内容の稚拙さとのギャップに疑念を抱いた春潮社が調べて不正が発覚、翌年からは規定が変更になったくらい」

「政治家みたいなことするんですね」

「別に法律違反じゃないけど、ランキングは公正だという主催者の矜持《きょうじ》に泥を塗るような真似だから絶対に尊敬はされないよね。で、悪評その三。多門さんは講座の開設当初、女性受講生に幾度となくセクハラをしている。訴訟には至らないものの、泣き寝入りした女性は一人や二人じゃないらしい。さすがに最近は鳴りを潜めたみたいだけど、要は加齢とともに性欲が減退しただけだって話もある」

「営業妨害とランキングの不正工作と、とどめにセクハラって。とても作家先生のすることとは思えません」

「うん。だから業界からは作家というより業界ゴロみたいな扱いを受けている」

聞けば聞くほど憂鬱になっていく。毒島とコンビを組まされるようになって文壇界隈の醜さ愚かしさは十二分に思い知ったつもりだったが、まさかそれより上があるとは。

「さてと。まだ鑑取りもしないうちから先入観を持たせるのは禁物だけど、財布の中身が手つかずだったから動機は物盗りじゃない。書店勤務なら財産狙いという線も薄い」

「痴情の縺《もつ》れとか」

「悪いけど本人のご面相を見る限り、その線も薄い。小説講座に通い始めた人間がいきなりデビューを決めたというなら、そっち方面の嫉妬や憎悪を考慮すべきだね」

「それって小説講座に対する偏見じゃないんですか」

「偏見じゃないから問題なんだよ」

癪な話だが毒島が予言したことは大抵現実のものとなる。〈双龍社新人賞〉受賞者が発表当日に死体となって発見されると、日頃は文芸の話題など歯牙にもかけない経済新聞やワイドショーまでがニュースに取り上げた。

マスコミ報道の過熱だけが理由ではないのだろうが、捜査本部の動きは俄に機敏になる。何と二日の間に鑑取りと地取りを大方終えてしまったのだ。

これも毒島が予想した通り、武邑譲の人間関係は希薄に過ぎた。勤め先ではプライベートを語り合う同僚もおらず、福岡の実家には盆暮れに顔を見せる程度。呆れたことに両親は息子が新人賞を獲ったことを新聞報道で知ったほどだった。特に交際相手もおらず、憎み合っていた相手も捜査線上には浮かんでこない。

地取りは更に収穫が乏しい。死亡推定時刻の五月十六日の午後十一時から翌午前一時までの間に現場付近を通った者は名乗り出なかった。そもそも日中でさえ人通りが少なく、交差点からも遠いので防犯カメラも設置されていない。死体が携帯していたスマートフォンの中身を解析しても、今回の事件に結びつくような手掛かりは何一つ得られなかったのだ。

ただし当時の武邑の行動はある程度、判明している。午後六時に現場から三百メートル離れた居酒屋〈行灯《あんどん》〉にて数人と飲み食いし、八時に散会している。

「この数人というのが〈多門紀平小説講座〉の面々だったんです」

新小岩駅に向かう車上、明日香は毒島に報告する。武邑が事件当日、飲み会に参加していたのは本人のスマートフォンに残っていた通信記録から判明した。店に事情を聴取したところ、予約が『多門紀平』だと分かった次第だ。

「参加したのは十名。ただし二次会まで参加したのは武邑さんを含めて五名。その他のメンバーは講師の多門紀平と受講生の西野佳祐、木原葉根、守屋行路。この五人はカラオケボックスに入り、午後十一時に散会しています。武邑さんはその直後に殺害されたものと考えられます」

実際、死体を解剖すると胃の内容物がほとんど未消化だったらしい。これによって死亡推定時刻は午後十一時から十二時までの間に短縮された。いずれにしろ被害者と最後に会ったのは小説講座の面々であり、やはり毒島の予言が的中したことになる。不本意ながら、明日香は毒島の洞察力を認めざるを得ない。

「偏見じゃなかったですね」

「だーから、そう言ったじゃないの」

「毒島さん、小説講座に詳しいんですね。何度か講師をしてたりして」

「生憎と言うか運よくと言うか、講師の経験はゼロだよ。さほど興味もないし」

「え。でも武邑さんには興味があるって」

「興味があるのは武邑さん個人にだけだよ。事前に仕入れた話だと武邑さんは小説講座に入会したものの、指導らしい指導は一切受けないままデビュー作を完成させたって話だしさ。つまり彼の受賞に小説講座ないし多門さんは何ら寄与していない。そもそも僕は小説講座なんて詐欺商法と言うかやりがい搾取の一つくらいにしか認識していないから」

「やりがい搾取というのは少し言い過ぎのような気がしますけど」

「言い過ぎかどうかは実物を見れば分かるよ。それはもうホントに一目瞭然」

これも毒島の予言に違いないが不気味さでは前回を上回る。どうしてこの男が捜査に加わると不穏さが倍になるのか、明日香は胸の裡《うち》で溜息を吐《つ》く。

〈多門紀平小説講座〉は新小岩駅近くにあるカルチャーセンターの一室を借りて運営されている。今日は講評会の開催日なので都合よく飲み会に参加した者が全員揃っていると言う。

「全員と言っても、一次会で帰った生徒さんたちは交通系ＩＣカードの履歴を見ればアリバイが成立する。その辺の準備はいいかしら」

「駅が近接しているのが幸いでした。聴取を終えたら、その足で駅に直行して履歴を出してもらいます。わたしも同行しますから」

「よろしくね」

「でも毒島さん。武邑さんの死が報じられてまだ二日しか経っていないんですよ。せめて一週間は喪に服すのが普通なのに、敢えて講座を開催するというのは道義的におかしくないですか」

「あのね高千穂さん」

毒島は笑いを堪えるような口調で言う。

「今から会う人たちに同じ質問をしてごらんよ。十中八九、『武邑さんの遺志を継いで切《せつ》磋《さ》琢《たく》磨《ま》することが我々作家志望者の使命です』とか何とかのたまうはずだから。世の中には道義とか社会的常識が通用しない集団が馬に食わせるほどいるんだよ」

毒島と明日香が教室に足を踏み入れた時、講座は既に始まっていた。壇上に座っているのが多門紀平らしく、プロジェクターで投射した原稿を指差している。

「はい、注目。これが玉《たま》置《き》さんの新作『エヂンバラ侯の秘密すぎる秘密』の梗概《こうがい》ね。んーとね。毎回同じ指摘になっちゃうけどな。玉置さんの作品って本編は割にまとまっているんだ。ストーリーもさほど破綻してないしね。普通に一次予選は通るはず。だけど問題はこの梗概。誰かこの欠点が分かる人」

「はい」

「西野くん、答えて」

「ストーリーは破綻していなくても梗概が破綻しています。前後の辻褄が合っていないし、読者への訴求力がまるでありません」

ここで教室内から笑いが湧き起こる。

「うん、西野くん正解。他に指摘できる人」

「はい」

「どうぞ木原さん」

「訴求力どころか、この梗概では読者を拒否しているようです。キャラクターの魅力はおろか、浮かんでくるテーマすらありません」

「んー、木原さんも正解。そうなんだよ。折角本編が一次予選通過レベルなのに梗概で台無しにしている。羊頭狗肉《ようとうくにく》なんて代物じゃなくて、ただ出来損ないのフランケンシュタインの怪物みたいなもんだ」

また爆笑が起こる。

「投稿作品は最初に下読みに回される。諸君の天敵とも言える下読みだ。彼らの関門を突破するには、まず読ませる梗概が必要不可欠。誤解されるのを覚悟で言えば、本編五割増しに面白く書いてもいいくらいだよ。こういう欠陥のある梗概を読まされると、どうせ本編も欠陥があるに違いあるめえと割り引かれてしまう。手前《てめ》ェの作品を客観視することもできねえのかと、資質そのものを疑問視される。つまり本編以前の問題だな。よって玉置さんには猛省を促す」

「猛省せよー」

「猛省せよー」

名指しされた玉置という女性は泣き笑いの顔でぺこぺこ頭を下げている。

「玉置さん。猛省というのは反省するだけじゃ駄目で、その上に進歩がなきゃ。当たり前のことをやっていれば一次なんて簡単に通る。一次が通っても、やっぱり創作者としての当然をしていれば二次も通る。精進するように」

何だ、これは。

受講生たちを遠巻きに眺めていた明日香は腋の下から嫌な汗が流れ落ちるのを感じた。講座と聞いて、ストーリーの構成や文章表現を丁寧に教えてくれるものとばかり思い込んでいた自分は何て愚かだったのだろう。他の教室は知らないが、〈多門紀平小説講座〉で行われているのは解説でも勉強でもない。専制と従属、嘲笑と罵声、マウントの取り合いと潰し合い。これが切磋琢磨だと言うなら、たとえ自分が作家を目指していたとしても願い下げだ。しかも罵られた側は言葉の暴力を試練とでも捉えているのか有難そうに拝聴している。　作家デビューを信じていなければ到底無理な注文だ。

『言い過ぎかどうかは実物を見れば分かるよ。それはもうホントに一目瞭然』

毒島がやりがい搾取と揶揄《やゆ》した理由がようやく理解できた。自作どころか作者本人まで貶《おとし》められ、それでも作家デビューを期待しているから面罵にも耐え、あまつさえ受講料まで支払っている。もちろん毎回講座に通ったところでデビューできる保証はどこにもない。カードゲームや宝くじよりも勝率の乏しいギャンブルに張り続けているようなものだ。

当の毒島はと見れば、まるで我が子の学芸会を見守る父親のような目で眺めている。

不意に壇上の多門がこちらに視線を寄越した。視線が毒島で止まり、多門は何故この男がここにいるのかと呆気に取られている。

「……ひょっとしてあなた、毒島先生じゃありませんか」

「やあ、お初にお目にかかります、多門先生。毒島真理《しんり》です」

「どうしてわたしの講座に。見学か何かですか」

「警察から照会があったと思いますが、わたしが武邑さんの事件を担当していましてね」

毒島が名乗ると俄に教室内が慌ただしくなる。性格は最低、毒舌は最悪の男だが、書いた小説はそれなりに好評を博しているのだ。作品と作者は別物と言われるが、まさしく芸術の魔性を具現化した一例だろう。

現役作家の霊験はあらたかで、毒島が交通系ICカードの履歴を所望すると、一次会で帰った受講生全員が全面的に協力してくれた。こればかりは毒島に感謝せざるを得ない。

毒島が現職の警察官である事実を知る者は多くない。兼業であるのが有利に働くこともあればその逆もあるらしく、毒島は器用に使い分けている。今回は有利に作用しており、多門ならびに三人の受講生は驚きを隠せないまま事情聴取に応じている様子だ。

事情聴取は控え室に一人ずつを呼ぶかたちで行われた。聴取される側も毒島と個別に話す方が嬉しいらしいので利害が一致した感がある。

「まさか毒島先生が現職の刑事さんだったとは。道理で警察小説を多作できる訳だ」

多門はしげしげと毒島を眺めている。

「一度退官してますから正確には再雇用です。先程の講評会は大変参考になりました。原稿をプロジェクターで投射されていましたが、講座ではデータではなく紙の原稿を使用しているんですか」

「データ送信がもっぱらの時世ですが、実際の選考では紙で読まれますでしょう。パソコンの画面とプリントアウトされた原稿では見え方がずいぶん違うので、ウチでは梗概も本編も紙でやり取りしています」

「この度はお祝いとお悔やみが同時になってしまい、大変でしたね」

「両方とも滅多にないことなので、正直未だに戸惑ってますよ」

「事件当日、先生の講座では武邑さんを含めて飲み会を開いたとのことですが、それは祝勝会だったのですか」

「祝勝会と言えば祝勝会ですが、それ以上に他の受講生を発奮させる目的がありました。皆、武邑くんを見習って精進してほしいと」

「精進。しかし伝え聞いた話では、『人喰い太郎の履歴書』は武邑さんの初投稿で、多門先生の指導や添削は一切受けていないとのことでした。見習うというのはいったいどの部分ですかね。文字通りに解釈すれば、先生の指導を全く無視して小説講座なんかには通わないという意味になっちゃいますけど」

うわ、いきなり直球かよ。

横で聞いていた明日香は思わず身を固くする。講義中の多門もなかなかに皮肉っぽかったが、所詮毒舌魔人の敵ではない。多門は顔に朱を注いだが、次の瞬間には何とか自制心を発揮したようだ。

「のっけから手厳しいことを言われる。確かに武邑くんは十年に一人の逸材で、その才能はわたしも認めるところです。ただしそれで小説講座不要論というのは早計に過ぎやしませんか」

「生憎、僕は小説講座とは縁がないものでして」

「講座未経験でデビューされた人は大抵そういう言い方をしますな。しかし昔ならいざ知らず、今は小説講座から新人がデビューする事例が増えてきた。小説講座不要論は門外漢の暴論ですよ」

「なるほどなるほど。では件の飲み会もさぞかし盛り上がったのでしょうね。多門先生にしても受講生にしても我が世の春を謳歌する時ですから」

「我が世の春というのは少し大袈裟だが、まあ否定はしません」

先刻の講評を目撃した明日香には、一次会の模様も大体の想像がつく。多門の口ぶりから察するに武邑の受賞を寿ぐような雰囲気でなかったのは確かだ。

「武邑さんの出世を発奮材料にしたとのことですが、具体的にはどんな発破をかけたんですか。さっき講座を拝見しましたが、明らかに文壇よりも先にあの世からお迎えが来そうなご老人もちらほら見かけました。まるで老人クラブのノリで入会したとしか思えなかったのですが、あの人たちにどんな励まし方をしたのでしょう」

「……あなたも相当に口が悪いな。ウチに高齢の受講生がいるのは否定しないが」

「多門先生の有難い指導も耳に入らない人だっているでしょう」

「耳が遠い人間には大声で話し掛ければいい。あ、いや、これはあくまでも比喩ですよ、比喩」

多門は取り繕ったが、本当に比喩かどうかは疑わしい。

「しかし折角の激励も、肝心の武邑さんが亡くなってしまえば意味がないのではありませんか」

「そんなことはない。確かに武邑くんの死は悲しむべき出来事だったが、だからといって消沈しているだけでは彼に申し訳ない。いや、彼の死は〈多門紀平小説講座〉から第二第三の武邑譲を輩出せよという思し召しなんだ」

黙って聞いていた明日香は多門の人間性に仰天する。よくもまあ、そこまで人の死を自分本位に受け止められるものだ。

「目出度い出来事も悲しい出来事も全て創作の糧《かて》とする。それが〈多門紀平小説講座〉の姿勢なのですね。いやいや、感服しましたよ」

「毒島先生に理解してもらえて嬉しいですよ」

「二次会には五人で行かれたと聞きました」

「一次会では言い足りないこと聞き足りないことが山ほどありましたから。終電ぎりぎりまで残れるからと、ひときわ熱心な受講生三人と一緒に繰り出しました」

「二次会はどんな具合でしたか」

「一次会のような鯱《しゃちほこ》張ったものじゃなく、もっとざっくばらんなものですよ。大声出してもカラオケボックスだから他の客の迷惑にもならない」

「具体的にどんな話に花が咲いたかを知りたいですね。ひょっとして『人喰い太郎の履歴書』の講評ですか」

「さすが、毒島先生は分かっているなあ。そうそう、武邑譲渾身のデビュー作ではあるが、やはりトップクラスの現役作家に比べればストーリー展開のご都合主義や詰めの甘さが散見される。受賞第一作以降は瑕疵が許されない。その事実を教訓としてきっちり伝授しました」

最悪だ、と明日香はげんなりする。毒島の話によれば多門自身、新人賞を獲ってデビューしたのではなく出版社の拾い上げだったという。現在、多門の講座に通っている者も受賞経験のない者ばかりだ。そういう連中が旬の受賞者にレクチャーやら難癖やらをつけるなど、武邑にしてみればかたちを変えたイジメに他ならず、全体を見れば地獄絵図ではないか。

改めて武邑が不憫《ふびん》に思えてならなかった。

「武邑さんはどんな様子でしたか」

「神妙な態度で耳を傾けていました。あの傾聴する姿勢が受賞に結びついたのだと思いますよ」

「一次会でも二次会でも、武邑さんから何か託されたり相談されたりということはなかったんですか。たとえば次作についての具体的なアドバイスを求められはしませんでしたか」

「彼の方からというのは特になかったなあ。神妙に聞き入るばかりだったから」

つい明日香は反論したくなる。彼は神妙にしていたのではなく、ただ萎縮していただけなのではなかったか。受賞を祝ってもらえるとばかり思っていた会合で同門の者から嫉妬と憎悪を浴びせられ、講師からは夜郎自大な説教を受ける。そんな仕打ちを受けて笑っていられるのは毒島くらいのものだろう。

「二次会が引けた時の状況を教えてください」

「解散してからばらばらに帰った。後で聞いたら、西野くんと守屋くんは終電を逃してマンガ喫茶に泊まったんだとか」

「武邑さんは何か荷物を持っていませんでしたか」

「さあ、憶えていませんね」

二人目の聴取対象はジョーカー西野、本名西野佳祐だった。

「ジョーカー西野がペンネームですか」

「ペンネームというよりソウルネームですね。佳祐は親のつけたくっだらない平凡な名前だけど、ペンネームは俺自身が考えた名前なんだから」

世に言うキラキラネームではないにも拘わらずくだらないと言い放つ西野を見て、明日香は再びげんなりとなった。ジョーカーなる名前も考えようによっては平凡であり、西野のネーミングセンスを疑わずにはいられない。

「二次会では武邑さんへのダメ出し大会だったらしいですね」

「ダメ出しじゃなくて仲間による講評会ですよ。うん、あれは非常に有意義でした」

「武邑さんの『人喰い太郎の履歴書』、未発表の作品ですが、西野さんは内容を知っていたのですか」

「以前の講評で冒頭の五十枚を読まされ、ストーリー展開も説明を受けました。だからこそちゃんとした批評ができる訳ですよ」

早くも明日香は頭を抱える。読んだのは冒頭の五十枚だけで残りは説明のみ。それで『ちゃんとした批評』ができるという自信は、いったいどこからくるのだろうか。

「確かに武邑氏の作品はミステリー的に見るべきところがあります。しかし作者の性格を反映してか真面目過ぎるんですよ。丁寧な描写と言えば聞こえはいいけど、とどのつまりはストーリー構成が凡庸で、減点方式の双龍社新人賞だから大賞を獲れたという見方もできる。手堅いというのは冒険していないことの言い換えに過ぎませんよ」

次の瞬間、西野は相好を崩して毒島ににじり寄った。

「その点、俺の『プライベート愛羅』は波瀾万丈のストーリー展開で武邑くんの受賞作品に勝るとも劣らないんです。毒島先生だったら絶対に評価してくれる作品なんです。一度、読んでくれませんか」

何と事情聴取の席で自作のプレゼンテーションをするとは。鼻につく自己評価はともかく、度胸だけは大したものだと感心する。

「えーっと、今は警察官としてここにいるので、そういうのはなしにして。自信があるならどこかの賞に投稿すればいいじゃない」

「減点方式の選考を採用している新人賞では俺の作品は正当に評価されないんですよ。でも毒島先生の推薦があれば、きっとどこの出版社も公正に見てくれます」

「そんなものを公正に見る訳ないじゃない」

毒島は眉一つ動かさずに一刀両断する。

「新人賞すら獲れない人間がまかり間違ってデビューでもしたら悲惨だよ。メジャーリーグのバッターボックスに立たされた中学生みたいなものだから。恥を掻くか怪我をするのがオチ」

「でも」

「聞くところによるとあなた、万年予選落ちだそうだけど、そういう相談なら僕なんかより武邑さんが相応しかったかもね。ところで武邑さんは何か荷物を携えていませんでしたか」

「薄手の書類カバンみたいなのを抱えていたんじゃなかったかな。あまり憶えていないけど」

三人目の木原葉根は最初から毒島に不満をぶちまけてきた。

「正直、武邑くんの受賞はビギナーズラックだったと思うんです」

「ほう、何故ですか」

「確かにミステリーとしての構成は整っているかもしれませんけど、キャラクターが弱いです。よく言えばリアル、悪く言えば凡庸で、まるで魅力がありません。彼は投稿する前にキャラクター造形の得意な受講生、たとえばわたしとかに相談するべきだったんです。そうすれば『人喰い太郎の履歴書』は完璧な作品にアップデートされていたに違いありません」

武邑本人に聞かせたら、いったいどんな顔をするだろう。明日香は肩の辺りがうすら寒くなるのを感じた。

「木原さんは彼の受賞作を全編読み通したんですか」

「講評会で冒頭の五十枚と梗概を読まされただけです。でもキャラの弱さを確認するにはそれで充分でした」

「キャラが立っていれば獲れる賞じゃないけどね、双龍社新人賞は」

「だからビギナーズラックなんですよ」

どうやら彼女は武邑譲の才能を信じたくないらしい。

「いくらビギナーズラックでも文章や構成が破綻していたら最終選考まで残ることもできないでしょ。少なくとも万年一次落ちの人よりはよっぽど実力があると思うけど」

「そうじゃないんですよ」

木原はずいと身を乗り出す。

「多門先生が仰るには、新人賞というのは一次予選通過、次は二次予選通過、ゆくゆくは最終選考という風に順番にレベルアップしていくものじゃなくて、一次落ちを延々と続けるうちにある時ポンと最終選考までいっちゃうものなんです。だから予選落ちを続けているからと言って、わたしの文才を否定する材料にはならないんです」

どうしてここまで根拠のない自信が持てるのか。明日香は少し木原が羨ましくなる。

「二次会の模様を教えてください」

「多門先生と先輩受講生三人による反省会兼講評会です。とにかく武邑さんに足りない部分、期待したい部分を四人が徹底的にレクチャーするんです」

木原による二次会の説明は多門のそれに準じていた。相違する箇所と言えば、先輩受講生のアドバイスに武邑が至極感激していたという件だろうが、これも甚だ主観的と受け取らざるを得ない。

「それで、武邑さんはカバンのようなものを携えていませんでしたか」

「わたし、武邑くんの隣に座ったから憶えていますよ。書類ケースと言うか、ノートパソコンが入るくらいの安っぽいカバンでした」

「武邑さんは一度でもそのカバンを開きましたか」

「そこまで注意して見ていませんでした」

「二次会が終わってからの行動を教えてください」

「二十三時過ぎの電車に乗って帰宅しました。それより毒島先生、さっきの件はどうお考えですか」

「さっきの件とは」

「一次落ちを延々と続けていても、そのうちポンと最終選考までいっちゃえるって話です。毒島先生もそう思いませんか」

「僕の同意が必要なの」

木原は安心を求めているに違いない。予選落ちを繰り返す自分を慰撫する言葉を欲している。それが現役作家である毒島の言葉なら尚更効果的なのだろう。

「同意はできないなあ。だってそれ、あなたたちに対するリップサービスだもの」

「え」

「文学賞というのは文化事業の一環という側面もあるけど小説講座にそんなものはない。あるとすれば商業活動であって、受講生はお客様なんだよね。予選落ちを繰り返した挙句に退会されたらおまんまの食い上げになっちゃう。だからどんなに受賞見込みのない受講生にも希望を与えてあげなきゃいけない。リップサービスというのはそういう意味。文才ゼロの人間に淡い希望を持たせて、受講料を払えなくなるぎりぎりまで繋ぎ留めようとする」

「ひどい」

「ただし受講生も甘い嘘に騙されたいと思っているフシがあるから、一方的に責めるのもどうかしら。両者が共依存関係にあるとも言えるのが、詐欺商法と似ているところだよね」

木原は恨めしそうな目で毒島を見据えるが、そもそも毒島に慰撫や救済を求める方が間違っている。

最後の聴取相手は守屋だった。

「俺、武邑くんの才能は認めているんですよ。でもあいつ、ミステリー畑でしょ。今やミステリーなんてオワコンなんだから、さっさとジャンルを乗り換えろって助言してやったんですよ」

そろそろ受講生たちの勘違いに慣れてきたと思っていたが、なかなか彼らは明日香を飽きさせてくれない。守屋は守屋で、前の二人とは異なるアプローチで武邑を悩ませたようだ。

「どんなに立派な船でも優秀な水先案内人がいなければ座礁もするし行き先を間違う。俺は武邑くんの水先案内人になろうと思ったんですよ」

一次予選すら通過したことのない者が、デビューを果たした者の水先案内人になるという発想が既についていけない。ところが守屋は大真面目に、自分の分析がいかに正しいかを力説する。

「武邑くんがビギナーズラックを引き当てたというのは俺も同じ意見で、それなら受賞後は方向性を変えるべきだって言ってやったんです」

「そうですか」

毒島は露骨に気乗り薄な口調で返す。

「あれ。毒島先生、ミステリー畑ですよね。俺の話に怒らないんですか」

「怒らないよ。ここに座っているのは刑事としてだから。二次会が終わった後、あなたも終電を逃したんですね」

「西野くんと小説談義をしていたら、うっかり逃しちゃったんですよ。本当は武邑くんとも延長して話し込みたかったけど、あいつはあっさり帰っちゃうんで、こっちは不完全燃焼で燻《くすぶ》ってたんです」

「二次会の際、武邑さんが何を持参していたか憶えていますか」

「あー、薄汚い書類カバンを肩から提げてたなあ。折角作家デビューするんだから、もう少し見栄えのいいもの買えよと助言してやりました」

武邑があっさり帰った理由の一つは守屋の言動にあったように思える。第三者である自分でも容易に察しがつくのに、当の守屋は全く無自覚の様子だ。

「それにしても毒島先生、いつまでミステリーにしがみついているつもりですか。さっさと鞍替えしないと先生自身がオワコンになっちゃいますよ」

「刑事として訊くべきことは全部訊いたから答えてあげるけど、特定の分野の衰退を口にしていいのは一度でもその分野で飯を食った者だけだからね」

「でも俺は業界ウオッチャーとしてですね」

「どうしてウオッチャーを気取るかというと、結局その世界で成功しなかったからでしょ。

何一つ成し遂げられなかった半端者が偉そうに業界通ぶっても、みっともないだけだからやめといた方がいいよ」

明日香は四人からの聴取を終えた翌日に各人の乗車履歴とマンガ喫茶の入店記録を洗ってみた。

・多門紀平　二十三時二十分、新小岩駅改札を通過。
・西野佳祐　二十四時三十七分、マンガ喫茶〈コミックランド〉入店。
・木原葉根　二十三時十五分、新小岩駅改札を通過。
・守屋行路　二十四時三十七分、マンガ喫茶〈コミックランド〉入店。

「どれもアリバイとしては微妙ですね」

明日香が愚痴をこぼしても、毒島は一向に焦る素振りを見せない。へらへらと笑みを浮かべて何やら考えに耽っている。

「毒島さん、四人のアリバイをどう思いますか」

「んー、あんまり興味はないよ」

「じゃあ何に興味があるんですか。現場の遺留品や武邑さんが所持していたものは全て解析済みなんですよ」

「あの場にあったものにも興味はないなあ。むしろ、なかったものに興味がある」

「そういう思わせぶりな言い方はやめてくださいって何度も」

言い終わる前に毒島のスマートフォンの着信で中断させられた。

『はいはい毒島。あ、やっぱり。それで中身は。うん、うんうん。報告どうも』

通話を終えた毒島は満足そうに頷いた。

「現場から三百メートルの植え込みから、武邑さんのものと思われる書類カバンが発見されたってさ」

「今になって、やっとですか」

「そう。まるで僕たちが捜しているのを知って慌てて捨てたかのようにね」

「カバンの中身は何だったんですか」

「意味不明の単語や文章を書き連ねたメモ帳が一冊。これね、多分ネタ帳だよ。トリックとかアイデアがいつ浮かんでも書き留めておけるように、普段から肌身離さず持ち歩いている同業者がいる。きっと武邑さんもそのタイプだったんだろうね」

「毒島さんが言っていた、その場になかったものというのはネタ帳だったんですね」

「ちょっと違うなあ」

まるで当てが外れたのを楽しむかのような口調に、明日香は混乱する。〈多門紀平小説講座〉の連中も相当に性格が破綻しているが、まるで考えの読めない毒島より分かりやすい分、まだ可愛げがあった。

# 4

国内最大の出版社を誇るだけあり、双龍社の一階フロアはとにかく広かった。受付で入館証を渡してもらい長椅子で相手を待つ間も、肩身が狭くて仕方がない。

担当編集者に宛てたプロットはあっさり通った。当然だろう。武邑譲が死に、『人喰い太郎の履歴書』は伝説の受賞作となった。その遺作を引き継ぐ作品となれば、企画が通らないはずがなかった。

それでもプロットにOKが出ると天にも昇る心地だった。しかも文庫ではなく、おそらくハードカバーの四六判に違いない。書店の平台に自著が置かれるのを想像すると、久方ぶりに心が躍る。

落ち着け。

今から担当編集者と会うのに浮かれているのを悟られたら足元を見られるぞ。気を引き締めろ。

ようやく待ち合わせの時刻が訪れた。そわそわしていると、エレベーターホールから人影が現れた。

「やあやあやあ、どうもどうも」

「毒島先生。どうしてここに」

「それはこっちの台詞ですよ。どうしてあなたが普段は縁のない双龍社にいるんですか」

「あの、それは」

「あー、もうもったいぶるのはやめ。あなた、武邑さんの担当編集者とアポイント取っていたでしょう。『人喰い太郎の履歴書』の続編執筆の件で」

「何故、そのことを毒島先生が知っている」

「あなたが担当編集者に連絡する以前に、僕が予告していたんです。こういう電話がかかってくるはずだから、双龍社にその気がなくてもＯＫを出しておいてくれと依頼しておきました。ここまで話せば察しがつくでしょう」

「……ハメたんだな」

「武邑さんの受賞作について色々と批判的なことを言われましたが、詰めが甘いのはむしろあなたの方でしたよ、多門先生」

毒島の話している後ろから、高千穂とかいう女性刑事も姿を現した。

「いつから俺を疑っていた」

「その場にあるべきものが現場に見当たらないと知った時からです。そう、あなたが現場から持ち去った、続編のプロットですよ」

毒島と高千穂はこちらを挟むように座る。高千穂はこちらが持参したカバンに視線を注いでいる。変な動きを見せれば即座に取り押さえるつもりだろう。都合の悪いことに、フロアには数人の警備員もいる。自分に逃げ場はない。

「武邑さんは担当編集者に、既に次作のプロットも完成したと話していました。だが完成しているはずのプロットは未だ提出されていません。新人賞を受賞したものの、武邑さんはまだまだアマチュアで自身のプロットに絶対の自信がある訳じゃない。そういう場合は信頼できる人物に目を通してもらおうとするはずです」

「それで俺に目を付けたのか」

「小説講座の中で彼が信頼できるのは多門先生だけでしたからね。武邑さんは受賞後に会う機会もなく、あの飲み会で次作のプロットをあなたに見せるつもりでした。あなたは原稿のやり取りにデータではなく紙の原稿を使う方法を採っていたので、その際に手渡するしかなかったんです。ところが武邑さんの意に反して一次会でも二次会でも、講座の皆さんは彼と受賞作を徹底的にこき下ろしにかかる。とてもじゃないがプロットを手渡せるような雰囲気じゃない。その晩は諦めて彼は帰路に就きました」

「まるで見てきたように喋る」

「物書きの習性で仕方ないんですよ。さて皆が三々五々と散る中、帰路に就いた武邑さんの後を追いかけた者がいます。あなたです、多門先生。あなたは陸橋の上で彼に追いつき、そしてカバンを取り合いになり蹴飛ばしてしまった。武邑さんは真下まで転落し、即死する。あなたは彼のカバンを奪って立ち去った」

「証拠はあるのか」

「あなたが後生大事に抱えているカバンの中には武邑さんがプリントアウトしたプロット

が入っているのでしょう」

「俺が自分で考え出したプロットだったらどうする」

「そのプロットから武邑さんの指紋が検出されたら、どう弁解しますかね。さっきも説明した通り、あなたにプロットが渡る機会はありませんでした。彼を襲撃した際に奪わない限りは。従って彼の指紋が付着したプロットをあなたが持っていること自体が証拠です。そもそも武邑さんが書類カバンを携えていたのを他の三人は明確に証言したのに、あなただけは記憶にないとぼかした。咄嗟《とっさ》に隠そうとして墓穴を掘りましたね」

多門はがくりと肩を落とした。心理的にも逃げ場は残されていないようだった。

「……最初から彼のプロットを狙っての犯行だと考えたのか」

「違うんですか」

「直接には感情的なものだ。プロットは、何か自分の犯行である痕跡がないかとカバンを持ち逃げし、中にあったのを見つけただけだ」

「他人のプロットを横取りしようとした事実に変わりはないでしょう」

「そうだな」

「軽蔑しますよ」

「されても仕方がない。十数年ぶりに自分の本が出版できる誘惑に抗しきれなかった」

「勘違いしないでください。わたしが軽蔑するのは、あまりにも犯行が行き当たりばったりで、しかも隠蔽の方法が杜撰《ずさん》極まりないことに対してです。プロットの立て方が本当にアマチュアレベル。武邑さんが死んでまだ間もないというのに、版元の双龍社に声を掛けるなんて正気の沙汰じゃない。人の褌で相撲を取るなら、もっと上手くやってくれないと」

こちらが呆気に取られていると、高千穂が不味《まず》いものを舌に載せたような顔をしていた。

「犯行動機は感情的なものだと言いましたね。武邑さんとの師弟関係は良好だったんじゃないんですか」

「カラオケボックスから出るまではな。二次会が終わる直前、あいつは俺に向かってこう言ったんだよ。『もう先生は創作する側の人じゃありませんから』とな。自分に創作の能力が枯渇しているのは、とっくに知っていたさ。それでも他人から、しかも新人賞を獲って得意の絶頂にいるヤツからは聞きたくない言葉だった」

毒島はじっとこちらを見ていた。感情の読めない男だが、同情していないことだけは確かだった。

# 二

# 書籍化はデビューではありません

1

『陰キャで非モテの俺がハーレム？　転生してチートな無双人生がスタート！』

都内大型書店の五階フロアでその本を見つけた時、天王山光利《てんのうざんみつとし》は天にも昇る心地だった。

フロアの中でもライトノベルのコーナーは奥に位置している。それでもお目当ての本は平台に積まれて存在感を誇っている。

『天王山光利　著』

絵師の名前よりも字が小さいが、それでも表紙に記された自分の名前は浮き上がって見える。俺のデビュー作、ベストセラー作家と同じ売り場に置かれた新刊。夢ではない。狂おしいほど憧れていた場面に、今自分は立ち会っているのだ。

嬉しい。

感激のあまり叫び出しそうになる。

皆さん、この本は俺が書いたんですよ。どうです、すごいでしょう。

もちろん本当に叫ぶつもりはないが、浮き立つ心を治めるには他に何をすればいいのだろう。

平台から三冊を取ってレジへと急ぐ。自然に小走りになるのは、もうどうしようもない。

レジに立っていたのは自分よりも若い女性書店員だった。表紙の著者名が見えるように差し出し、「領収書をお願いします」と告げる。

「かしこまりました」

「本代で。あ、名前もフルネームで書いてください」

一拍おいてから徐《おもむろ》に告げる。

「天王山光利。天王山トンネルの天王山、光るに利益の利」

まああなたは作者さんでしたか、これは失礼しました、今後ともよろしくお願いします。

書店員の驚く顔と上擦り気味の言葉を期待したが、彼女は感情を殺しているかのように無反応だった。

「ありがとうございました」

肩透かしを食らい、天まで昇った気分がすとんと急降下した。よく考えれば全国の書店員が本日デビュー作を上梓《じょうし》したばかりの新人作家の名前を憶えているというのは無理がある。きっとあの書店員はそうした情報に疎いのだろうと、自分を納得させた。まあいい。明日明後日と俺の本が売れ出したら、直に天王山光利の名前を憶えざるを得なくなる。

思えば記念すべきデビュー作は不遇だった。公募新人賞に投稿したものの一次予選で敗退、加筆修正した上で別の新人賞に応募したがやはり箸にも棒にも掛からなかった。今まで十本も書いてきた長編の中で一番の自信作だったので、公募全滅という結果は俄には受け容れ難かった。

藁《わら》にも縋《すが》る思いで「小説家になろう」サイトに投稿してみた。できれば出版社の目に留まって書籍化となれば万々歳だが、それよりも読者の感想が欲しかった。一次予選で落とされては何が悪く、何が足りなかったのか見当もつかない。いくらか感想がもらえれば励みにもなるし次回作の参考になる。

ところが投稿してみると『陰キャで非モテの俺がハーレム？　転生してチートな無双人生がスタート！』は存外に好評を得た。公開してふた月もするとブックマークが五万を超えたのだ。

「小説家になろう」の評価方法は大きく二つある。まず作品がブックマークされると一件につき二ポイント加算される。つまりブックマークが五万を超えれば自動的に十万ポイントと評価される訳だ。次に作品が読まれると文章、ストーリーの評価点がそれぞれ五ポイント満点で加算される。

巷《ちまた》では総合評価が三万ポイントを超えれば書籍化の可能性があると噂されている。しかも天王山の作品は月間ランキングで一位を獲得していた。間もなくブックマークは六万件に届いた。

ひょっとしたらひょっとするかもしれない。期待に胸を膨らませていると、ある日あすなろ出版の平田《ひらた》と名乗る男から『是非一度お会いしたい』と連絡がきた。あすなろ出版というのは初めて聞く会社だったが、半信半疑で本社に赴いたところ『あなたの作品を出版させてほしい』と申し出を受けた。天王山に断る理由は何一つなく、とんとん拍子に『陰キャで非モテの俺がハーレム？　転生してチートな無双人生がスタート！』の書籍化が決まった次第だ。

天王山は買ったばかりの自著を後生大事に抱き締め、勤め先のパチンコ屋に向かった。


「十分遅刻だ」

店長は冷たく言い放った。この先の展開は読めている。日頃から天王山が時間にルーズで、いかに勤労意欲が希薄であるかを延々と言い募るのだ。

「大体、お前は労働力を売っているという意識が見られない。就業時間を過ごしていればカネがもらえると思ったら大間違いだぞ」

へいへい、その後はあんたがフロア係だった頃の苦労話を披露するんだろ。

「あの、遅れた分を取り戻したいので、今すぐフロアに向かいます」

半ば強引に小言を遮り、店長に背を向ける。これで自分への印象は更に悪くなるだろうが、どうせ遅かれ早かれ自分は作家に転身するのだ。嫌われたところで痛くも痒くもない。

買ったばかりの自著を眼前に突き出してやりたい衝動に駆られもしたが、折角のカミングアウトには少しもったいなく思える。どうせなら、皆の前で店長が偉そうにしている場面で打ち明けたいものだ。俺への称賛と店長への侮蔑が相乗効果を生んで、最高の優越感を得られるに違いない。

この日は同僚や客から邪険に扱われても気にならなかった。いずれ自分が作家だと知れれば、ひどい扱いをした当人にカウンターが返ってくる。自分は爪を隠していた能ある鷹に何という無礼な振る舞いをしたのかと、たっぷり自己嫌悪に陥るがいい。

昼休みを利用して版元の担当者である平田に連絡を入れる。

「平田さん、どうも。俺です、天王山です」

『ああ、どうも。お世話になっております』

「さっき大きな書店に行ったら、俺の本が平台にありました」

『でしょうね。都内大型書店では一昨日が搬入日でしたから』

「ベストセラーになりますかね」

平田からは事前に初版部数は一万部と聞いている。ブックマーク数を六万も獲得した作品の書籍化としては予想外に低い数字だったが、平田によれば初版は様子見であり、売れ行きによっては即重版も珍しい話ではないと言う。

『納入から一週間経たないと数字が出ませんよ』

「一週間ですね。じゃあいい報告を待っていますっ」

相手の返事を待たずに電話を切ってしまった。まあいい。どうせ一週間後にはリアル書店でもネット書店でもベストセラー一位を獲得している。放っておいても向こうから嬉しい悲鳴が聞こえてくるに違いない。

閉店後、自宅アパートに戻った天王山は早速ネットでデビュー作のレビューを検索してみた。「感動作」、「とんでもない大傑作」、「十年に一人の才能」、「末恐ろしい新人の誕生」。そういう称賛が並ぶのを期待していた。

ところがAmazonや読書メーターをはじめとしたレビューサイトを覗いてみると褒めた内容は数えるほどしかなく、大半は酷評ばかりだった。

『凡百以下のなろう小説でした。なんかとりあえずテンプレを集めてみましたってだけで』

『地の文がスカスカで目が滑るぅ』

『これで商業出版できると判断した作者&出版社はスゴいとしか言いようがないですね』

『これを小説というのなら、文芸の世界は終わってるよな』

『これだから「なろう」は』

読んでいると気が病みそうになるので、慌ててサイトを閉じた。ついさっきまで膨れ上がっていた自尊心が音を立てて崩れる。

冷蔵庫にあったミネラルウォーターをひと息に呷《あお》り、深呼吸を一つすると少しだけ落ち着いた。

ああ、そうか。

皆、嫉妬しているのだ。

俺のような才能の出現に仰天し、嫉妬混じりのレビューを上げているに相違ない。よくあることだ。新人のデビュー作には特別に辛辣な感想を上げるひねくれ者がいるとも聞く。そうでなければ自分の畢生《ひっせい》のデビュー作がこんな評価を受けるはずがないではないか。

きっと酷評を浴びるのは最初のうちだけだ。今に普通の読者が手に取って称賛のレビューを上げてくれるに違いない。それに重版が続いてベストセラーになれば自ずと好評価が多くなるはずだ。何と言っても大衆はヒット作を愛してくれるのだから。

だが気休めはどこまでいっても気休めに過ぎず、天王山は内心他人からの称賛を渇望していた。

デビュー作が刊行されてから一週間目、全く数の伸びないレビューに苛立っているさ中、店長から毎度お馴染みのお小言を食らった。

「いつも言っているがな、そもそもお前は人より秀でたところがないんだ。秀でたところがないのなら、人の二倍三倍働いてちょうど一人前なんだ。分かってるのか」

決して天王山の将来を考えての小言ではなく、ただ自分の鬱憤《うっぷん》晴らしに反抗しない部下を叱りつけているだけだ。話が五分も続くと、とうとう天王山の堪忍袋の緒が切れた。

「それならいいです。俺、辞めますから」

一瞬、店長は驚いたようだったが、すぐ元の冷笑を取り戻した。

「辞めるだと。ほう、これでもずいぶん仏心で雇っていたつもりなんだがな。ウチ以外に、いったいどこのパチンコ屋が採用してくれるかな。今はどこだってまともなヤツしか雇わない。お前みたいな半端者をまともに扱ってくれるところなんぞない」

こうなれば売り言葉に買い言葉だった。

「それがあるんですよ。文壇というところが俺の参入を喜んでくれています」

「ブンダン。ブンダンって何だ」

「すんません。碌に本を読みもしない店長には理解困難でしたよね。小説ですよ小説。俺はついこの間、作家になったんです。良かったらサインして差し上げましょうか」

「ふざけるなよ、馬鹿」

「馬鹿はそっちでしょうが。俺という人間の真価を知らずに雑用ばかり押しつけていたんだから。あんたは開票前の選挙ダルマみたいに目がないんですよ」

我ながら上手いことを言ったつもりだったが、店長は評価してくれなかった。その場でクビにされ、天王山は今月限りで晴れて自由の身となった次第だ。

店を辞めて、これほど晴々としている人間も少ないだろう。天王山の心は秋晴れの空のように雲一つなく澄み渡っていた。どのみち専業作家として活躍する予定だったから、転職が前倒しになっただけの話だ。

ただ、収入の点がいささか気懸かりだった。デビュー作が出版されたからには印税が入ってくるはずだが、迂闊にも振り込まれる日を確認していなかった。

『陰キャスタート!』は定価が六百八十円だ。初版部数が一万部、印税率は大抵十パーセントと聞いている。つまり単純計算すれば680円×10000部×0・1=680000円という金額が振り込まれる予定だ。

六十八万円というのは何やら中途半端な金額だと思ったが、初版ならこんなものだろうと自分を慰めた。続々重版がかかれば、初版印税などものの数ではない。

善は急げで早速平田に連絡を入れてみた。

『はい、平田です』

「天王山です。えっと初版印税の支払いについてなんですけど、六十八万円の振り込みはいつになるんですか」

単刀直入にカネの話を持ち出すことに若干の躊躇《ためら》いがあったが、いかにクリエイティブな仕事であっても報酬の話は重要だ。

ところが平田は歯切れ悪く言ってきた。

『ええっと、お手元に出版契約書は届いておりますでしょうか』

言われて思い出した。刊行の翌日に郵便で契約書が届けられたのだ。物珍しさも手伝って一応目を通してみたのだが、細かい条項が嫌がらせのように羅列してあったので、そのうち読解を諦めた。ベストセラーになれば細かい条件を気にする必要もないので、指定された箇所に署名押印して一通を返送しておいたのだ。

『何か連絡の行き違いがあるようですが、最初の印税は再来月の支払い予定ですし、そもそも六十八万円という金額ではありませんよ』

「え。でも定価六百八十円で初版部数は一万部ですよね」

『どうやら今一度説明が必要なようですね。申し訳ありませんが、弊社までご足労いただけませんか』

何やら雲行きが怪しくなり出した。手持ちの現金がそろそろ逼迫《ひっぱく》してきた事情もあり、天王山は急遽《きゆうきよ》あすなろ出版へと赴いた。

「一つ一つ、説明していきます」

一階フロアの端にあるスペースに天王山を招き入れると、平田は噛んで含めるように話し始める。

「まず印税率の件ですが、天王山さんの今回の出版物に関して印税率は六パーセントとなっています」

「えっ。印税率って大抵は十パーセントじゃないんですか」

「ライトノベル系はイラストレーターさんにも印税が振り分けられます。『陰キャスタート！』では人気のある絵師さんに描いていただいたので、その分天王山さんへの割り当ては低くなります」

「絵師さんが四パーセントも取っていくんですか」

「絵師さんは超有名ですけど、天王山さんはつい昨日まで無名でしたから」

「でも、サイトではブックマークが六万件を超えたんですよ」

「ネットの六万人とリアルの六万人を同一視してはいけません。市場に流通させる段階で天王山さんは単なる無名の新人なんです。有名な絵師さんのイラストを借りて、ようやくお客さんが注目してくれるのです」

悔しいが、これは納得せざるを得ない。自分は新人賞を獲った訳ではないので、無名と言われればそれまでだ。

「次に初版印税に関してですが、当レーベルでは刷り部数印税ではなく、実売印税を適用しています」

実売印税というのは初めて聞く単語だった。

「刷り部数印税は発行部数×定価×印税率で計算しますが、一方、実売印税というのは、発行部数から返品等の在庫分を差し引いた数×定価×印税率で算出します。つまり実際に売れた部数によって著者に支払われる印税額が決まる訳ですね。従って、支払いはおよそ半年後ということになります」

「は、半年後って。じゃあ半年間、俺の懐には一円も入らないっていうんですか。そんなの殺生ですよ」

「ですから、天王山さんの場合は初版保証として二千部分の印税を先にお支払いすることになっているんです。それが先刻申し上げた再来月なんです」

二千部なら680円×2000部×0・06＝81600円になる。

たったの八万千六百円だと。ふざけるな。一カ月のバイト代と似たり寄ったりではないか。

「で、でもそれって最低保証の金額で、重版が掛かれば問題ないんですよね」

「それが言いにくいのですが」

平田はひどく流暢に言ってのける。

「本日ちょうど数字が出たのですが、初速が芳しくありません。このままでは半年経っても実売部数は二千部がいいとこでしょう」

「いいとこって、それじゃあ」

「再来月にお支払いする初版保証分が印税全額になりそうです」

「そんな。『陰キャスタート！』は一年を費やして完成させた長編で、四百字詰め原稿用紙に換算しても三百十五枚もあるんですよ。それがたったの八万千六百円だなんてあんまりだ。これ、何かの間違いですよ」

「間違いも何も、これが現実ですよ」

平田の言葉は次第に温度が下がっていく。熱を帯びた言葉よりも数段腹に応える。

「今更と言われるでしょうけど、ライトノベルに限らず、今は出版点数が多過ぎて中ヒットやスマッシュヒットが生まれ難くなっています。バカ売れするベストセラーか初版で終わる残念作かの二極分化が進みつつあります」

「俺の『陰キャスタート！』が残念作だと言うんですか。あんまりですよ。なろうサイトにアップしていた時にはブックマークが六万件もついたし、評価もよかったのに」

「書籍化になった途端に評価が一変したのが腑に落ちませんか。わたしはむしろ当然の帰結だと考えます」

「どうして当然なんですか。ネットだろうがカネ出して買おうが、読者に違いはないでしょう」

「あくまでもネットは無料ですが、書籍は有料です。この差は途轍もなく大きい。タダのものには甘い評価もつきますが、身銭を切ったものなら見方がキツくなるのは当然でしょう。別の言い方をすればタダだから読んでくれたのであって、初めから有料だったら誰も読まなかったかもしれない。そもそも公募新人賞だって、どこの馬の骨か分からない新人を売り出すために賞という冠を被せる訳ですからね。なろう発で受賞作でもない小説を店頭に並べるのは、はっきり言って分の悪い博打みたいなものです。だから弊社レーベルでは少しでもリスクを回避するために、総合評価の高い作品から順に書籍化を進めているのです」

そう言えば天王山のデビュー作を見つけた平台には、同じあすなろ出版の文庫が『陰キャスタート！』より高く積まれていた。あの山の差異が、そのまま総合評価の格差になっていたのか。

平田に指摘される内容はいちいちもっともで反論の余地がない。次第に天王山は印税額に固執する自分が情けなく思えてきた。

「それなら平田さん、そろそろ続編の話をしましょうよ」

「続編というのは『陰キャスタート！』の続編のことですか」

「パート2で盛り上げて部数を伸ばせば、パート1の売り上げも伸びると聞きました。実は大まかなプロットも出来ているんです。来週まで待ってくれたら必ず」

「うーん」

平田は困惑顔で唸る。

「これは別の説明が必要ですかね。天王山さん、現在弊社は続編どころか次回作をお願いする予定もありません」

「え。でもデビュー版元からは三作まで出してくれるんじゃないですか」

「そんな知識、どこで仕入れたんですか。まあ慣習として三作縛りというのはありますが、それは公募新人賞でデビューした新人に限っての話です。誠に言いにくいのですが」

やはり平田は立て板に水のごとく喋る。

「天王山さんの作品は企画本なのですよ」

またぞろ聞き慣れない言葉が出てきた。

「最初に『こういう本を売ろう』という企画があり、その企画に条件が合致する要素を集めてくる。それは集客が期待できるストーリーであり、好まれる作風であり、人気のある絵師の表紙です。従って条件に合致するのであれば誰が作者であっても構わない。そして企画はその都度別の内容になるので、前の企画で集められた要素はいったんゼロクリアになります」

「じゃあ、どうしたら俺の次作を出版してくれるんですか」

「そうですね。またなろうサイトにアップしてブックマークを稼いでいただければ。ただ今回の惨敗を踏まえた上で最低でも十万件は必須でしょう。それだけのブックマーク数を稼いだら、再度わたしが企画を立案してあげましょう」

あまりに苛酷な話に我が耳を疑う。

「そんな。折角商業デビューしたのに、またネット投稿に逆戻りだなんて。それじゃあデビューでも何でもない」

「ええ、その通りです」

平田は我が意を得たりとばかり嬉しそうに笑ってみせた。

「ただの書籍化はデビューではありません」

至極あっさりと断言され、束の間天王山は言葉を失う。

「……残酷な言い方をするんですね」

「現実は得てして残酷なものです。敢えて言わせてもらいますが天王山さん。元々『陰キャスタート！』は、いくつかの公募新人賞に応募して片っ端から予選落ちした作品なんでしょ」

「どうしてそれを」

「その程度の事前調査くらいしていますよ。公募新人賞の予選落ちやら最終落ちをネットにアップする御仁は少なくありませんから。あのですね。公募で門前払いを食った作品を出版したら大ヒットというのは奇跡みたいなものなんですよ。昨今、そうした奇跡がクローズアップされているのでトレンドになっているかのように勘違いする人が後を絶ちませんけれど、数少ない奇跡だからこそ目立つという側面を忘れてはいけません」

「何だかとても嬉しそうですね」

「そうですか。きっと珍しく本音を吐き出せているからでしょう」

確かに憑き物が落ちたような晴れやかな顔をしている。

「なろう系で書籍化を果たした人の中にこんな方がいました。いきなり編集部に電話を寄越して本を出版してくれと言うんです。以前のお付き合いもあるので、取りあえず企画書なりプロットなりを送ってくれるようお願いしたら、『いや、自分はもうプロだからそういうのは必要ない』と仰るのですよ。企画本を一冊出したきりの人が大作家を気取るものですから、こちらとしてもどう対応していいのか本当に困り果てました」

他の勘違い野郎の話を面白おかしく開陳しているように繕ってはいるが、実は暗に天王山を牽制している。お前はそんな勘違いをしてくれるなと釘を刺しているのだ。

無言の圧力に耐えかねて天王山は編集部から退散した。退出ではなく退散と表現した方がよほど正鵠《せいこく》を射ている。平田の吐き散らかす正論と常識と現実の洪水に押し流されてしまったのだ。

いくら高邁な信念を胸に秘めていても、実売部数という数字には勝てない。現状二千部も売れていない『陰キャスタート!』はあすなろ出版にとって不良債権の一つに過ぎない。やっと商業デビューできたと思ったら、もう土壇場ときたか。つくづく自分という人間は幸運の女神から見放されているらしい。

いや恵まれていないのは運でなく実力ではないかという声がどこからか聞こえたが、敢えて聞こえないふりをした。

すっかり打ちひしがれ、天王山は重い足を引き摺って帰路に就く。

## 2

苛烈とも思える平田の宣託を受け、自宅に戻った天王山は再書籍化について頭を巡らせてみた。

わずかな通帳残高を確認する。家賃や水道光熱費の支払いを考慮すれば保《も》ってふた月だろう。今からでも新しいバイトを探すか、それとも店長に頭を下げて退職を撤回させてもらうか。

いや、それだけは駄目だ。あんな啖呵を切って店を辞めたのだ。今更惨めにおめおめと戻れるものか。それこそ己のプライドが悲鳴を上げて悶死する。

やはり自分には小説しかないという結論に至った。小説で空けた穴は小説で埋める。『陰キャスタート！』で拵《こしら》えた赤字分を新作の出来と売り上げで補塡し挽回する。そうする以外に平田の信頼を得る方法はなさそうだった。

温めていた続編の構想は捨てるしかない。一から新しい物語を創らなくてはならない。パチンコ屋を辞めたのは却って好都合だ。一日の大半を創作に注ぎ込める。愚直だが『陰キャスタート！』よりも面白く、高い評価を得られるような新作を書く。

本音を言えば、小説を書くのはそれほど好きではない。自分は作家になりたいのだ。

新しい商売が生まれては消え、日々ステイタスは入れ替わる。価値観の多様化が叫ばれ、旧来の権威は次々に駆逐されていく。それでも作家という肩書は未だに敬意を持たれている。天王山はその敬意を欲していた。誇れる学歴も栄誉も才覚もない無名の自分が何者かになるには、作家になるのが一番手っ取り早いと信じているのだ。

一般文芸もライトノベルもない。とにかく商業出版して他人から「天王山先生」と呼ばれてみたい。今まで自分を軽視していた者たちを見返してやりたい。自分のような無名の有象無象《うぞうむぞう》を高所から睥睨《へいげい》したい。

これは承認欲求と呼べるような生易しいものではなく、社会に対する消極的な復讐だった。

無論、作家などよりもはるかに権勢を振るえ、優越感に浸れる職業、たとえば政治家という選択肢もなくはないが、こちらは最初からその器ではないと諦めている。天王山には交渉力も決断力もリーダーシップもない。

ただし日本語が操れる。日本語が操れるのなら小説も書けるはずであり、問題となるのは内容が商業出版できるレベルにあるかどうかだけだ。それなら天王山にも充分可能性があるではないか。現に『陰キャスタート!』には六万件のブックマークが付与されたのだ。

『あくまでもネットは無料ですが、書籍は有料です。この差は途轍もなく大きい。タダのものには甘い評価もつきますが、身銭を切ったものなら見方がキツくなるのは当然でしょう』

そんなことがあるものか。あすなろ出版で平田が断言した時には納得した気でいたが、改めて考えれば無料コンテンツであっても真剣に評価するレビュワーは存在する。平田の弁は一面的であり、『陰キャスタート!』の市場価値を必要以上に貶めるものだった。

自信を持て、天王山。

己を鼓舞してパソコンを立ち上げる。なろうサイトを閲覧し、ランキング上位の粗筋を見て売れる要素を抽出していく。各要素を箇条書きにしてプロットを練る。前作は一年がかりで完成させたが、今回は刊行から日を置くのは望ましくない。市場に天王山光利の名前が知られているうちに第二作を書籍化する必要がある。評価ポイントを獲得してあすなろ出版に企画を持ち込む期間を考慮すれば、時間を掛けられたとしても二カ月だ。一カ月以内にプロットを立て、次の一カ月で脱稿する。

本日この時より、天王山はプロット作成に傾注した。ああでもないこうでもないと熟考に熟考を重ね、食事と現金引き出しと資料集め以外には外出も控えた。ランキング上位の作品が評価されている箇所を全て網羅するのは無理がある。最大公約数となる要素を弾き出して自作に取り入れる。

やはり昨今のトレンドに沿って異世界転生ものにしよう。平凡な男もしくは女が転生先で意外な才能を開花させて世界を救う。ベタなストーリーだが、ベタは別名王道とも言うではないか。王道なら外れることも少ない。

主人公は読者が感情移入しやすいキャラクターにする。容姿は十人並み、賢くもなければ馬鹿でもない。どこにでもいそうな普通の人間がいい。ちょうど天王山自身が格好の参考になる。

複数のヒロインを登場させるのもトレンドだ。仲間にはハゲとデブを採用する。ハゲは無口だが戦闘力があり、デブは饒舌だが全ての武器に精通している。定番のキャラクター造形だが、この二人がいれば主人公の危機を救う要員となってくれる。

主なキャラクターが出揃ったら、脳裏で彼らを自由に動かしてみる。自由と言っても大まかなストーリーは決まっているので、あくまでラインから逸脱しない範囲で彼らに物語を進行させる。

プロ作家の中には結末に至る細部まで、きっちりプロットを立てる者もいるそうだが、天王山はキャラクターの動きに任せる方が面白いものになると信じている。終章に向かうに従って、最初に構想していたものとは別の展開になるのが我ながら楽しいという理由もある。

キャラクターの好き勝手に任せていると、設定がブレたり脇道に逸れたりするが、そうした事態も小説の面白さだと思っているのであまり拘泥しない。読者は主人公の活躍を堪能したいのであって、物語の結構を確認したい訳ではない。

読者のストレスを軽減させるのも重要だ。主人公にイバラの道を歩ませてはならない。挫折させてはならない。努力させてはならない。周囲の力と運とご都合主義と奇跡で成功を収めさせなくてはいけない。

敵と闘うごとに主人公たちはスキルを上げていく。次の展開では更に強力な敵が出現し、主人公たちも更に経験値を積み重ねていく。この流れを延々と繰り返していくと、やがて戦闘能力のインフレが発生するので、間を持たせるために主人公のハーレム展開を挿入する。

ひと月も呻吟《しんぎん》していると、ようやく物語が佳境に差し掛かってきた。まだラストをどう着地させるかは定まっていないが、天王山は構わず冒頭部分から書き始めた。タイトルは『異世界転生無双譚～俺に石を投げたヤツは数秒後に大型ダンプに轢かれ伏した』。

まず主人公を殺す。手っ取り早いのは大型ダンプに轢かせることだ。これなら無理な設定ではないし、簡単に殺せる。

転生先は、やはり十四世紀辺りのヨーロッパをモチーフにしよう。大飢饉や黒死病が発生し、そろそろ活版印刷が発明される時代だ。迷信と科学が拮抗しており、奇想天外なファンタジーを許容してくれる下地がある。

テンポのいい台詞を主体とし、天王山が苦手とする地の文は極力センテンスを短くする。漢字もティーンエイジャーのために少なくする。その代わり比喩表現を多くしておく。比喩が多いと文章が一段高尚になったような気がするからだ。

全体の三割ほど書き進めると、案の定キャラクターの性格にブレが生じてきた。こいつはこんな行動をしないだろうという描写が目立ってきた。だが天王山は敢えて気にしない。人間の気が変わることなど現実でもよくあるではないか。行動原理が途中から捻じ曲がる方が、リアリティがある。

一章書き終えるごとにサイトに順次アップしていく。ただし前回までのように読者の反応を見ることはしない。以前であればレビュワーの感想を参考にして次章に取り組んだが、既に商業出版を果たした自分には素人の意見など必要ない。要はブックマークさえ稼げればいいのだ。

半分まで書き進めると、今度は作品のテーマも歪んできた。さすがにテーマまで変更すると作品の一貫性がなくなるので、枝葉末節を取り繕って何とか本来の軌道に戻す。こうしたストーリーの混乱も主人公の言動をヒロイックにすれば目立たなくなるだろうと、派手なイベントをいくつか付け加えた。

執筆二十日目、物語はいよいよ最終章に突入した。各章にちりばめていた伏線を回収しながら大団円を迎えるのだが、全てを回収したのでは続編を作りにくくなるので、気になる伏線はそのまま放置しておく。どうやって回収するかは続編の執筆時に考えればいい。力業で物語を畳めば、読んでいる方は意外に気にしないものだ。

執筆三十日目、遂に完成した。主人公は仲間の何人かを失いつつも世界を護りきったのだ。

エンドマークを打った時、作者である天王山本人も感極まって泣いた。我ながら前作よりも感動できる傑作が書けたと思った。顎まで伝った涙を拭いながら最終章を投稿する。

ここまでの間、ブックマークはわずかに三十二件と驚くほど少ないが、最終章が公開された時点でうなぎ登りに上昇していくのは目に見えている。サイトの閲覧者は商業デビューを果たした天王山光利の新作がどんな出来であるのか、固唾《かたず》を呑んで見守っている。文芸誌を定期購読する読者は多くないが、連載を終えて書籍化されるのを待ち構えている読者は多く存在する。それと同じだ。

ところが公開後の翌日になっても翌々日になってもブックマークの件数はまるで増えなかった。

五十二件。

天王山は目を疑った。桁が三つ違っているのではないか。だが何度目を凝らしてみても桁数は二つのままだった。

いったい何が起きているのだ。必要なしと確認しなかったレビューを覗いて愕然とした。

『ひどいわー、コレ。前作の焼き直しどころか劣化コピーのそのまた劣化コピー。読んでいて目が腐りそうになった』

『前作、書籍化したものの大爆死したんだっけ。作者、ヤケクソでこれを書いたのかな？とにかくいろいろと粗い』

『商業出版していい気になってるのな。テンプレ並べておけば一丁上がりとでも思っているのかね。なろうの読者ナメ過ぎ』

『一発屋だったな。しかも渾身の一作が線香花火』

『貧すれば鈍するを地でいくようなものですね。本作からはなろう小説やライトノベル系、ひいては文芸全般に対するリスペクトを一ミリも感じません。唯々《ただただ》、自分が脚光を浴びたいだけというのが全編から滲み出ています』

『読者に色目を使い過ぎて、逆にそっぽを向かれた典型。なろうなんだから、もっと自由に書けばいいのに』

『反面教師ですなー。俺はこうはなるまい』

『一ページ読んで欠伸《あくび》が出たのは初めて。すごい才能だよな』

『書籍化した前作が一番茶なら、これは出涸《でが》らし。なろう読者に失礼』

『しっかしブックマーク、少ないよねー』

『もう、書かない方がいいかもしんない』

『もう、死んだ方がいいかもしんない』

読み進めていくうちに殺意が芽生えた。

死んだ方がいいのはそっちだろ。いやしくも商業デビューした作家に何て言い種《ぐさ》だ。読むだけで書きもしないヤツが。分を弁《わきま》えろ。

コメントの一つ一つに悪態を吐いていると、どんどん自分の中に毒素が蓄積するような錯覚に陥る。不健康だと思ったが、自制するのは困難だった。

本棚に差してあった小説指南の本を抜き取り、壁目がけて投げ捨てる。枕に何度もパンチを見舞う。挙句の果てには壁そのものを蹴り出した。

少し遅れて壁の向こう側を叩く音がした。隣室の住人からの抗議に相違なかった。散々暴れていい具合に疲れた頃合いだったので、停止の合図としてちょうどよかった。

気分が落ち着いたのでブックマーク件数が伸びない理由を真剣に考えてみた。酷評の数々は癇《かん》に障ったが『読者に色目を使い過ぎて、逆にそっぽを向かれた典型』というのは、悔しいかな正鵠を射ていると思った。プロット段階でランキング上位を占める作品の最大公約数を抽出したのだから、読者優先になるのは当然だ。その狙いを見透かされ過ぎたのではないだろうか。何事も過ぎたるは及ばざるが如しと言う。自分はサービスし過ぎたのだ。

だがそうかと言って、公開した新作を丸ごと修正する気力は残っていなかった。元より作者自身が感極まって泣いた小説だ。感動しない読者が鈍感なのだと判断せざるを得ない。

つらつら考えた末、一つの結論に至った。

レビューを投稿した読者は揃いも揃ってみる目がないのだ。彼ら以外の読者が読めば、違ったコメントを残すに決まっている。言い換えれば前作『陰キャスタート!』を未読のファンこそ開拓する必要がある。

では、どうする。

ブックマーク六万件超の『陰キャスタート!』を未読ということは、そもそもなろう小説に関心のない読者層と考えてよさそうだ。そうした層に振り向いてもらうには、さてどうすればいいのか。

即座に思いつくのは天王山が有名人になることだ。タレントでもスポーツ選手でもいい。発信力のある何者かが公開した小説なら、誰しも先を争うように読んでくれる。だがこれは本末転倒だ。そもそも天王山はその何者かになりたくてさほど好きでもない小説を書いているのだ。

特別な才能を必要としないやり方で有名になる方法はないか。しばらく考えていた天王山は、やがて自画自賛したくなるようなアイデアを思いついた。


三日後、天王山は自身のYouTubeを開設した。

「始まりました。〈作家天王山光利の無茶ブリ実践室〉」

カメラに向かい、無理やり明るく装った第一声を放つ。

「このYouTubeは作家天王山光利、つまりこの俺が皆のリクエストに従って色々無茶なことをして、その様子を配信するという番組。重犯罪以外なら可能な限り何でも挑戦しまっす」

昨今のブームを反映してか、ずぶの素人が思い立ったとしても気軽に動画が配信できる。クオリティに目を瞑《つぶ》りさえすれば、サムネイル作成から動画編集まで済ませられる無料アプリがネットに転がっているのだ。

「今回は開設の挨拶だけだけど、次回からリクエストに応えようと思います。みんな、コメント欄にリクエストしてねー。それから高評価とチャンネル登録よろしくぅ。サイトに俺の最新作、『異世界転生無双譚〜俺に石を投げたヤツは数秒後にひれ伏した』がアップされているので、そちらも読んで高評価をくれると、とても嬉しいです」

カメラのスイッチを切ると、百メートル走を二回分の疲労が全身に伸し掛かってきた。不特定多数に向けて喋るのも愛想笑いをするのも得意ではない。編集機能があるから何とかこなしただけだ。

さあ、これで反応があるかどうか。ユーチューバーの中には視聴回数欲しさに性行為の実況をするようなものもいる。生半可な動画では耳目を集められないのは承知している。果たしてどんな要求が舞い込むことやら。

初のYouTube開設は不安だらけだったが、二日後に視聴者からのリクエストが届いた。

『交番の前で爆竹に火をつけろ』

初っ端からこれか。天王山は溜息を吐きたくなったが、何事によらず最初が肝心だ。仕方がないので深夜帯を狙い、交番の前までやってきた。巡回しているのか奥で休んでいるのかボックス内に警官の姿は見えない。交番の前に爆竹の束を置き、辺りを見回す。誰もいないのを確かめてから導火線に着火し、撮影用のスマートフォンを摑んで脱兎のごとく駆け出した。

背後で爆竹の爆《は》ぜる音がするが構ってはいられない。寝静まった住宅街の中、天王山は闇雲に走り続ける。商業デビューを果たした自分が、何故こんなことをしなければならないのか。急かされた状況下では混乱は増すばかりだった。

交番襲撃の一部始終を配信すると、後半部分の映像が大きくブレていたにも拘わらず視聴回数は三桁を記録した。自信たっぷりに書き上げた第二作が未だ二桁のブックマーク数であるのに対して、五分足らずのイタズラ動画がたった半日で三桁のアクセスを記録する。この現実には複雑な感情を抱いてしまう。

『ピンポンダッシュの進化系』

『これで警官が追いかけてくるまでがワンセット』

『いいぞ、もっとやれ』

『次は皇居前で』

初回配信にも拘わらず視聴回数はその後も伸び続け、翌日には何と四桁に届いた。一方、主眼のなろうサイトはまるで音無しの構えで、まだ百件の手前で足踏みをしている状態だった。

もっと過激なことをして注目されなければ。

次に天王山が選んだリクエストは、次のような内容だった。

『ヘイトスピーチのプラカードを掲げて新大久保の街中を歩け』

政治的にも思想的にも危険なリクエストであるのは間違いない。即刻却下しようとしたが、しばらくすると魅力的な提案に思えてきた。内容が危険であればあるほど注目されやすい。アナーキーなパフォーマンスを披露する作家としてのブランディングも期待できる。

次の日曜日、『韓国人は日本を出ていけ！』と大書したプラカードを掲げ、天王山はコリアンタウンの中を歩いていく。

「何あれ」

「選りに選って、ここでかよ」

「例の政党じゃないだろうな」

往来で疎まれたり面白がられたりしているうちはまだよかったが、そのうちつかつかと歩み寄ってくる者が続々と現れた。

「兄ちゃん、一人か。いい度胸してんな」

「他の外国人にも同じこと言ってみ？」

「肝試しのつもりなら高くつくぞ、このクソ野郎」

「お前みたいなヤツがいるから日本人が誤解されるんだぞ、恥知らず」

あっと言う間に天王山は機嫌の悪そうな者たちに囲まれる。

プラカードを掲げて既に五分が経過した。ここらが潮時だろう。天王山はカメラのスイッチを切ってから、すぐにプラカードを下ろした。

「すいませんでしたあっ」

深々と頭も下げた直後、駅のある方向に逃げ出す。動画を収めたスマートフォンさえあれば他には何も要らない。忌まわしきプラカードはその場に捨て置いた。

だが群衆たちも易々と見逃してはくれなかった。直接抗議した数人が後を追いかけてきたのだ。

「あの野郎、逃げやがった」

「絶対に、あの政党の回し者だ」

「捕まえて吐かせろ」

恐怖に火がつき、天王山は命からがら逃げ回る。幸い休日の人だかりのお蔭で追手をまくことができ、滝のような汗を流しながら電車に乗れた。

反応は瞬く間だった。配信五分からコメントが嵐のように流れ込んでくる。大半は非難と抗議だったが、悪名は無名に勝る。動画は一日だけで一万二千回もの再生回数となった。同時に〈コリアンタウンの真ん中でヘイト行為〉なるニュースがトピックに上がってきた。配信者名を公開しているので、間もなく天王山を名指しで非難する声が集まり出した。

『レイシスト』、『差別主義のなろう作家』、『日本の恥さらし』、『韓国に追放してほしい』。

これが炎上というものか。死体に群がるハエのごとく集まったコメントの中には、天王山の肺腑を抉《えぐ》るものも散見された。

『売れないアマチュア作家の売名行為だよ』

読んだ途端、頭に血が上った。

売名行為であるのは認める。

だがアマチュア作家とは聞き捨てならない。俺は商業デビューしたプロ作家だぞ。

炎上は有難い。トピックに取り上げられたことも手伝い、動画再生数はついに十万回を突破し、天王山は一躍時の人となった。これだけ反応があればなろうサイトにも閲覧希望者が殺到しているはずだ。

期待に胸を膨らませてサイトを覗き、天王山は高所から突き落とされたような絶望感を味わう。

ブックマーク数、百十五。

思わず頭を抱えた。あんなことをしでかしても、俺の小説に興味を持ってくれるのはたった百十五人しかいないのか。しかも無料公開なのに。

目下炎上中の昂揚感と読者の少なさによる落胆が綯《な》い交ぜになり、どうにかなりそうだった。

こんなのでは駄目だ。

ヘイト行為よりも、もっと刺激的な動画を配信しなければブックマーク数に影響が及ばない。

もっと危険で煽情的なリクエストはないか。

藁をも摑む気分で寄せられたリクエストを眺めていると、ひどく短い文章に目が釘付けとなった。

あった。

ヘイト行為よりも刺激的で煽情的なリクエストだ。

『自殺予告』

たった四文字だが、これほどインパクトのあるリクエストはまずお目にかかれないだろう。文字通り我が身を犠牲にする内容だ。

天王山は我知らず身震いした。

# 3

天王山が求めていたのは危険で煽情的なリクエストだった。自殺予告はその点で条件を完璧に満たしている。動画のネタにすれば、あっと言う間に数十万回も再生されるだろう。なろうに上げた新作のブックマークも数万単位に跳ね上がるに違いない。

だからこそ「実は冗談でした」では済まされない。相応の結果を出さなければ、増え始めたチャンネル登録数も激減する。批判的なコメントや誹謗中傷も容易に想像できる。

駄目だ。そんな反応を浴びたらメンタルが保てず自我が崩壊してしまうかもしれない。

皆の期待に添わなければ。しかし本当に死んでしまっては元も子もない。知らんぷりをしようにもリクエストの内容は公開されているので隠しようもない。自業自得か身から出た錆か、いずれにしても己が進退窮まったことだけは確かだった。

残酷なリクエストに早速チャンネル登録者たちが色めき立った。

『天王山光利ならやってくれるよな』

『煽《あお》るなって』

『男に二言はないんだぜ』

『天王山は信用できるヤツだ。そう思わせてくれ』

彼らのコメントが挑発であるのは分かりきっている。だが無視すれば「ヘタレ」と罵られる。それは自分のプライドが許さない。

天王山は慌ててパソコンを閉じ、考える。逃げれば負け、真面目に実行すれば人生が終わる。何かいい手はないか。

アイデアの貧困さはこんな時にも祟《たた》る。プロの小説家なら土壇場でも一つか二つは妙案を捻り出すのだろうが、悲しいかな天王山にその才はない。しかもあまり猶予は与えられていない。更新頻度を考慮すれば一週間。それを過ぎれば逃げたと思われるだろう。

天王山は三日三晩考え続け、ようやく覚悟を決めた。


「はーい、始まりました〈作家天王山光利の無茶ブリ実践室〉。『異世界転生無双譚〜俺に石を投げたヤツは数秒後にひれ伏した』、絶賛公開中の天王山光利でえっす」

カメラの前でいささか声が上擦り気味なのは、演出ではなく不安が払拭しきれないからだ。だが内心の怯えなどおくびにも出さず、天王山は決意表明をしなければならない。

「えーっと、もらっていたリクエストで〝自殺予告〟というのがあったんだけど本気かよ。本気で俺に自殺しろってての？　あのさ、これでも商業出版しているプロの作家だよ。将来は直木賞獲っちゃう才能の持ち主を自殺させるって文壇の一大損失なんだけど。それ要求するからには、俺の最新作、『異世界転生無双譚〜俺に石を投げたヤツは数秒後にひれ伏した』をベストセラーにしてもらわなかったら帳尻が合わないよね」

天王山の言葉に視聴者がどんな反応を見せるかは容易に想像がつく。まさか冗談でリクエストした内容が採用されるとは予想もしなかったに違いない。後悔と衝撃、恐怖と期待。画面の向こう側は恐慌状態に陥るだろう。

「しかし、しかしです。天王山光利は有言実行の男です。言行が一致しない似非《えせ》作家とは違います。違う、そう、全然違う。やりますよ、俺は。ええ、やってあげますとも〝自殺予告〟を」

ああ、とうとう言ってしまった。

まだ動画を上げる前だから修正も削除も可能だ。だが元より編集するつもりは更々ない。そもそも動画作成は素人なので編集点を隠すテクニックも知らない。

「決行の日時と場所は未定です。未定と言うか、今の時点で公表しちゃうと警察とか版元の担当編集者とかが止めにきちゃうからさ。でも折角自殺したのに死体が何日も放置されるってのは嫌だから、決行直後に警察に通報されるように準備しておくつもり。うん、その辺は抜かりないから」

自分でもとんでもないことを口走っているという自覚がある。喋っている最中も心臓が早鐘を打ち続けている。だが中断する訳にはいかない。ここから先が最重要の告知だ。

『さっきも言ったけど一人の天才作家が一命を賭してリクエストに応える訳だから、みんなも俺の新作を読んでくれよな。あなただけじゃなくて家族や友人にも勧めなきゃダメだからね。何を楽しむにも課金が必要だけど、自殺予告なんてそうそう見られるものじゃないから余計に必要。うんと必要。だけど投げ銭どころか、文学史に名を刻む文豪の最新刊をタダで読めるんだから感謝感激して当然だよね。特に条件とか設定しないけど、みんなが新作をあんまり読んでくれなかったらリクエストも実行できなくなるから。分かった？』

自らの命でブックマークを買う——自殺予告のリクエストを受け付けてから思いついたアイデアだった。危険極まりないパフォーマンスをするのだから、それに見合うだけの報酬がなければ割に合わない。視聴者の無茶な注文を逆手に取ったかたちだが、我ながら秀逸だと自賛している。

「それじゃあ、『異世界転生無双譚〜俺に石を投げたヤツは数秒後にひれ伏した』のブックマーク、よろしくっ。次回配信をお楽しみに」

カメラを切ると、天王山は大きく息を吐いた。これでリクエストに応えながら自分の身を護ることができる。敢えて条件を設定しなかったのは、下手に条件が満たされたらそれこそ己が窮地に立たされてしまうからだ。

平田は書籍化に必要なブックマーク数は最低でも十万と言っていた。現時点で百十五しかないものが容易《たやす》く十万単位まで伸びるはずもない。いわば自作の売れ行き不振を担保にした駆け引きなので、自己嫌悪が付録についてくる。

とにかく保険は掛けておいた。興味本位のチャンネル登録者の何割かは新作を読んでくれるに違いない。一割でも御の字だ。自殺予告で読者を惹きつけ、いったんブックマーク数を稼いだら、また別の話題に移ればいい。

天王山はひと山越えた気分で肩の力を抜く。

だが実際には山を越えたのではなく、地獄の縁に近づいていたのだ。

異変はその夜に始まった。日課として毎日午後十一時過ぎに自作のブックマーク数を確認するのだが、表示された数字を見て我が目を疑った。

５５４３２。

何度見ても数字は五桁だ。しかも見る間に一の位が更新されていく。まさかと思い動画の再生回数はと見ると、こちらは二十万回を超えていた。

いったい何が起こった。

最初は呆気に取られたが、次第に事情が呑み込めてきた。所謂《いわゆる》「バズる」という現象だ。炎上ではなく、二十万人のネット民が『自殺予告』動画を視聴し、うち五万五千人余が天王山の小説に興味を持ってページを開いたのだ。

いきなり目の前が開けたような昂揚感に包まれる。わずか半日で五万もの数が稼げるのなら、取りあえず設定していた十万に達するのもそう遠くない。いや、初動の勢いを維持できれば十五万、二十万の件数も期待できる。

そして昂揚感の直後に恐怖心が背中に伸し掛かってきた。

ブックマーク数が十万を超えたら、視聴者たちが当然のように自殺予告の実行を要求してくるのではないか。

『決行の日時と場所は未定です。未定と言うか、今の時点で公表しちゃうと警察とか版元の担当編集者とかが止めにきちゃうからさ』

既に日時と場所は決めているという言い方をしている。視聴者たちが看過するとは思えない。如才のない者、油断のならない者はどんな集団にも一定数存在する。彼らは十中八九、自殺の実行を迫るだろう。あくまでも冗談だという前提に立ちながらだ。

SNSでは無責任が蔓延している。見ず知らずの相手に対してどんな罵詈讒謗《ばりざんぼう》を浴びせても許されると信じている馬鹿が死体に群がる蛆《うじ》のように湧いている。自殺予告をした天王山に「死ね」やら「嘘吐き」やら言い放つのは挨拶くらいにしか思っていない。それでいよいよ天王山が自殺を決行すれば、「本気じゃなかった」とか「本当に実行するとは思わなかった」とか、ひどいヤツになれば「天王山光利さんの死を悼みます」など、いけしゃあしゃあとコメントを寄越すに決まっている。

55435。

55436。

55437。

ブックマーク数が更新される度に、自殺へのカウントダウンが進んでいくように見える。喉から手が出るほど求めていたブックマーク数が、今はおぞましい数字でしかない。天王山は慌ててなろうサイトを閉じた。

その夜は目が冴えて眠れなかった。願わくば、自作に興味を持ったネット民たちには自分よりも早く寝入ってほしかった。

翌日、ハローワークでバイトを探していると、スマートフォンが着信を告げた。表示を見ると、発信者はあすなろ出版の平田だった。

「はい、天王山です」

『どうもどうも、平田でございます』

平田の声は、先日と打って変わった猫なで声だった。

『なろうサイト、見ましたよ。凄いじゃないですか。本日正午の時点で七万超えのブックマーク数になっています』

半日で一万五千以上。この調子でいけば明日には十万に手が届きそうだ。

『前回のお話、憶えておいでですか』

「ブックマーク数が十万を超えたら、俺の新作の書籍化を検討してくれるって話ですよね。ええ、きっちり憶えていますよ」

『そろそろ企画書の準備をしようと思っていますが、作品内容について二、三確認したいことがあります。ついては今晩、一緒に食事でもどうですか』

いつも打ち合わせなら電話で済ませる平田が、夕食のお誘いときた。ブックマーク数の多寡でこれほど態度が変われば却って清々《すがすが》しいくらいだ。

「平田さん。ブックマークが急に増えた理由、分かりますか」

『それは紛れもなく作品の力でしょう』

何ら含みのない物言いだ。おそらく天王山の自殺予告の件など露ほども知らないのだろう。事情を説明する必要もあり、天王山は会食を二つ返事で承諾した。

「自殺予告ですって」

学生たちや家族連れで賑わうファミリーレストランで、平田は素っ頓狂な声を上げた。すぐに周囲から非難の視線を浴び、小声でこちらに囁きかける。

「何だってそんな真似をしたんですか」

「リクエストの中で一番刺激的で、再生回数を稼げると思ったからですよ。実際、その動画を見てなろうサイトを覗いた人間はかなりいると思います」

「だからって自殺予告だなんて」

平田はほとほと呆れたという顔をする。呆れたのはこっちの方だ。会食と言うから期待していたというのに、選りに選ってファミリーレストランとは。きっと著名な作家相手なら高級な店で接待するのだろうが、こちらを見下しているに違いない。

「予告した限りは、実行しなかったら大炎上しますよ。仮に実行したとしても世間を大いに騒がすことになる」

「大炎上しても世間を大いに騒がせても、俺的には何の問題もありませんよ。むしろ新作への注目度が上がるから却って好都合です」

「いやあ、しかし、それは」

「もし書籍化したら、とか思ったりしませんか」

悪戯《いたずら》半分で水を向けてみる。現金なもので、瞬時に平田は商売人の顔に戻る。炎上物件との批判を浴びたところで、自殺予告をしたのは天王山当人だからあすなろ出版が責められる筋合いはない。仮に天王山が自殺を決行した上で刊行したとしても追悼出版というかたちを採れば大義名分になる。いずれにしてもあすなろ出版が火中の栗を拾う訳ではない。

商売人としての計算を終えたのか、平田はいつもの営業スマイルに戻っていた。

「なるほど。天王山さんの作家人生を懸けた畢生の勝負作という意味合いなのですね」

さすがに編集者だと思った。言葉の使い方を心得ている。

「ところで、どうしてYouTubeを開設しようと考えたんですか」

平常心を取り戻した平田は作品の内容よりも先に天王山の個人的事情を聞きたがった。炎上商法を前提にしている編集者なら当然のことなのだろうが、少なからず天王山のプライドは傷つく。

「やっぱり作品を知ってもらうためには作者自身が情報発信しなきゃならない時代ですからね」

暗にあすなろ出版がデビュー作の宣伝に消極的だった事実を皮肉ったのだが、平田は笑顔を貼りつけたまま眉一つ動かさない。

「なるほど。情報発信する中で読者のニーズを収集したということですね」

「市場は貪欲です。殊に今は小説以外のエンタメが溢れ返っているから、もっと刺激的なコンテンツにしなければ誰も買ってくれませんよ」

この世で一番刺激的なものは他人の死にざまだ。死刑執行の瞬間を実況中継すれば視聴率百パーセントも夢ではないだろう。天王山の自殺予告はそれに限りなく近い。

「コンテンツは刺激的であるべしというのは同感ですね。そういう小説ならば自ずと売り方が決まってくるので、わたしたち編集の人間も営業部と要らぬバトルをせずに済みます」

「そんなバトルがあるんですか」

「編集者が売りたい作品と営業部が売りたい本は必ずしも一致しないのですよ。編集者は自分の担当した作品を世に問いたいと考えていますし、営業部は会社の利益を第一に考える。言ってみれば編集部はロマンチスト、営業部はリアリストといったところですかね」

「俺の『異世界転生無双譚〜俺に石を投げたヤツは数秒後にひれ伏した』はどちらですかね」

「申し訳ありませんけど、そのタイトルは長いので『俺石』とかで略しましょう」

勝手に略されることに抵抗があったが、話を進めるために敢えて文句は言わない。

「『俺石』は編集部も営業部も、挙《こぞ》って歓迎する作品ですよ。それは間違いありません」

「それなら、書籍化の際は大々的に広告を打ってくれるんですね」

天王山としては、ここで平田の言質《げんち》を取っておきたいところだ。できれば契約書、それが無理でも念書くらいは残しておきたい。

だが平田の冷静さはいささかも揺るがなかった。

「今はまだ企画段階なので、詳細につきましては企画が通り、無事刊行となったあかつきに進めたいと思います」

「へえ。でもあすなろ出版さんより先に他社さんが声を掛けてくれたらどうなるんですかね。契約書も交わしていない段階なら、俺に選択権があると思いますけど」

揺さぶりをかけたつもりだったが、平田は相変わらず涼しい顔をしている。

「うーん、無論その可能性は否定できませんが、最初に書籍化の話を提案されたのは天王山さんでしたよね」

「そうですけど」

「出版の世界は契約書より口約束が優先するのですよ」

「まさか」

「小説に限らず、まず出来上がった作品を吟味し、校正し、校閲を通し、定価と刷り部数を決め、製本してから、初めて著者さんと出版契約を結びます。天王山さんのデビュー作もそうだったでしょ」

天王山はようやく思い出す。そう言えば、書籍の定価と初版部数を知らされてから自宅に出版契約書が送付されてきた。

「まあ、出版の世界に限らず、口頭でも契約は成立するという民法の規定がありますからね。『俺石』は弊社と天王山さん双方の合意がなければ他社さんで出版されたら困ります」

民法など知ろうとも思わなかった天王山は返事に窮する。まさか平田が出鱈目を口にしているとは考え難いが、後で法律に明るい者に確認しておくべきだろう。

「ただし、企画が通った時点で出版条件については協議できます。今はただ、ブックマーク数が十万件を超えるのを二人で待ちましょう」

待つのはいい。

だが十万件を超えた瞬間、首に縄が絞まるのは自分なのだ。平田がそれに気づかないはずはないが、おくびにも出す気配がない。

「前祝いという訳ではありませんが、英気を養うために今日は食べましょう。何でも好きなものを頼んでください」

ファミリーレストランで『何でも好きなもの』もないものだが、癪《しゃく》に障ったので一番高いダブルオニオングラタンスープと厚切りワンポンドステーキを注文してやった。経費で落ちるのか、平田も同じものを注文していたのも癪に障った。


二日間の伸び具合でブックマーク数が十万を超えるのは時間の問題と思われていたが、九万二千件を過ぎた時点で伸びがぴたりと止まった。

止まった理由はコメント欄を見れば明らかだった。

『ちょっ、みんな正気を失ってないか。俺、話のネタで読んでみたけどこれ地雷だぞ。読んで得られるものがないどころか時間の浪費』

『作者が自殺予告しているからって、本来の目的以外でブックマークつけるのはどうよ』

『絵に描いたような炎上商法じゃん。こんなのに寄りついたらダメだって』

『うーん。テンプレをこれでもかってくらい貼りつけた安かろう悪かろうの見本だね。悪いこと言わないからページ開くのやめよう。作者の命を縮めることにもなるしね』

『マジな話、作者が本当に自殺したら、お前ら責任取れるのかよ。俺は嫌だからな』

『人の命をオモチャにするのはホント良くないって』

『このコメント読んだ人は回れ右して退出しなさい』

『いつからなろうサイトは希死念慮の受け皿になってしまったのか。ここはアマチュア作家の作品を楽しむという場所であり、遺書や他人の死を眺める場所ではないはず』

『お前ら、そんなに作家さんに死んでほしいのか』

他人の死を軽々に扱いたくない少数派が、節度ある行動を呼びかけていた。ＳＮＳには、こうした自浄作用もあり、今回はそれが土壇場で発揮されたかたちだった。

だが大きな津波の前ではテトラポッド一基分の抑止力でしかなかった。やがて『俺石』のブックマーク数はまたじわじわと増え始めた。

９２５００。

９３０００。

９３５００。

そして平田と会食した日から数えて二週間後、遂に十万を超えた。

『やりましたね』

平田の電話には安堵と期待が溢れ返っていた。

『今から企画を会議に通します。期待していてください』

こちらが生返事をしているうち、電話は一方的に切れた。

書籍化に向けて意気揚々とする平田に対して、天王山は恐怖に押し潰されそうだった。あくまでも十万という数字は平田と個人的に設定した数字であり、外部に洩れるものではない。だが大台ということもあり、危険水域を超えてしまったような絶望感がある。

間もなく天王山の不安は的中する。コメント欄に次の意見が寄せられたのだ。

『この作家さん、前作はブックマーク六万で書籍化したんだよね？　だったら、この作品も書籍化決定だよね』

このコメントに他の読者が一斉に飛びついた。

『確か、多くの読者を獲得するのと引き換えに自殺するっていう約束だったような』

『別に自殺を強要するつもりはないけど、一応大台に乗ったんだから、作者は何らかのアクションをとるべき。それが十万読者に対する最低限の礼儀』

『さて実行か、それとも弁解か』

『煽るなって』

『YouTubeで言ってたんだよな。「天王山光利は有言実行の男です。言行が一致しない似非作家とは違います。違う、そう、全然違う。やりますよ、俺は。ええ、やってあげます

る。

コメントを確かめていた天王山は血の気が引く音を聞いた。読者が十万人もいれば何人かは敏《さと》い者が必ず存在する。しかも、こちらが踏み込んでほしくない場所に踏み込んでくる。

『アマチュアでも小説書いているくらいだから有言実行の意味くらいは知っているはず』

『信用を失うか命を失うか』

『男を見せろ』

『見たくないよ、そんなもの』

天王山は逃げるようにサイトを閉じた。コメントを読めば読むほど、自殺を迫られている気がした。

ブックマーク数はこの日を境に、また足踏み状態となった。十万五件からぴくりとも動かない。数が止まること自体は珍しくも何ともないが、今までの伸び方が尋常でなかった分、違和感が拭えない。

案の定、平田から電話があった。

『十万からなかなか伸びませんね』

まるで天王山のせいだと言わんばかりの物言いだった。

『理由、分かりますか』

「そんなの作者の俺には分かりませんよ。そもそも読者なんて気紛れなものでしょう」

『ブックマーク数がこれ以上ハネないとなると企画を通すのが少し難しくなってきます』

「そんな。十万超える以前から企画を出しているんじゃないんですか」

『もちろん会議にはかけましたよ』

自分には一片の非もないという口調だ。

『しかし数字が止まっているのはあまりいい傾向とは言えません。読者の興味が立ち消えてしまったということなら、書籍化しても実売数が期待できなくなります』

平田の声が次第に哀調を帯びてくる。

『正直、企画は途中で止まっています。十万に達したはいいが、それで頭打ちという印象が固まれば営業部もＯＫを出しません。前作「陰キャスタート！」の実売があまりに振わなかったというトラウマがあるものですから』

何がトラウマだと思う。実売部数を知らされて傷ついたのはこちらの方ではないか。

『何とかなりませんか』

「何とかって」

『まだ書籍化されていない以上、弊社にはブックマークを増やす手立てはありません。ボールは天王山さん側にあります』

「自殺を早く実行しろって言うんですか」

相手の反応が一拍遅れた。

『……そんなことを言うはずないじゃないですか。いったい、わたしを何だと思っているんですか』

怒った物言いだったが、不思議と本気らしさは感じられない。下手くそな演技を無理に見せられている気分だ。

『ただ、現段階ではお手伝いできないので、天王山さんができることをやってほしいとお願いしているだけです』

自分にできる範囲でブックマーク増加に寄与する方法と言えばYouTubeで宣伝に努めることくらいだ。だが、そもそも自殺予告は自作宣伝の延長線上に発生したものだ。天王山がYouTubeで発信すれば、どうしても自殺予告の件に触れなくてはならない。

『頼みますからね、本当に』

目的語を伏せたまま、平田は一方的に電話を切った。彼が一方的に電話を切るのは言質を取られないためであるのが、最近になって分かってきた。

自分が自殺を強要したのではない。平田は懸命にそういう事実を残そうとしている。裏を返せば、早く天王山に自殺してほしくてならないのだ。

平田だけではない。なろうサイトや自身の動画投稿サイトを開けば直接的あるいは間接的に、自殺を迫るコメントが山のように並んでいる。

世界は天王山の死を望んでいる。

世界というのは大袈裟かもしれないが、少なくとも天王山の関わるコミュニティでは圧倒的な声だ。逆に自殺を止めようとする者は数えるほどしかいない。

自分は死ぬことでしか価値を生み出せない人間なのか。自殺予告でもしなければ著作を読んでもらえないなろう作家なのか。

通話の切れたスマートフォンを握り締めたまま、天王山はしばらく立ち尽くしていた。

4

田辺《たなべ》光利の死体が自宅アパートで発見されたのは今月二十五日のことだった。隣の部屋から異臭がするという苦情を受けた大家が立ち入ったところ、田辺の死体に出くわした次第だ。

第一報の入電で所轄の捜査員と機捜が現場に到着、警視庁刑事部捜査一課の庶務担当管理官が事件性の存在を確認した上で明日香たちが呼ばれた。

「お疲れ様です」

所轄の紅林《くればやし》という捜査員が明日香を出迎える。事件を捜査する段になれば彼とコンビを組むことになる。

「最初に言っときますけど、ちょっと凄惨な現場ですよ」

明日香が女性だからか、そう切り出した。要らぬお世話だ。捜査一課に配属されてから凄惨な現場には幾度も足を踏み入れた。

「構いません。見せてください」

紅林に導かれて現場となった部屋に入る。マスクで防御していたが、まず猛烈な異臭で目が痛くなる。

飛び込んできた光景はなるほど凄惨だった。既に死体は運び出された後だが、部屋の壁や床には被害者がどれほどの傷を受けてどれだけの血を流したかが克明に描かれている。本人が移動したであろう跡に、夥《おびただ》しい量の血痕が玄関先まで残っているのだ。いや、血痕というのも雅《みやび》に過ぎる。身体中の血液を搾り出し、辺り一面にぶちまけたような光景だった。しかもクーラーが途中で停止したのか、極限まで上昇した室温が血液を腐らせた上に各種害虫を蔓延《はびこ》らせている。

昼食前に臨場してよかったと明日香は思う。

「死体が倒れていたのは玄関近くです。だから異臭も洩れやすかったのでしょう。検視官の話では死後四日ほど経過していたようです。わたしたちが踏み込んだ時は、死臭は刺激臭だったし、死体に至っては原形を留めていませんでした」

紅林は顔を顰《しか》めながら説明する。そのさまで発見当時の凄惨さが容易に想像できた。

「死後四日の根拠は何ですか」

「エアコンがタイマーセットでやはり四日前に停止していたこと。電気を止められた訳でもないのに、この真夏日をクーラーなしで生活するとは考えづらいですからね。それからこれは検視官の意見ですが、蛆虫の成育具合と角膜の白濁具合から逆算した結果です」

「これだけの出血ということは、被害者は刺殺されたのですか」

「手首に深い致命傷を負ったまま部屋の中を徘徊したので、こういう有様になったようですね」

「犯人から逃げ回ったんですね」

「いえ、そういう状況ではなかったようです」

紅林は困ったように首を横に振る。

「鑑識によると、室内には被害者のもの以外に遺留品が見当たらないそうなんです。指紋、毛髪、体液、下足痕《げそこん》、全て本人のものしか残っていません」

「え。でも刺殺されたんですよね」

「凶器となった包丁は部屋に放置されたままでしたが、やはり握り部分には本人の指紋しか付着していません」

「それなら」

「ええ、庶務担当管理官は事件性を疑ったようですが、我々は自殺の可能性を否定しきれません。部屋中に血があるのは被害者が逃げ回ったからではなく、あくまでも徘徊したからで、よく言うところの〈自殺未遂の失敗〉だとみています」

自殺を図る者の中には常習者が存在する。リストカットの数を誇示する者もいる。「死にきれなかった」と述懐する者もいる。明日香に言わせれば希死念慮と生存本能を行ったり来たりしている者たちであり、深層心理では生に未練があるから死にきれないのだろう。〈自殺未遂の失敗〉というのは、そうした自殺の常習者がふとした手違いでそのまま死に至ったケースを指す。

「死んだ田辺光利には自殺するような事情があったんですか」

「現在、鑑取りの最中です。ただ、庶務担当管理官が自殺と決めつけなかった理由も分かるんです」

紅林は玄関ドアを指差した。

「玄関ドアには鍵が掛かっていませんでした。つまり田辺光利以外の人物が出入りした可能性を捨てきれなかったんです。しかし鑑識の働きで、本人以外は誰も部屋に入っていないことが明らかになっています」

「玄関ドアに鍵が掛かっていなかったのは、本人がわざと施錠しなかったという解釈ですか」

「最初から自殺未遂を図ったのであれば、警察なり救急隊なりが駆けつけた時も救出されやすくなります。本人の不注意という可能性もありますしね」

「施錠だけの理由で他殺の可能性を考えたのですか」

「もう一つ。部屋からは本人のスマホが見当たりませんでした」

それは確かに疑念を持つだろう。本人の関係者が犯人なら、自分との接触を示す証拠物件は残しておきたくないはずだ。

「ただ本人はスマホ以外にもパソコンを所有し、こちらは机の上に置いてありました。自殺する者の中には未練を捨てるために、実行直前にスマホを処分する人間もいますから、わたしはそれほど拘泥する事柄ではないように思いますね」

紅林は申し訳なさそうにこちらを見る。

「だからですね、折角出動していただいたのですが、自殺の線で片づきそうなんですよ」

「でも自殺の動機が、まだ」

明日香は言いかけて途中でやめた。自殺の動機など死んだ本人にしか分からない。後から他人が色々と類推することはできても、遺書が残っていない限り全ては憶測に過ぎない。

「自殺の動機については一つ考えられるんですよ」

紅林は部屋の奥を指差した。

「田辺光利はネットに小説を投稿していたようなんです」

小説と聞いた途端、明日香の頭で警告灯が点灯した。

「〈天王山光利〉というペンネームで活動していたらしく、商業出版した作品もあったようです」

「商業出版したのなら成功した部類でしょう。自殺する理由にはならないんじゃないですか」

「新作が出版されていないようです。この世界についてはよく知りませんが、折角書いた小説が出版されなかったら、やはり本人とすれば気に病むものではありませんか」

ひと通り紅林から説明を受けた明日香は鑑取りのために現場を離れた。だが紅林と行動をともにすることなく、単身で向かったのは神田神保町だった。

小説家の関わる事件ならあの男に訊くのが一番手っ取り早い。こちらのメンタルが削られることもあるが、事件の早期解決を図るなら他に選択の余地はない。

昭和の佇《たたず》まいを今に残す天ぷら屋の二階に目指す事務所がある。本人の収入を考えればもっと洒落《しゃれ》た部屋を借りられるだろうに、何の拘りがあるのか移転する気配は微塵もない。

明日香は階段を上りながら己の自制心を叱咤《しった》する。相手は刑事技能指導員という肩書を持ち、信頼はできるが信用はできない。無防備なまま話を聞いていたら毒気に当てられる。

「毒島さん、高千穂です」

「どうぞ」

ドアを開けてみれば、予想通り毒島はパソコンのキーを叩いていた。

「毒島さん、今担当管理している事件の件で」

「ごめん、あと十五分で終わるから。その辺に座って待っててよ」

こちらも見ずに画面を睨んでいる。こうなったら何を言っても無駄なので、明日香は従うことにした。

信用できない人物ではあるものの、時間には正確な男だ。毒島は十五分きっかりで原稿を仕上げ、こちらに向き直った。

「お待たせ。で、事件に巻き込まれたのは何という作家さんなの」

「話を聞く前に被害者の属性を特定しますか」

「高千穂さんが僕を訪ねてくるなんて、そっち方面でしか有り得ないじゃない」

「ペンネームが天王山光利という作家さんなんですけど」

「ははあ、彼、とうとう自殺しちゃったのかい」

毒島と組んで数年経つが、さすがに驚いた。

「どうして、そんなこと知ってるんですか。天王山光利こと田辺光利は今朝がた死体で発見されました。でも、まだどこも報道していないのに」

「ははあ、鑑取りの最中で、まだ彼が起こした騒動については未確認だった訳か。じゃあ、これ見てよ」

いうが早いか、パソコンに向かった毒島は動画投稿サイトを呼び出した。

〈作家天王山光利の無茶ブリ実践室〉

毒島の操作で表示された動画を視聴し、明日香はようやく事情が呑み込めた。

「自殺予告なんてしていたんですね。呆れた」

「うん。同時にYouTubeでも散々読者を煽っている。ブックマーク数が十万超えた時点から視聴者も本人もそわそわし始めていたからさ」

「それで自殺だと思ったんですね」

明日香は自分が現場で見たものと、紅林から受けた説明をそのまま伝える。

「でも、高千穂さんはすんなり自殺だとは考えてないでしょ」

指摘通りなので明日香は黙り込む。

自分は殺人も視野に入れている。

毒島は底意地の悪そうな笑みを浮かべる。

「自殺未遂の失敗で部屋中に本人が死を受け容れられなかった痕跡が残っている。それにも拘わらず、スマホは未練を断ち切るために本人が処分している。いくら自殺者本人から訊き出せないとしても、あまりに矛盾した行動だ」

「ええ、その通りです」

「ただの一般人なら矛盾した行動を説明するのは困難。だけど同業者なら、その心理がいくばくかは理解できるかもしれない。僕を訪ねてきたのは、大方そういう事情なんでしょ」

「……ええ、その通りです」

「頼られるのは悪い気がしないけど、高千穂さんの期待に添えるかどうかは微妙なところだなあ」

毒島は鼻歌でも歌い出しそうな顔をする。

「どうしてですか。同業者なんですよね」

「ええっとね。実を言うと、僕もなろう作家についてはあまり詳しくないんだよね。そもそも接点がない。同じ版元であっても、一般文芸となろう作品とでは扱っている部署自体が異なるんだよ」

「それはジャンルの違いという意味ですか」

「ジャンルじゃなくてレーベルの違い。レーベルが違えば書籍化の条件からターゲット層、広告展開、評価方法、印税率から作者の扱いまで全部違ってくるから。高千穂さん、〈なろう〉とか〈カクヨム〉とか知らないでしょ」

明日香が仕方なく頷くと、毒島は丁寧に教えてくれた。つまりは出版社主催の文学新人賞を獲ってデビューするか、ネットに上げた小説が何らかのかたちで書籍化されるかの違いらしい。

「でも、いったん市場に出てしまえば同じことじゃないんですか」

「どこの馬の骨とも分からないヤツの小説を売ろうって話だから、『〇〇賞受賞』の文言が帯に謳ってある方が有利なのは間違いない。デビュー後の版元の扱いも違うしね」

「やっぱり自分たちが主催した新人賞を受賞した作家さんだから、愛着があって当たり前ですもんね」

「ううん。受賞したら大抵は賞金が出るじゃない。その賞金額を回収するまでは、そいつに新作を書き続けてもらわなきゃいけないから」

「……シビアなんですね」

「出版社にすれば商売の一環だからね。だから賞金額すら回収できない新人は不良債権扱い。その点、ネットからの拾い上げは賞金がない分、リスクがない。そもそも企画本だから、売れなかったら著者ごとばっさり未練なく切り捨てられるしね」

現場に向かう最中、明日香はハンドルを握りながら毒島の語る残酷話に嫌々耳を傾けていた。嫌なのは話の内容ばかりではない。業界の影の部分を、毒島が生き生きと話しているさまも鼻持ちならなかった。

「ネット発の新人は尚更デビュー作が売れてくれないと困る。だから天王山光利さんみたいに自殺予告なんてフックで読者を釣ろうとするのも出てくる。彼は極端な例だけどね」

「何だか嬉しそうですね」

「少なくとも天王山さんの希望は叶えられそうだからね。自殺予告していたなろう作家が、遂にそれを実行してしまう。本の売り出し方とすれば最強だよ。何たって他人の遺書を出版するようなものだもの。僕が版元の営業部なら、自信を持って部数を出す」

明日香たちが現場に到着する頃には鑑識係が大方引き上げた後で、捜査員の何人かも姿を消していた。毒島が乗り込むには格好の状況だった。

明日香以上に慣れているらしく、部屋中に塗りたくられた血を見ても毒島は顔色一つ変えない。

「死体が転がっていたのは玄関先。で、本人のスマホは見当たらないと。スマホを処分してしまったから、いざ助けを呼ぼうとして玄関に急ぎ、途中で事切れた。まあ、これだけ出血していたら意識も朦朧《もうろう》としていただろうから、解釈としては成り立つ。絵に描いたような〈自殺未遂の失敗〉だよね」

「毒島さんもそういう意見ですか」

「まーさか」

毒島は冗談だというように片手をひらひらと振ってみせる。

「解釈は成り立つけど、矛盾は残ったまま。とても高千穂さんは納得できないでしょ」

こちらの相槌も待たずに、毒島は鑑識係の一人を捕まえる。

「やあやあ。土屋《つちや》さん、お疲れ」

「なんだ。あなたか、毒島さん」

上機嫌の毒島に対し、捕まった土屋は心底嫌そうな顔をしている。

「何か新しいブツでも出ましたか。土屋さんがそういう表情をしてるのは、大抵困った証拠を見つけちゃった時ですもんね」

「身内にまで粘っこいアプローチをするのはやめてくれませんか」

土屋は諦めたように嘆息すると、玄関先を顎で指した。

「作業を進めていたら最後に見つかった。どうにも辻褄が合わない」

「ドアノブですか」

「外側に拭き取られた形跡がある。付着していたのは発見者である大家の指紋だけだ。本来なら被害者の指紋もついてなきゃおかしい」

「別におかしくないですよ」

毒島は事もなげに言う。

「僕の考え通りなら」

数時間後、毒島と明日香は一人の男と対峙していた。

「関係者だからと呼ばれてきたら、警察署に毒島先生がいらっしゃるので大変驚きました。兼業とは伺っていましたが、まさか刑事さんだったとは」

不慣れであろう取調室にいるにも拘わらず、平田はひどく饒舌だった。

「公開して得になるような話じゃありませんからね。ところで亡くなった天王山さんの新作ですが、あれはあすなろ出版さんから刊行される予定なのですか」

「彼のデビュー版元はウチですからね。業界の慣習からしても当然のことでしょう」

「先日までブックマーク数は十万辺りで足踏み状態でしたけど、天王山さんの死亡が報じられたら、うなぎ上りでしょうねえ」

「天王山さんは『俺石』の書籍化に全てを賭けていました。出版すればベストセラー間違いなし。きっとご本人も本望でしょう」

「景気のいい話だこと。じゃあそろそろ景気の悪い話に移りましょうか」

毒島は笑顔をずいと平田に近づけた。

「天王山さんのスマホ、まだ手元にありますか」

瞬時に平田の表情が硬直する。

「いったい何の話ですか」

「とぼけないとぼけない。あのね、僕は小説家としてのキャリアより刑事の経歴の方がずっと長いんだよ。しらばっくれるならそれでも構わないけど、その分心証は悪くなる。供述調書を作成する際には本職の文章力を発揮して、あなたをとんでもないクソ野郎に仕立てることも簡単」

「しかし身に覚えのないことを認める訳にはいきませんよ」

「天王山さんの部屋にはスマホが見当たらなかった。現世への未練を断ち切るために自分で処分したという見方もできるけど、彼の場合はまるで当て嵌まらない。何故ならもう一つの情報発信の手段であるパソコンは手つかずのままだし、そもそも救援を招くために玄関に施錠しなかった人間が通信手段を放棄するなんて矛盾もいいところだ。むしろ最期の瞬間まで肌身離さず持っていたけど、通報する前に出血多量で意識混濁したという見方の方がずっと自然だよね」

「だからと言って、わたしが天王山さんのスマホを盗む理由にはならないでしょう」

「天王山さんの両親は二人ともギャンブル依存症でさ、民法改正前に準禁治産者扱いされてから天王山さんとの関係は疎遠になっている。勤めていたバイト先はとっくに辞めている。そんな状況下で彼が連絡を取り合っていたとしたら、デビュー版元であり二作目の書籍化を打診していたあすなろ出版の担当者しか有り得ない」

「それも毒島先生の憶測でしょう。どこにそんな証拠があるんですか。天王山さんとの打ち合わせはいつも弊社か飲食店でした。わたしが彼の自宅に伺ったことは一度もありません」

「天王山さんのスマホは処分しても、あなたのスマホは今も携帯しているよね。言っておくけど、通話記録を削除したところで鑑識の手にかかったらいくらでも復元しちゃうからね」

「これ、任意の事情聴取でしょ。わたしの所持品を押収する権利はないはずですよ」

「押収じゃなくても協力してくれたらいいから。あのね、僕が見込みだけで尋問する訳がない。部屋の中こそ天王山さん以外の遺留品は見つからなかったけど、玄関前やアパートの敷地内からは不詳の毛髪や下足痕が数種類採取できた。その中にあなたの毛髪や下足痕があったらどんな弁解をするつもりかい」

平田が押し黙ると、毒島はここを先途《せんど》と畳み掛ける。

「まだあるよ。あのアパートの向かい側にコンビニがあるけど、防犯カメラの一つは路上に向けられている。事件当時、あなたの姿が撮影されていたら、その件についても弁明しなきゃならなくなる。指紋さえ消しておけば警察の追及から免れるなんて考えた時点で犯罪者失格。平田さん、毎日毎日なろう小説ばかり読まされて、ゴリゴリの警察小説とはご無沙汰になっているでしょ。だからこんなつまんない凡ミスをする羽目になる。あすなろ出版さんのレーベルではミステリー系の扱いが少ないからしょうがない面もあるけど、せめて人並みの悪知恵は働かせなくちゃ。で、弁解するのかしないのか」

「……わたしは天王山さんを殺していません」

「ふうん。だったら部屋に入ってスマホを盗んだことは認めるんだね」

「彼からの電話を受けたのは二十日深夜でした。息も絶え絶えで『今、手首切ったから』

とそれだけ。慌てて自宅に駆けつけるとドアには鍵も掛かってなくて。開けたら玄関に血塗れで倒れていたんです」

「天王山さんは絶命していましたか」

「少なくとも息はしていませんでした。通報しようと思いましたが、最後に話をしたのがわたしらしいことを思い出して怖くなったんです。わたしが天王山さんを殺したように誤解されるんじゃないかって」

「それでスマホを取り上げたんですね」

「スマホは彼が握り締めていましたから。スマホを取り上げた後は、ドアノブの表面を拭ってそのまま逃げました」

「OK。じゃあ今喋った経緯を、こちらの刑事さんがちゃちゃっと調書にしてくれるから、後で署名押印して。くれぐれも朱入れるような真似しないでね。うふ、うふふふふ」


供述調書に署名押印させた後、取調室を出た明日香は毒島に食ってかかった。

「何ですか、さっきの取り調べは」

「まんまと調書がまけたからいいじゃない。何か不満でもあるの」

「発見した時は死んでいたなんて。偽証かもしれないじゃないですか」

「平田さんには天王山さんを殺す動機がない。これは本人の供述通りだと思うよ。いくら熱心な編集者だって、作者を殺してまで本の売り上げを狙うようなつわものはいない。もしいたとしたらちょっと感心するんだけどさ」

「あの供述を丸々信じるんですか」

「駆けつけた時、天王山さんが絶命していたかどうかを確認する術がない。第一、天王山さんが事切れていたのか瀕死の状態だったのかは大きな問題じゃない。高千穂さんだって保護責任者遺棄致死罪の成立要件くらい知っているでしょ」

明日香は言葉に詰まる。

保護責任者遺棄罪は保護責任者が要保護者を遺棄し、または生存に必要な保護をしなかった場合に成立する（刑法第２１８条）。法定刑は三カ月以上五年以下の懲役。ただしこの場合問題になるのは、平田が天王山光利の保護責任者に当たるかどうかだ。

「保護責任者というのは法令や慣習、契約、条理などに基づいて要保護者を保護する責任のある者のことを指す。例を挙げれば親や高齢者の介護を委託された介護士、病人を自宅に引き取った人なんかがそうなる。ただのビジネスパートナーであり、電話を受けて駆けつけただけの平田さんが保護責任者というのは少うし無理がある。仮に僕が弁護士だったら二人の薄い薄い関係性を盾に無罪判決を勝ち取る自信があるよ」

「でも死体からスマホを盗んで」

言いかけて条文を思い出す。

死体はもはや「人」ではないので窃盗罪が成立しない。罪に問えるとすれば占有離脱物（遺失物等）横領罪くらいで、こちらの法定刑は一年以下の懲役又は十万円以下の罰金若しくは科料と、更に軽い罰となっている。

「分かったみたいだね。どのみち平田さんを厳しく罰する法律は存在しない」

あっけらかんと言い放つ毒島が癪に障ってならない。つい言葉を返したくなった。

「どうして今回に限って、そんなあっさりした態度なんですか」

「だって被害者が不在だもの」

毒島は肩を竦《すく》めてみせる。

「遺作は間違いなくあすなろ出版が刊行するし、売れもするだろうね。それは天王山さんが渇望していたことだし、自殺予告をした時点で本人を被害者認定するのは無理がある。本は売れ、一時的かもしれないけれど天王山光利の名前は多くの読者に記憶される。担当編集者の平田さんはちょっとした罰と引き換えにベストセラーの仕掛人と持て囃《はや》され、もちろん版元のあすなろ出版は広告費を一銭も出すことなく大儲け。不幸になる者は誰もいないどころか、関係者は全員万々歳。僕が文句を言う筋合いはどこにもない」

「でも、天王山さんはきっと死ぬ間際に大層苦しんだんですよ」

「あの部屋の様子を見れば確かにそうだけど、自殺予告した上で手首に包丁を突き立てたのは本人だよ。痛くて辛かっただろうけど、それこそ自業自得。あるいはいみじくも平田さんが言及したように本望。作品の売り込みに内容以外で勝負するのも、自分の命を懸けるのも決して間違いじゃない。世間の良識から外れようとも当事者が腹を括っているのなら、部外者が何を言ってもあまり意味はない」

「……少し歪んでませんか。文芸の世界も、毒島さんも」

するとと毒島は意外そうな顔でこちらを見た。

「今更だなあ。知ってるよ、そんなことくらい」

呆気に取られる明日香を尻目に、毒島は廊下の向こうに消えていった。

# 三

# 書評家の仕事がありません

1

『たちまち大重版！　今甦る奇書』

『人気YouTuberホンズッキー氏激推し。瀬戸山和樹《せとやまかずき》「独裁者に花束を」』

『TV、ネットで話題騒然！　「独裁者に花束を」』

各朝刊の全五段広告に躍る文字を見下ろし、田和部紀香《たわべのりか》は苦々しい気分でいた。

『独裁者に花束を』は当時異才の呼び声も高かった瀬戸山和樹のデビュー三作目だ。本人の弁によれば、ガブリエル・ガルシア＝マルケスの『族長の秋』にインスピレーションを得てたったの三週間で一気呵成に書き上げたとのことだ。

なるほど『族長の秋』に刺激を受けた痕跡は文体の端々に反映されており、時制の入れ替えや語り手の交代が独特の効果を生んでいる。文章のリズムもどこかラテン・アメリカ文学のそれを思わせ、今までの日本文学には見当たらない文体を誕生させた。主に海外文学を紹介していた田和部自身、『独裁者に花束を』には好意的な書評を寄せていたのだ。

だが文壇の評価と市場での反響が一致するとは限らない。重版はしたものの二刷の累計三万部止まりとなり、いささか期待外れの結果に終わった。

従って、当時『独裁者に花束を』を応援していた田和部にしてみれば同作が発掘され、再評価されることを歓迎するに吝《やぶさ》かではない。問題は、再評価のきっかけがYouTuberであるという点だった。

昨今、小学生がなりたい職業の一つとして挙げるほどYouTuberが定着した。既に様々なジャンルが形成されているが、その一つに読書系YouTuberがある。読んで字のごとく読書感想を発信しているチャンネルで、件の〈ホンズッキー〉なるYouTuberもその一人だ。

田和部は寡聞にして知らなかったが、ホンズッキーは読書系の中でもトップクラスのチャンネル登録者数を誇る人気らしい。今回、その人気者が取り上げた瀬戸山の旧作にスポットが当たった訳だが、それが田和部には面白くない。

取り上げた書籍に興味があったのでYouTubeのサイトを開き、ホンズッキーのチャンネルを検索した。該当する回はすぐに表示された。

『はーい、文学YouTuberのホンズッキーでーす。えっと今日取り上げるのは、今から二十年も前に出版された瀬戸山和樹先生の「独裁者に花束を」。古本屋で買って積んでいたのを引っ張り出して、昨日読破しました。あのね、これサイコー。まずはあらすじから紹介するね』

ここでホンズッキーはあらすじを語るが、これは書籍の裏表紙に書いてあるものをそのまま読み上げるだけだ。

『と、あらすじだけじゃどんなストーリーなのかイマイチ分かんないと思うけど、これがメチャメチャスゴいんだ。何て言うかヤバい。現在と過去が行ったり来たりするんだけど、話の組み立て方が上手いせいか混乱しないんだよね。それで主人公がいいんだよ。宰相、つまり大統領だよね。その大統領の立場では戦争を推進しなきゃいけないけれど、個人としては誰よりも戦争が嫌いな訳。大統領の立場と個人のせめぎ合いがエモいんだ。もちろん主人公の内面だけじゃなく、戦場ではどんな戦闘が繰り広げられているかを克明に描いているんだけど、この描写がエグいのなんのって』

動画を見ているうちに田和部は苛立ちを覚えてきた。親しみやすい喋り方はともかく、「メチャメチャ」、「スゴい」、「ヤバい」、「エグい」の四語をやたら使い回す。語彙不足が否めず、これでは小説の魅力を言語化できているとは言い難い。早い話が、軽妙な語りと勢いだけで感想をぶち撒けているだけだ。

『現在ですね、「独裁者に花束を」の文庫は双龍社から出ています。それと、この動画が面白かったらチャンネル登録と高評価よろしくーっ。ではでは』

呆れて口が半開きになった。書評と言うにはあまりにお粗末、感想としても素人丸出しで、見ている方が赤面しそうな出来だ。しかし七分足らずの動画に、再生回数は何と七十万回を超えている。視聴者の一割でも興味を持って買いに走れば七万部だ。版元が二十年ぶりの増刷を決めたのも頷ける。

これがチャンネル登録者数五十万人を誇るYouTuberの発信力なのだろう。田和部は失意とともにサイトを閉じる。

そもそも書評とは高度なクリティカル・リーディングではなかったか。その分野に通暁した読み手が己の批評眼でテキストを評価するのが本来の意義だったのではないか。だからこそ、書評は批評的な視点を持って評価することが目的だったはずだ。

だが、今見せられたものは批評的な視点とは程遠く、ただの感想を上擦った言葉と態度で喚いているだけだ。

ところが、その上擦った言葉と態度が、結果的に二十年前の作品の再評価に繋がっている。版元のサイトで確認すると、『独裁者に花束を』は既に発行部数四十万部を超えたらしい。

田和部たちプロの書評家が束になって絶賛しても三万部止まり。それがたった一人の素人が動画をアップしただけで四十万部超えのヒットを生み出す。

あまりに理不尽だと思った。いくら素人っぽさやSNSが持て囃される時代だとしても、これは承服できない。

田和部たちのようなプロの書評家たちは、一冊の小説を評価する際に当該作品だけでなく直近の作品も読む。作者の狙いや進歩を測るためだが、必要とあらばインタビュー記事も読む。作者が執筆の参考にしたと聞けば参考資料にも目を通す。一面的な読み方では到底小説の構造や隠された意味を掘り下げられないからだ。理解不足のまま批評すれば、とんでもない誤読をしでかす危険もある。

見落としはないか、作者への個人攻撃になっていないか、己の嗜好に走り過ぎてはいないか。それらに気を配り、己の文学観と向き合いながら締切間際にようやく原稿を仕上げる。

文庫解説の場合は更に下準備が必要だ。シリーズものなら第一巻から読むのが最低条件だし、直近の作者を知るためにシリーズ以外の著作も読まなくてはならない。解説なので批評的な言説は控え、読者への水先案内人に徹しなければならない時がある。

それだけやっても尚、一介のYouTuberの発信力に及ばない。何週間もかけて執筆した原稿が、気まぐれで読んだ本の感想を喋るだけの数分間に勝てない。

実は時代の波に乗り遅れまいと、田和部自身もYouTubeを開設している。だが、こちらは開設して二年以上経つというのにチャンネル登録者数はやっと三桁に届いた程度だ。意味がないことと知りつつ、書評家・文芸評論家である自分とホンズッキーとを比較してしまう。文壇での知名度、社会経験の格差、これまでに読んだ本の冊数、書いた原稿の枚数、どれを取っても自分の方が勝っているはずだ。それなのにSNSでは大きく水をあけられ比較にすらならない。本の売り上げという、最も重要視される貢献度も桁違いだ。

やはり、どう考えても理不尽だ。

胸の裡で愚痴を繰り返すが、こうしていても無駄に時間を費やすだけだと気がついた。頭を振って雑念を払い落とし、田和部は書きかけだった「紀香の文芸時評」の原稿に手をつける。

雑念の残滓《ざんし》で最初は筆が進まなかったが、書いているうちに調子が出てきた。あと四枚も書けば完成か。そう見当をつけていると、机の片隅に置いたスマートフォンが着信を告げた。

『もしもし、田和部先生ですか。双龍社の久木本《くきもと》です』

「あ、来月号の『文芸時評』だったら、もうすぐ書き終わります。推敲も含めて明日の午前中には送信できると思います」

『それはありがとうございます』

久木本の口調がいつもと違い、不安が過《よぎ》った。

悪い予感ほど的中する。久木本は一段声を落として話し始めた。

『実は原稿の進捗状況とは別にお話ししたいことがありまして。「日本文芸」が次々号からＷＥＢに移行することが決定しました』

「日本文芸」は双龍社が月イチで発行しており、田和部の書評を掲載している文芸誌だ。文芸誌の多くは慢性的な赤字に陥っている。実売部数が年々減り続け、返本率も高くなっている。そのため最近では、窮余の一策でＷＥＢに移行する文芸誌が少なくない。「日本文芸」も危機的状況だと聞いていたので、とうとうきたかというのが正直な感想だった。

「それは何と言いますか……お疲れ様です」

我ながらピントのずれた返事だと思ったが、咄嗟に適当な言葉が浮かばない。だがピントがずれていたのは返事だけではなかった。

『ついては突然で申し訳ないのですが、先生の「紀香の文芸時評」は今回でいったん連載終了というかたちになります』

一瞬、頭の中が真っ白になった。

「WEBに移行するだけなんですよね」

『移行と同時にリニューアルという形式です。なので、打ち切りもあれば新連載もあります』

「そんな。ちょっといきなり過ぎるんじゃないですか。せめて前月から告知するとかしてくれても」

『すみません。わたしも今日になって知らされた次第で……予《あらかじ》め知っていて、わたしが先生に告知しないとお思いですか』

ずるいと思った。それを言われたら田和部は二の句が継げなくなるのを知った上での言葉だった。

ここで押し切られてはいけない。

「納得できません」

せめてもの抵抗だったが、久木本は織り込み済みだったのかさほど困った風でもなさそうだった。

『わたしも改めてご説明したいと考えていたところです。先生のご都合さえよろしければお会いいただけませんでしょうか』

久木本とは自宅近くの喫茶店で待ち合わせた。大声になった時の場合を考慮して店の奥にあるテーブル席に陣取る。久木本は時間通りにやってきた。

「お待たせしました」

「儀礼は結構です。早速、本題に入ってください」

「本当に申し訳ありませんでした」

久木本は頭頂部が見えるほど頭《こうべ》を垂れた。これもずるいやり方だ。最初に頭を下げられたら怒れなくなるではないか。

「リニューアルの話自体は今年の初めから出ていたのです。しかしラインナップに関しては編集長と副編集長の専管事項で、我々編集者は蚊帳《かや》の外と言っても過言ではありませんでした」

嘘ではなさそうだ。と言うより、この期に及んでまで担当の執筆者に虚偽を述べる編集者だとは思いたくなかった。

「書評コーナーのページはわたし以外にもありましたよね」

「書評コーナーは一切なくなります。田和部先生だけではありません。連載小説も、書籍化が期待できないものはWEBに移行することなく打ち切りとなります」

自分だけではなかった。

情けない話だが安堵が先にきた。

「先生もご承知かもしれませんが、各文芸誌ともWEBへ移行した時点で書評のコーナーを無くしています。逃げるようですが、ウチも大勢に従ったかたちです」

言われるまでもなく、ＷＥＢ文芸誌に書評コーナーが見当たらないのは知っている。田和部自身も薄々その理由に見当がついている。

いや、ＷＥＢに限った話ではない。紙の文芸誌に話を移しても文芸評論の枠は明らかに減少している。かつて文芸誌の基礎となっていた評論のページは今やコラム扱いにまで堕した。このまま消滅しても不思議だとは思えない。

そもそも評論分野の新人賞が絶滅の危機にある。わずかに評論新人賞を主催していた「群像」も「すばる」も相次いで休止の憂き目に遭っている。これで文芸評論家の登竜門としての新人賞は五大文芸誌から一掃されてしまった。言い換えれば、出版社は文芸評論家を生み育てる役割を放棄したのだ。

「でも久木本さん。ネットには文芸評論や書評が溢れ返っていますよね。文学YouTubeに読書メーターに読書垢と百花繚乱じゃないですか。需要はかなりあると思うんです」

「ええ、確かに需要はあるのですよ。ただし、あまり読書家とは言えない層の需要に限ります」

「どういう意味ですか」

「ＳＮＳに集まる人たちが求めているのは難解な文学論や評論ではなく、分かりやすく、友人と情報交換するような気分が味わえる感想大会なんです」

久木本は寂しそうに笑ってみせる。

「先生が仰るようにＳＮＳには文芸評論や書評が溢れ返っています。だからこそ、プロの書いた評論や書評は、素人たちの感想文の中に埋没してしまうんです」

楔《くさび》のような指摘だった。同じことを、田和部も考えなかった訳ではない。だが文芸の編集者に面と向かって明言されると、改めて危機感を覚えた。

「いずれ『日本文芸』が紙媒体で再開した際には、書評コーナーは復活しますかね」

見苦しいとは思ったが、訊かずにはいられなかった。久木本は俯き加減で首を横に振る。

「あまり期待しない方が、いいように思います」

喫茶店から戻っても鬱憤は晴れず、かと言って寛《くつろ》ぐ気にもなれずパソコンの前に座る。「日本文芸」の書評コーナーが打ち切りになると、田和部の連載はゼロになる。これは由々しき問題だった。

田和部をはじめとして文芸評論家の多くは雑誌連載と単著の出版、そして文庫解説で飯を食っている。有名になれば講演やセミナーで講師としてギャラを稼ぐ手段もないではないが、あくまでもひと握りに限られる。

単著での出版は最近とみに少なくなった。これは文芸誌から文芸評論の枠が減少したことと無関係ではない。出版不況が続き、文芸の売れ行きが落ちている。小説の売れ行きが落ちれば、付随する文芸評論が市場から求められなくなるのは自明の理だ。

では文庫解説で糊口《ここう》をしのげるかとなると、そうは問屋が卸さない。

出版社は本を売るためにあの手この手を使う。以前、文庫解説と言えば文芸評論家の独擅場《どくせんじょう》だった。文芸評論家の肩書を持った者だけが解説の恩恵にあずかることができた。

だが、やがて著名な文芸評論家が解説を書いても、本の売れ行きにはさほど影響が見られなくなった。すると次に出版社は、書店員に解説を依頼するように戦法を変えた。現場で本を売っている書店員なら読者に近い目線で紹介できると考えたからだ。それも飽きられると、今度は俳優・タレントといった有名人に解説を依頼するようになった。

新しい解説者を発掘してはやがて飽きられる。この流れは当分続くに違いない。分かっているのは文芸評論家の出る幕がますますなくなっていくという未来だ。現に田和部自身、文庫解説の依頼は三年前に比べて半分に減った。元々、純文学と海外文学を専門としていたので、一般文芸やエンタメ系の小説に縁遠いのも災いした。

不意に生活苦の恐怖が湧き起こる。

今はまだ、セミナーでの講師料が定期収入となっているが、このまま文芸評論や書評の仕事を切られたら講師としての価値も目減りしてしまう。待っているのはセミナーの解散だ。

収入源が皆無になる。俄に生じた恐怖は、あっという間に田和部の頭を占領した。今年で還暦を迎える。もう決して若くはない。今から転職しても就ける職は極端に限られている。

大丈夫だ。

まだ、もうしばらくの間は。

不安を紛らせるためにネットを覗く。だが、どうしてもホンズッキーのチャンネルに目がいってしまう。既に『独裁者に花束を』を紹介した回には千件以上のコメントが並んでいる。

『この動画、ヤバいな。見れば見るほどネット書店でポチりたくなる』

『最近の小説より面白いかしれん』

『こういう名作を、いったいどうやって発掘するんだろう。やっぱり犬みたいに鼻が利くのか』

『ホンズッキーさんがいれば、俺ら当分読むものには困らないよな』

『早速、本屋さんに直行します』

『わたしも』

どれも好意的なコメントが並び、批判的なものは一つもない。

嫉妬と劣等感で頭が沸騰しそうになる。文学的素養の欠片もない素人に、どうして皆が迎合するのか。何故、自分たちのようなプロフェッショナルの言葉が一顧だにされないのか。

ふっと眩暈にも似た衝動に襲われる。

感情に突き動かされるように、田和部は己のTwitterに次の文章を投稿した。

『あのですね。たかが素人の感想文に版元が一喜一憂してどうするんですか、みっともないったらありゃしない。大体、素人に書評なんてできないでしょうが』

新聞の全五段広告と動画に寄せられたコメントに対する皮肉のつもりだった。安直な感想文に頼らざるを得ない版元の体たらくを批判した文章はいささか感情的に思えたが、今の田和部の正直な気持ちだった。

単純なもので、一度毒を吐くとずいぶん気が楽になった。将来への不安は依然としてあるが、切迫感は後退した。

『Twitterは気○いたちの社交場』と言ったのは誰だったか。そうだ、あの鼻持ちならない毒島真理だ。

『大体ね、全世界に向けて自分の感情を何のオブラートにも包まず吐露したり近況報告したりするなんて正気の沙汰とは思えないんだよ。個人情報を進んで公開するようなものじゃないの。呟きにいちいち反応するのも同類』

田和部は小説家としての毒島をまるで評価していないが、この時ばかりは名言を吐くものだと感心した。多分に偏見のきらいはあるものの、言っている内容には一理ある。

ともあれ一時的にしろ気分が晴れるのは悪いことではない。田和部は書きかけだった「紀香の文芸時評」の執筆を再開した。


ところが一夜明けると、SNSでは田和部の投稿を巡ってひと騒動が起きていた。彼女の発した呟きに呼応したのか、件のホンズッキーがYouTubeの閉鎖を宣言したのだ。

『先日、ボクの上げた動画について、文壇の大御所みたいな人から批判を浴びました。確かにボクに書評なんて大それたことはできません。ただ読書の楽しさを皆さんと分かち合いたいと思っただけです』

動画の彼は打って変わって神妙な態度だった。ひょっとしたらレビュー時の振る舞いは一種の演技で、こちらが本来の姿なのかもしれなかった。

『それでも特定の人を嫌な気持ちにさせたのなら、このチャンネルを開設した意味がありません。だから、もうチャンネルを閉鎖しようと思います。チャンネル登録してくれた人、応援してくれた人。今までどうもありがとうございました』

動画はそれで終わっていた。殊勝な態度だと感心する一方、批判一つで閉鎖するようなチャンネルなら最初から開設しなければいいと考えてしまう。

根性のないYouTuberが一人脱落した。田和部にはその程度の認識しかなかったが、すぐに大きな間違いであることに気づく。ホンズッキーがチャンネルを閉鎖した途端、関連するツイートがウンカのように湧いて出てきた。

『誰よ、この田和部ってヤツ』

『何でホンズッキーがチャンネルを閉鎖しなきゃいけないんだよ。謝罪だってする必要ない。謝るのは例の老害の方だろ』

『片やチャンネル登録者数50万人の人気YouTuber、もう片方は名無し。これって話が逆じゃないのか』

『老いぼれのヒョーロンカより、俺たちはホンズッキーさんの話が聴きたいんだよ。引っ込んでろ』

『そもそもプロの肩書を持った人間が一般人を恐喝するなんて、大人げないのを通り越してりっぱなパワハラ案件じゃないのか』

『田和部紀香、ちょっと調べてみたけど、全然知らん人やった』

『嫉妬だよ、嫉妬。自分に影響力なくなったから、ホンズッキーさんがねたましいのさ』

『好きだったんだけどなあ田和部さん。いつからこんな嫌ァな年寄りになり果てたんだろ』

『#田和部業界追放　ハッシュタグ付けときました』

代り映えのしないコメントばかりだったので、田和部はネットを閉じた。

田和部も他人の著作を好きに批判してきた人間なので、この程度の悪口雑言など屁でもない。罵倒や皮肉なら、こちらに一日の長がある。

だが罵詈讒謗の中で一つだけ引っ掛かる言葉があった。

老害。

まさか自分に向けられる日がこようとは。

言葉を扱う商売だから、無闇に老害と喚く輩に賢い者がいないのは熟知している。従って気に病むことはないのだが、知らぬ間に己がそう蔑まれる立場にいたのが衝撃だったのだ。

田和部が文芸評論の新人賞を受賞してデビューした頃、評論の世界には小林秀雄、福田恆存《つねあり》、尾崎秀樹《ほつき》、吉本隆明といった錚々たる大御所たちがまだ健筆を揮《ふる》っていた。若き田和部にとって彼らは旧い文学観の象徴であり、疎ましい存在だった。

田和部は大御所たちが足跡を残していない未踏地を開拓しようと試みる。ちょうどポストモダニズムが到来した時期と重なり、田和部は積極的に海外文学やフェミニズム文学などを紹介し、評論した。当時はまだまだニッチな分野だったが、コミック・アニメなどのサブカルチャーを含むカウンターカルチャーとして若者の支持を得たのだ。

だが現実の世界にピーター・パンは存在しない。若者は必ず老人になる。

自分は文芸評論の分野では新時代の旗手であると自任していた。あれから四十年、新時代の旗手はいつの間にか老害呼ばわりされていた。

老害。

自分とは全く無縁の言葉だと思っていたのに。

田和部はしばらく呆然として何も手につかなかった。

ネットでの田和部叩きが始まると、間もなく現実世界にも影響が出始めた。仕事の関係者からの問い合わせが殺到したのだ。

担当編集者からは困惑され、同業者からは忠告された。どうやらホンズッキーは文学界隈には覚えめでたい存在であり、ほとんどの関係者は彼と田和部の確執を否定的に捉えていたようだ。

意外なのは、デビュー以来の戦友と信じていた同業の桑形慎吾《くわがたしんご》さえ苦言を呈してきたことだった。

『田和部。聞いたよ、例の炎上騒ぎ』

「炎上とか言っているけど、所詮ノイジー・マイノリティーが騒いでいるだけでしょ、あんなもの」

『違うって。サイレント・マジョリティーも黙っているだけで、決してお前を支持している訳じゃない』

「皆さん、若い人に同情的でいらっしゃるから」

『それも少し違う。皆がホンズッキーを擁護しているのは彼が若いせいもあるが、何より業界に貢献してくれているからだ。考えてもみろ。頼まれてもいないのに作品を紹介してくれて、確実にセールスに結びついている。版元は一円の広告宣伝費もかけずに本が売れるんだ。こんなに有難いことはない』

「それってブラック企業の経営者の論理でしょうが」

『本人が楽しみながらやっていることだから、その指摘は少しお門違いだ。もちろんあれだけ再生回数を稼げば広告料も入るだろうが、皆はそこに注目していない。重要なのは、商売っ気を前面に出していない素人の無邪気なプレゼンに、老大家が心無いダメ出しをしたっていう構図だ』

「老大家なんて誰が言ったのよ」

『自覚はないけど、俺たちは既にそう言われる世代なんだよ。不本意だけどな。傍目にはプロ野球の解説者が草野球の選手をこき下ろしているようにしか映らないんだよ』

桑形の指摘はすとんと腑に落ちた。なるほど、それで皆があんなにも憤《いきどお》っているのか。

『俺から見ても、お前のあのツイートはアウトだ。弱い者いじめとしか思えない』

「そんなつもりは毛頭なかった」

『お前の性格を知っている俺ならともかく、他の人間はそう思わない。悪いことは言わないから、すぐに謝罪しろ』

「やなこった」

田和部は言下に断った。

「自分の気持ちを正直に表明しただけじゃん。第一、矛先《ほこさき》は出版社に向けてのものだった」

『気持ちは俺だって理解できる。だが争点はそこじゃない。ステータスのある者がそうでない者を排除しようとした図式が圧倒的に不利なんだ』

「この仕事始めてから長いってだけで目の敵にされるなんて、理不尽もいいとこ」

『俺たちの先輩も、きっとそう思っていただろうな』

どきりとした。やはり同じ時代を歩いてきた桑形は自分たちの置かれた状況を理解しているのだ。

『年寄りに求められているものを知っているか。昔話と自慢話はしないこと。そして若いヤツらと対等の立場で話すことだ』

「こっちはプロ。向こうはど素人なのよ」

『悲しいかな、ネットの世界じゃ経験値はあまり重視されない。支持されるのは親しみやすさと純朴さだ。それがお前にあると思うか』

「カネ積まれても要らんわ、そんなもん」

『だからネット民の反感を買う。今は文芸評論家もネットに進出しなきゃならない。その態度、改めた方がいいぞ』

「不愉快だから、電話切る」

『おい、ちょっと待』

会話を打ち切ると、虚しさが心に滲んできた。

頭髪に白いものが交じり、やがて領域を広げていった時の感覚が甦った。

2

田和部が驚いたのはホンズッキーの意外なしたたかさだった。

YouTubeを閉鎖して三日後、彼はインスタグラムで仰天する内容を発表したのだ。

『わたしホンズッキーは作家デビューします！』

予想外の展開に彼のフォロワーたちは騒然となった。批評する側からされる側へ。見事なまでの転身ぶりだった。

『デビュー作は二カ月後、幻冬舎さんから出版される予定です。皆さん、お楽しみに』

フォロワーたちは彼に驚きと期待の声を贈ったが、騒ぎの渦中にいた田和部は祝福する気などさらさらなかった。

まずYouTubeを閉鎖して二カ月後の出版という点が引っ掛かる。作品が四百字詰め原稿用紙で何枚になるかは不明だが、アマチュア作家が小説一冊を仕上げるのに二カ月は早過ぎる。

するとホンズッキーはYouTubeの閉鎖以前から執筆を始めていたことになり、閉鎖騒ぎはプロモーションの一環だったという疑惑が浮上する。無論、これは田和部の当て推量なのだが、一度疑い出せばきりがない。かくて田和部はまだ見ぬホンズッキーのデビュー作とやらを先入観なしで受け容れることができなくなった。

版元が幻冬舎というのは頷ける。同社は各文芸誌が軒並みWEBに移行する中、新たに文芸誌を発刊するという蛮勇を振るい、且《か》つ「他社では出せない本であっても、世に出すべきと判断したものなら出版する」と宣言している出版社だ。海のものとも山のものともつかぬアマチュア作家を誕生させるのに、これほどうってつけの版元もない。

さてお手並み拝見といくか。田和部は手ぐすねを引いて彼の文壇デビューを待つことに決めた。

一方、田和部に対するバッシングは一向に沈静化する兆しを見せなかった。SNS上ではホンズッキーのフォロワーでもない者の他、田和部の同業者、果ては作家からも苦言を呈される羽目になった。

『あまりに視野が狭い。とてもこの道四十年のベテランのすることではない』

『行動原理が五歳児』

『これまでの彼女の功績を考えると複雑な気持ちにならざるを得ない』

『誠に遺憾』

『新旧のメディア対決、かもしれない。衰退する文芸評論と新興のＳＮＳの代理戦争だとしたら、勝敗は自ずと明らか』

『田和部ってさ、八〇年代からゼロ年代までサブカルで気炎を吐いていた一派なんだよ。いつの間にか自分が大御所になっていたのに気づかなかったのかな。ともかく老残さらしてみっともない』

『老兵は死なず、ただ消え去るのみ』

ネットだけではなく、先日の桑形と同様に直接忠告してくれる者もいた。旧知の編集者やセミナーの受講生たちだが、正直田和部は聞く耳を持たなかった。

今更謝罪してどうなるというのか。どうせあいつらは謝罪したところで矛を収めるような真似はしない。それこそ池に落ちた犬を叩くように、更なる罵倒を続けるだけだ。

確かに素人書評家の揚げ足取りをした自分には非がある。これは認めざるを得ない。しかしいったん炎上した時点で、田和部の相手はホンズッキーではなく、ネットに屯《たむろ》する人々に替わった。彼らは一度叩く相手を見つけたら、自分の気が晴れるまで攻撃を止めようとしない。謝罪しなければしないで、謝罪したらしたで必ず言いがかりをつけてくる。

一番いいのは放っておくことだ。しばらくは煩《うるさ》いだろうが、元々安全地帯から有名人を叩きたいだけの集団だから、新たな火種を見つけた途端、そちらに引き寄せられる。何も新たに燃料を投下する必要はない。

そんな風に嘯《うそぶ》いていると、何と火種が向こうからやってきた。

「田和部先生にホンズッキーさんのデビュー作を書評していただきたいんです」

待ち合わせた喫茶店で、幻冬舎の壺田《つぼた》はそう切り出した。田和部の担当になって一年、こんな局面で冗談を言うような男でないのは承知している。

「ちょ、ちょっと待って。わたしとホンズッキーさんの間に何があったか、壺田さんも知っているでしょ」

「もちろんです。僕は田和部先生の担当だし、ホンズッキーさんのデビュー作の担当でもありますから」

「おたくの新刊だったら、当然『小説幻冬』に紹介記事載せるんですよね」

「ええ。折角弊社から刊行するんです。自社の文芸誌で宣伝しなかったら何のための定期刊行物かって話です」

「わたしの書評も『小説幻冬』に掲載するの」

「編集長は、田和部先生の書評の次ページにデビュー作の広告を載せるつもりでいます。やる気満々」

「喩えは悪いけど、それって同じ囲いの中にハブとマングースを放り込むようなものよ」

「おっ、いいですねえ、ハブ対マングース。そういう気概で書評していただければ願ったり叶ったりです」

どうやら含むところがありそうだ。田和部は居住まいを正して訊いてみた。

「壺田さん。正直に話して」

「承知しました」

壺田もこちらに倣《なら》って座り直した。

「幻冬舎さんはホンズッキーさんを、どんな風に売り出すつもりなの」

「新人賞を経たデビューではないので、所謂タレント本に近いですね」

「彼はタレントではないでしょう」

「ええ。だから少々困りました」

壺田は物憂げに首を傾げてみせた。

「人気YouTuberではありますけど、ＳＮＳ上の人気度とタレントの人気度を同列に論じることはできません。チャンネル登録者数五十万人という数字も、実売数にどれだけ影響するかは未知数なんです。それで書評家の田和部先生に白羽の矢を立てた次第です」

ここに至って、壺田の言わんとすることがようやく見えてきた。

「まさか、炎上商法を文芸誌の中でやろうって策なの」

「当たりです」

壺田は悪びれもせず言う。

「正直、タレント本だって馴れ合いの書評を書いてもらっただけじゃ売れません。ましてやSNSの中だけで人気を博している、言わば地域限定の泡沫アイドルみたいなものです。通常のやり方じゃ、とてもじゃないけど通用しない。それで誌上バトルを企画しました」

さすがに呆れて開いた口が塞がらなかった。

「誌上バトルって壺田さん、あなたねえ。書評するわたしの立場も考えてよ。真相はともかく、今やわたしは悪役で通っているのよ」

「リングでヒール役に徹してくれとは申しません。ただ彼のデビュー作を読んでいただいた上で忌憚のない評価をしてもらえばいいんです。傑作だと思ったら称賛すればいいし、駄作だと思ったらこき下ろせばいい。ただし本人や弊社に忖度《そんたく》しての中途半端は好ましくありません。ガチですよ、ガチ」

「それでいいの」

「いいんです」

壺田は胸を反《そ》らせてみせる。

「田和部先生が文芸評論家としてデビューされた時分は、よく作家と評論家の直接対決があったようですね」

「ありました。評論家の批評に対して実作者が反論を試み、その反論に評論家が再批判を加える。そういう文学論争が普通にあって、盛り上がったのは確か」

田和部は郷愁を込めて回想する。当時は文壇華やかなりし頃で、論争は華として扱われた。当人たちは互いの文学観を闘わせるので真剣そのもの、文学賞のパーティーでは鉢合わせをしないよう主催者側がずいぶん気を配ったものだ。

「そういう文学論争も、最近ではとんと見かけなくなりました」

「でしょうね」

市場が縮小していく中で内輪揉めをしても意味がない。第一、文壇関係者以外が何の興味も示さないのではコップの中の嵐みたいなものだ。

「編集長は、今こそあの活気を復活させたいと考えているようです。敢えて提灯《ちょうちん》記事は載せない。ホンズッキーさんと田和部先生が本気でやり合うならそれもよし。そのくらいの話題性を持たせないと、彼を売り出すことはできません」

「わたしは咬ませ犬ですか」

「この場合は咬み犬になる可能性が高いですね。いいですよ、存分に咬んでいただいても。ホンズッキーさんが満身創痍《そうい》になればなったで同情票が集まります」

「新人作家なのに容赦ないわねえ」

「売り出しに一生懸命と言ってください」

「この企画、『小説幻冬』の定期購読者が賛同してくれるかしら」

「他社では却下される企画でも、世に出すべきと判断したものなら掲載する。それがウチのモットーですから」

社員教育の行き届いた会社だと田和部は感心する。多少は逡巡したが、結局は壺田のオファーを受けることにした。

二日後、田和部の自宅に新作のゲラが到着した。タイトルは『あの日のヒナゲシ』、ソフトカバー四六判、二百ページ足らずの短編集だった。装丁はパステル画風のイラストで、中身が恋愛ものであると匂わせている。

『手加減は一切要りませんから』

別れ際に壺田の放ったひと言が甦る。その意気やよし、版元や作者に遠慮しない書評も久しぶりだ。

田和部は期待半分不安半分で最初のページを繰る。

ところが二ページも読まぬうちに既視感が襲ってきた。最近、似た内容の本を読んだ訳でもない。憶えのあるキャラクターが登場した訳でもない。では、この既視感の正体は何なのか。

しばらく読み進めるうち、正体に気づいた。

文章の貧弱さだ。

てにをはが間違っている箇所は少なく、変な描写も見当たらない。間に校正が入っているから当然と言えば当然だが、文章自体はどこもおかしくない。だが推進力がない。この先を読みたいと読者に思わせる力がない。

これは公募の新人賞で真っ先に予選落ちするレベルの小説なのだ。過去に新人賞の下読みをした田和部が既視感を覚えた理由はまさにそれだった。

二時間かけて全編を読み終えた田和部は、しばし考えを纏める。予選落ちするレベルの小説だから、指摘する部分はやまほどある。だがいちいち書き出しても重箱の隅を突《つつ》くようなものだ。壺田もそんな書評を望んではいまい。

熟考すること三十分、田和部はパソコンのドキュメントに新しいフォルダーを作り、早速、キーを叩き始めた。

『新人作家ホンズッキー氏は誠に不運な船出を迎えることになった。彼の「あの日のヒナゲシ」は、とても新鋭の誕生を寿ぐ出来ではないからである。

内容は短編の四編で構成され、それぞれ恋愛・親子関係・社会問題・世代ごとの死生観を扱っている。主人公が同じだから連作短編集という体裁だが、章ごとにテーマが異なっているせいで全編を貫くテーマは存在しない。そのちぐはぐさが物語の脆弱さを露呈してしまっている。

脆弱性。そうだ、この小説には力が不足している。読者を物語に引き込む力が欠如しているために、自己愛に満ちたエッセイを読まされているような感覚になるのである。恋愛も親子関係も社会問題も死生観も上っ面をなぞっただけで、キャラクターの内面まで踏み込んでいない。「僕はこう思うけど、あなたはどうですか?」程度の問い掛けに終始している。氏の熱烈なファンなら満足するかもしれないが、小説に慣れ親しんだ読者には厳しいものがある。

通常の恋愛小説なら主人公たちの行く末が気になる。ミステリーなら犯人が誰なのか気になる。ジャンル小説には最低限、そうした吸引力があるから読者は最後のページまで読み進めることができる。だが、この小説には最低限の吸引力すらない。二百ページ足らずの小説が、これほど冗漫に感じられたのは初めての経験である。新人賞を経由しないデビュー作は一種の企画本だが、だとすればこの作品の企画意図は何なのか。小説と考えれば訴求力不足、エッセイと捉えれば舌足らず。読後感は甚だ座り心地の悪いものとなった。

作者のホンズッキー氏は、この作品でデビューするべきではなかった。不運な船出と評したのはそういう意味である。もっと小説の魅力を詰め込んだ、これぞ新時代の到来と予感させる作品で挑むべきだった。もしも次回作を上梓する機会があれば、その時こそ持てる力の全てを投入した小説で挑んでほしい』

読み直してみると過度に貶めた部分もなければ阿《おもね》った部分もない。重箱の隅を突くのではなく、食材の素性と調理法と盛り付けを評価したのだ。壺田も不満を言わないだろう。

推敲した後に原稿を壺田宛てに送信する。

この書評がいずれ新たな騒動の火種になるとは、田和部は知る由もなかった。

桑形から連絡が入ったのは、見本誌が送られてきた翌日のことだった。

『「小説幻冬」の書評、読ませてもらった』

いちいち同業者間で仕事の良し悪しを言うことはないのだが、今回はどうやら特別らしい。自分の書評を他人がどう読むかにも興味があったので、そのまま聞いた。

『テキストをあれだけくそみそにこき下ろした書評は久しぶりだな。作品どころか暗に版元まで批判している。よく編集部が掲載したものだな』

「手加減は一切要らないって言われたから、従ったまでよ」

『担当編集は誰だ』

「壺田さん」

『彼か』

「知ってるの」

『やり手だよ。色々と刺激的な企画をプレゼンしているらしい』

なるほど自分に『あの日のヒナゲシ』の書評を依頼したのも、刺激的な企画の一つという訳か。

『全方位に喧嘩を売る田和部節が全開で、個人的に懐かしかった。ここしばらく、ああいう書評は読んでいなかったし、そもそも掲載もされなかった。今の世では貴重な書評だと思う』

桑形が好意的に読んでくれたようなので気をよくしたが、それも一瞬だった。

『ただし、大人げない』

「何よ、大人げないって」

『作者は碌に文章修業もしていないど素人だ。そのど素人の文章をプロの書評家が貶《けな》すという行為が、果たして批評と呼べるのかどうか』

「商業出版された小説なのよ」

『商業出版されたらプロの作家だとか、お前まで世迷言《よまいごと》を吐《ぬ》かすんじゃないだろうな』

田和部は返事に窮する。もちろん、そんなことは考えたこともなかった。

『ベテラン作家が読書メーターの感想文を誌面で叩くようなもんだぞ。手加減云々以前の問題だ』

「依頼された仕事なんだからしょうがないじゃないの」

『批評ってのはテキストの作者に憎まれてなんぼだが、それでも関係性が成立するのは互いにプロと認識しているからだ。素人相手のレスリングは、ただのイジメでしかない』

尚も田和部は言葉を失う。素人に対するイジメという自覚は確かにあった。仕事という名目に隠れて、己のテリトリーを荒らした愚か者を懲らしめてやりたいという欲望があった。

だが自分はプロの書評家だ。思ったこと感じたことを未消化のまま吐き出したのでは芸がない。文章を吟味し、筆致もずいぶん抑えたのだ。

「別にどうでもいい。わたしは頼まれた原稿を書いただけだし、ホンズッキー氏は早々に批評の洗礼を受けた。それでこの話はお終《しま》い」

『そう思っているのはお前だけかもしれん』

桑形は気になる物言いをする。

『ホンズッキーくんには仲間の文学YouTuberが数人いて、お前のことを叩きまくっている』

普段、YouTubeなど見ない田和部には初耳だった。

「折角、今まで知らずにいたのに。どうしてバラす」

『自分に敵がいることは知っておいた方がいい。寝首を掻かれるぞ』

「YouTuberなんてSNSの中だけでイキっている子どもたちでしょ。ネットさえ見なきゃ痛くも痒くもない」

『そうでもない。行動的なYouTuberも多い。迷惑系なんてのはその最右翼だろう。俺の心配はな、文学YouTuberがいつ迷惑系YouTuberに鞍替えしても不思議じゃないってことだ』

「よく知らないけどさ。読んだ本の感想を上げている連中はインドア派じゃないの」

『再生回数稼ぐためなら何だってするんだよ、一部の手合いは』

「一応、ご忠告に感謝。ありがとう」

桑形との電話はそれで切れた。

3

七月二十四日、人気YouTuberホンズッキーこと本鋤祥真《もとずきしょうま》が死体で発見されたのは江東区若洲《わかす》にあるキャンプ場だった。

二十一時四十分、所轄に第一報が入り、直ちに東京湾岸署と機捜が直行、事件性ありとの判断がなされ捜査一課麻生《あそう》班の出動と相成った。

第一発見者は管理事務所の職員で、日帰り利用客のチェックアウト後の見回りをしている最中に東側炊事場の付近で死体と出くわしたと言う。

犬養とともに臨場した明日香はまず死体と対面する。例によって先着していた検視官が死体を見下ろしていた。

「外傷は後頭部の挫傷のみ。他に外傷も窒息の形跡もないので、これが致命傷でしょうね。直腸温度から死後二時間と経っていないと推測できます」

「脳挫傷ということは何か鈍器で殴られたということでしょうか」

明日香に問われ、検視官は少し離れた場所に設《しつら》えられた野外炉を指した。円形をした煉瓦造りの集合竈《かまど》で六カ所から火を熾《おこ》せる仕様になっており、既に鑑識の手でマーキングがされ、そこに死体があったことを物語っている。

「竈に血痕が残っており、後頭部の創口と形状が一致していました。こう、後ろに倒れるように竈にしたたか頭を打ちつけられたかたちですね」

「うっかり足を滑らせて頭を打ったんじゃありませんか」

「足を滑らせた跡がないのですよ。ここ三日は晴れが続いて、芝生も石畳も乾いていますしね」

つまり何者かに突き飛ばされ、倒れた弾みで後頭部を打ったという解釈だ。

「被害者の身元は」

「鑑識が財布から身分証を見つけたようです」

いつの間にか中座していた犬養が、鑑識から預かったビニール袋に入った身分証を携えてきた。被害者本鋤祥真の名前は、この時知れた。

「被害者が誰とキャンプ場に来ていたかは、予約を受け付けた管理事務所に問い合わせれば判明する」

言うが早いか、犬養は踵《きびす》を返して管理事務所のある方向へと向かう。明日香は検視官に一礼してから慌てて後を追う。それほど足が速くないというのに、臨場するなり機敏に行動する犬養はさすがと思える。ところが、この立派な行動力も、被害者たちのグループが明らかになるまでだった。

「予約のグループ名は〈文学YouTuber慰労会〉となっていますね」

管理事務所の職員からそう告げられた途端、犬養の目から輝きが失せたのを明日香は見逃さなかった。

「文学YouTuber、ですか」

「四人様のご予約で、代表者は宇月麗良《うづきれいら》という方ですね。連絡先もちゃんと記入されています」

宇月麗良に連絡がつけば他の二人の素性も分かろうというものだ。

死体を発見した職員にも話を訊いてみた。

「当キャンプ場では日帰り利用と宿泊利用がございまして、日帰り利用は当日二十一時が最終チェックアウトです。なので、いつも二十一時を過ぎてから、忘れ物がないかどうか見回りをしているんです。それで死体を発見して」

二十一時過ぎなら辺りは暗くなり、野外炉や炊事場を利用する者も少なくなる。いずれ宿泊客の誰かが見つけたかもしれないが、職員の見回りがあったために早期発見できたという経緯だ。ただ残念なことに、死体が発見された東側の炊事場近辺には防犯カメラの数が少なく、現場は死角となっていた。

職員から必要な情報を聴取し終えた犬養は、さっさと管理事務所を退出する。この流れでいけば慰労会に集ったメンバーを訪ねるのだと思ったが、犬養はスマートフォンを取り出して何者かと話し始めた。

「俺です。今、いいですか。実は俺には手に負えない案件が発生して……ええ、ご推察の通りで、そっち方面の事件になります。高千穂のサポートをお願いできますか。……助かります。このお返しは、いずれどこかで。それじゃあ」

電話を終えた犬養は、清々した表情だった。

「犬養さん。まさか今の電話」

「ああ、毒島さんに担当を引き継いでもらった」

「職場放棄じゃないですか」

「適材適所と言え。文芸界隈の事件なら、あの人に任せておきゃ問題ないだろ。慰労会に参加したメンバーの動きは俺が押さえておくから、毒島さんと二人で事情聴取してくれ」

犬養は常時複数の事件を抱えており、忙殺され気味であるのは周知の事実だ。いくつかの案件を刑事技能指導員である毒島に助けてもらうのは班長の麻生も許可している。

だが、こと文芸関係の事件になると露骨に忌避したがるのは、いい加減にしてほしいと明日香は思う。犬養が投げ出した分、自分はあの性格の歪んだ男と捜査をしなければならないのだ。


翌朝、神田神保町の仕事場に迎えにいくと、毒島は満面に笑みを湛《たた》えていた。

「やあやあやあ、おはよう高千穂さん。も少し待ってね。あと七行書いたら終わるから」

「あと七行って。毒島さん、朝から執筆してたんですか」

「朝からじゃなくて徹夜。やっと一本終わるんだよね」

「徹夜したまま捜査するつもりですか」

「あのさ、物書きと刑事に共通していることがあるって知ってるかい」

「疑り深いところとか、根が暗いところとか」

「高千穂さんは偏見がひどいねえ」

あんたにだけは言われたくない。

「睡眠時間を削ってでも満足なパフォーマンスを維持しなきゃいけないことだよ。事件と締切は待ってくれないからさ」

「事件の概要は、もうご存じですか」

「被害者は文学YouTuberのホンズッキーさんでしょ。それならぎりぎり僕の守備範囲。犬ちゃんがこっちに仕事を回したのは正解かな。相変わらず先輩を先輩とも思っていない扱いだけど」

「被害者は文芸の世界では有名なんですか」

「厳密に言うと文芸の世界じゃなくて、その周辺。加えて彼はつい最近、商業出版してデビューしたばかり」

ぎりぎり自分の守備範囲というのは、そういう意味か。

「も一つつけ加えるとさ、デビュー直前に大御所の書評家から結構なパワハラを受けて、SNS上でひと騒動あった訳」

毒島の話によれば、田和部紀香という書評家がホンズッキーこと本鋤祥真の発信力に頼る版元に苦言を呈した事件があったという。

「今は著名な書評家が取り上げるより、タレントや人気YouTuberが取り上げた方が書籍の売り上げがいいからね。こればかりは時の流れでしょうがないんだけど、書評ひと筋批評ひと筋でやってきた大御所たちは複雑な気分だと思うよ」

問題はその後だ。何とホンズッキー氏のデビュー作を、事もあろうに田和部が書評コーナーでくそみそにこき下ろしたらしい。

「ウチにも『小説幻冬』の見本誌が届けられるから田和部さんの書評は読んだ。まあ、これが小気味がいいくらいのディスりっぷり。作家稼業に夢を抱いてデビューした新人があれを読んだら、自殺したくなるか田和部さんの家に火をつけにいきたくなること請け合い。うふふふふ」

こと文芸絡みのトラブルとなると、毒島は実に嬉しそうな顔をする。こんなに不謹慎な男が、どうして各版元から重宝されているのか、明日香には不思議で仕方がない。

「ちょっと大袈裟じゃないですか」

「高千穂さんもさ、下手でもいいから一度四百字詰め原稿用紙で五百枚くらいの小説を書いてごらんよ。そのくらいの分量になると心血を注いだ気になる。あたかも作品が自分の一部であるかのように思えてくるから。そうやって生まれて初めて書いた長編を貶されると、己の人格まで全否定されたような気になる。実際、そういう強迫観念に駆られて事件を起こしたヤツもいるしね」

「毒島さんも酷評されたら、そんな気を起こしたりするんですか」

「ならないね」

毒島は言下に否定する。

「新人でなくても、作品は自分の一部じゃないんですか」

「一部だろうが全部だろうが、僕は他人から褒められても少しも嬉しくないし、逆にどれだけ貶されても少しも悔しくないんだよ。一応、デビュー当時は激賞されたりもしたし、酷評されたりもしたけど、心は一ミリも動かなかったね」

かく言う毒島も、他人の言動に一喜一憂する人間の心理は知悉《ちしつ》している。

明日香には毒島の自己申告が信用できるような気がした。麻生や犬養から聞き知る毒島は、とにかく他人の評価を気にしない。奥床しいとか泰然としているとかの話ではない。逆だ。

毒島は他人の物差しをひどく侮蔑しているようなのだ。なるほど評価基準そのものを侮蔑していれば、どんな評価をされたところで歯牙にもかけないだろう。奥床しいどころか、傲慢極まりない男なのだ。

「それはそうと毒島さん。慰労会に集まったYouTuberたちの面々については、もう把握されていますか」

「昨夜のうちに犬ちゃんから報告を受けてるよ。人に放り出す時の仕事の早いこととときたら。高千穂さんも見習った方がいいよ」

「遠慮しておきます」

「まず慰労会を提案した宇月麗良、話に乗った嶺里達也《みねさとたつや》と脇本緑理《わきもとみどり》。殺害された本鋤祥真を含め、四人とも同じ所属事務所だよ」

「オフ会と言うよりは同じ事務所内での集まりだったんですね」

「同じ事務所であっても人気はホンズッキーの一人勝ちで、あとの三人はチャンネル登録者数が彼の百分の一にも満たない」

「まさか。もう他の三人のチャンネルを観たんですか」

「本人たちが進んで顔とキャラクターを見せてくれるんだもの。見ていると、他にも色々分かることがあるしね」

毒島は意地の悪そうな笑みを浮かべる。

「他人に見られる、他人を喜ばせる訓練を積んでいない素人が自分を曝《さら》け出しているから、本人が知られたくない本音や目論見まで透けて見えちゃうんだよ」

「三人の自宅に向かいますか」

「そんなしち面倒臭いことしなくても出頭要請すりゃいいよ」

「おとなしく従うと思いますか。ビビっちゃうんじゃないですか」

「出頭要請かければ舌なめずりしながら馳せ参じるよ。普段から再生回数が伸びていない連中だよ。『わたし、警察に呼ばれちゃいました』とかのキャプション入れておけば視聴者の興味を惹くことができるから、渡りに船とばかりに尻尾《しっぽ》を振ってやってくる」

「あの、いくら何でも文学 YouTuber を虚仮《こけ》にしていませんか」

「違うよ、高千穂さん」

毒島は心外そうに言う。

「僕は文学 YouTuber も虚仮にしているんだよ」

毒島の予言通り、要請すると三人とも二つ返事で出頭に応じてきた。明日香は内心呆れたが、一人一人を別室に呼んで事情聴取することにした。

最初の相手は慰労会の幹事も務めた宇月麗良だ。彼女を前にした毒島は例のごとく虫も殺さぬような顔をしている。一方、宇月の方はまじまじと毒島を観察している。

「あの、まさかと思いますけど、ひょっとして作家の毒島真理先生ですか」

「ええ、よく僕なんかをご存じですねえ」

「どうして先生がこんなところにいるんですか」

毒島が刑事と兼業している旨を告げると、宇月は興奮を隠しきれない様子だった。

「毒島先生が現役の刑事さんだったことを、わたしのチャンネルで暴露しちゃっていいですか。きっとみんな驚きます」

「それは今後の捜査に差し支えるのでやめてください。動画の削除依頼をかけますよ」

「あ。それは困ります」

宇月はあっさりと引いた。ダメならさっさと諦める。運よく許可が出たら、ここを先途と録画でもするつもりだったのか。

「慰労会を企画したのは宇月さんだったんですよね」

「ええ。田和部さんの書評があんまり辛辣過ぎてホンズッキーさんが落ち込んでいると聞いたんです。それで文学YouTuber同士で慰めることができればと思って」

「同じ事務所でしたよね。普段からよく慰労会をするんですか」

「いえ。もちろん何度か顔を合わせることはあったんですけど、慰労会を企画したのは初めてです。これを機会に親交が深まれば嬉しいかなと」

「慰労会の様子を動画でアップする予定はなかったんですか」

「残念なことにホンズッキーさんが許可してくれなくて。リアルに落ち込んでいる姿は曝したくないって。彼もその辺がプロ意識に欠けるんですよね。YouTuberなら喜怒哀楽もキャラの一部なんだから堂々と公開しなきゃ」

「ほう、キャラの一部ですか」

「ただの読書感想じゃ誰も見てくれないしチャンネル登録もしてくれません。そりゃあ趣味だけでチャンネルを開設しているYouTuberもいるけど、事務所に所属している限りは収益化しなきゃクズですよ、クズ」

己が不勉強なせいかもしれないが、本の感想など気心の知れた仲間同士でわいわい語り合えば充分ではないかと明日香は思う。収益が絡めば目の色が変わるのは仕方ないにしても、本来の読書の楽しみからは乖離《かいり》しているのではないか。

「当日の模様を教えてください」

「最初は会の名目通り、三人でホンズッキーさんを慰めていたんですけど、そのうち業界内の愚痴大会が始まって。ホンズッキーさんだけアルコール、ダメなんですよね」

「では四人で和気《わき》藹々《あいあい》という感じでもなかったのですね」

「ホンズッキーさんだけ皆と距離を取っていました。わたしは嶺里さんと脇本さんには肩に手を回したりしてましたけど、ホンズッキーさんには触らないでくれオーラに当てられて指一本触れていません。結局、ホンズッキーさんは白けちゃったらしく、二十一時少し前に一人で帰っちゃったんです。主役が不在じゃ会を続ける理由もないので、わたしたちも二十一時ちょうどくらいに撤収しましたけど」

「どちらの出口から」

「西側です」

「皆さん、ご一緒でしたか」

「二次会をする予定もなかったので三人ばらばらでした」

グループから離れた本鋤祥真がキャンプ場東（東京ゲートブリッジ）側出口を目指して炊事場と野外炉のある方角に向かったのは理解できる。管理事務所によればほとんどの客はサービスセンターのある西側出口を利用するのだという。

彼は出口に辿り着く前に何者かと遭遇し襲撃されたものと思われる。

「会の最中、怪しい人物を見かけたりはしませんでしたか。あるいは誰かがホンズッキーさんに接触を図ってきたとか」

「ありませんでした。あれば真っ先に話していますよ」

「これで聴取は終わりです。ご協力ありがとうございました」

席を立つ寸前、宇月は物欲しそうに毒島に話し掛けてきた。

「今度、作家毒島先生として、わたしのチャンネルに出演してもらえませんでしょうか」

「ええっと、今は警察官の立場なので、そういうのパスさせてください」

やんわり断られたものの、宇月は尚も未練たっぷりの様子だった。

二人目は嶺里達也だった。白髪交じりの中年男性で、部屋に入るなり中をきょろきょろと見回している。

「カメラとかはどこに設置してあるのですか」

「そちらが映すのなら、わたしも動画で上げていいですよね」

「あの、撮影不許可なら、せめて録音させてくれませんか」

明日香は図々しい要求をことごとく撥ねつける。嶺里はいい年をして唇を尖らせる。毒島はと見れば、二人のやり取りをにやにやと見守っている。

嶺里は毒島を知らなかったらしく、余分な導入もなく聴取に入った。

「慰労会は宇月さんのお誘いで参加したんですよね」

「ええ、傷心のホンズッキーさんを慰めるために」

「ホンズッキーさんとは予《かね》てから昵懇《じっこん》だったのですか」

「以前に一度顔を合わせた程度で、昵懇というほどでは。しかし事務所の仲間が苦境に立たされているんです。力になりたいと思うのは当然じゃありませんか」

演技力がないのだろう。言っている傍から空々しさが滲み出ている。

「実際のところはどうだったんですか。慰め会だというのに、下戸《げこ》のホンズッキーさんを差し置いて三人だけが盛り上がったような印象を受けましたが」

「そんなことは……」

「本当に慰めるつもりなら、そして相手が下戸なら酒など呑まず、とことん愚痴やら文句を聞いてやるもんじゃないですか」

意地の悪い質問だが、毒島は温和な表情のまま嶺里を正面から捉えて離さない。やがて嶺里は開き直ったように話し始めた。

「正直、彼が妬ましかったですよ。わたしはこう見えても内外の文学作品に精通している。ロシア文学とフランス文学の紹介なら誰にも引けを取らない自信がある。ところが、彼の守備範囲はせいぜいここ十年ばかりの無価値の小説だというのに再生回数もチャンネル登録者数も群を抜いている。あんな、文学への理解も蘊蓄《うんちく》もない若僧の中身のないお喋りの何がいいんだか」

「文学YouTuberから一足飛びに文壇にデビューした逸材ですよ。きっと人を惹きつける才能に溢れていたのでしょう」

「わたしだって何度も何度も新人賞に投稿したんだ」

相手を苛立たせ激昂させることにかけて毒島の右に出る者はいない。分かりやすいトラップに引っ掛かり、嶺里は血相を変えた。

「会社を退職してからずっと書き続けた。もう十二年にもなるが、未だに予選落ちばかりだ。なのにあの若僧は、そんな苦労もせずあっさりとデビューをして。世の中、間違っている。デビューした新人が厳しい批評の洗礼を受けるのは当然だ。それをどうしてわたしが慰めなきゃならない」

「他の二人はどんな様子でした」

「わたしと五十歩百歩ですよ。体裁を繕っていますけど、二人ともホンズッキーさんが心を折られたさまを見て溜飲を下げていたに決まってる」

うわあ、と声が出そうになるのを明日香は必死で堪えた。

どうして文学にかぶれた中高年はこうも定型的な歪み方をするのだろうか。しかも大抵は男性だ。以前、毒島がけたけた笑いながら述べていたことを思い出す。

『二十代三十代の若者ならまだ可愛げがあるけどさ、加齢臭振りまいているようなオッサンが承認欲求を拗《こじ》らせても醜悪なだけじゃん』

今にも毒舌を炸裂させると思われた毒島だったが、意に介する様子もなく質問を続ける。

「最初にホンズッキーさんが退席してから、あとのお三方が西側出口に向かったのですね」

「キャンプ場に入る時、西側を使ったから来た道を戻っただけですよ。わたしたち四人ともあのキャンプ場は初めてで、出入口が複数あるなんて知りませんでした」

「道すがら不審な人物を見かけませんでしたか」

「いいえ」

聴取を終えて部屋を出ようとした嶺里に、毒島が声を掛けた。

「もう一つ、よろしいですか」

「何でしょう」

「あなたのチャンネルを拝見しました。取り上げるテキストは十九世紀から二十世紀にかけての所謂『名作』が中心となっています。そのチョイス自体が再生回数の伸びない原因とは考えないのですか」

「現時点での需要に振り回されたくないのですよ、わたしは」

嶺里は毒島を睨み据えた。

「いずれ世間の方がわたしに追いつく。それまで、わたしは己の信じる道を歩き続けるだけです」

嶺里がいなくなるなり、毒島はいきなり机に突っ伏した。急に腹でも痛くなったのかと駆け寄ってみると、必死に笑いを堪えていた。

「ひいひいひい。ああ、苦しいったらない」

「そんなに笑うことないでしょう」

「いやあ、まだあんな人がいるんだねえ。現時点の需要に振り回されたくないとか信じる道を歩き続けるとか孤高を気取っているけど、一方でホンズッキーさんの人気にきっちり嫉妬している。いやー、あんなに分かりやすい人、そうそういないよ。額に入れて飾っておきたいくらい」

「毒島さんには同情心というものがないんですか」

「自分の信じる道を歩いている人に同情するなんて失礼じゃないか」

脇本緑理は屈託のない二十代女性だった。部屋の中に入っても物怖じする素振り一つ見せず、興味津々といった目で毒島を眺めている。

「ぶっちゃけ同じ事務所というだけで、わたしはホンズッキーさんとほとんど話したことがなかったんです。ただ宇月さんから誘われて、飛ぶ鳥落とす勢いだったホンズッキーさんとじっくり話したかっただけなんですよー」

「慰労会の様子を動画でアップするつもりの人もいたようですが」

「宇月さんでしょ。あれ、引いた。要はホンズッキーさんの公開処刑みたいなものですよ。わたしも大概いい趣味してないけど、あそこまでやりたくない」

「ホンズッキーさんと話した印象はどうでしたか」

「意外とフツー。とにかく本を読んで、その感想を人に話すのが楽しくってしょうがない、どこにでもいる読書家。感想を語ることが自己表現になっているタイプ。その辺はわたしと一緒。ただし熱量が段違い」

脇本は身振り手振りを交えて話す。語彙の少なさをゼスチャーで補おうとしているさまに好感を持った。

「再生回数よりも、本当に本人が楽しくてやっていたんだろうと思います。それを、大御所の書評家から難癖をつけられて相当傷ついたでしょうね」

「ホンズッキーさんに敵はいましたか」

「ホンズッキーさんに限らず、再生回数の多いYouTuberは尊敬されるし、尊敬されれば同じ分だけ嫉妬されます」

「道理ですね。その中でも特に思い当たる人物はいますか」

「すみません。わたしはYouTuber同士で話すことが皆無に近いので答えられないんです」

脇本が退出すると、毒島は毒気を抜かれたような顔をしていた。

「どうしたんですか。いつものねちっこさがなかったじゃないですか」

「彼女があまりに普通過ぎたんで、突っ込みどころがなかった」

意外にも毒島は安らいだ表情を浮かべる。

「普通の人がフツーだと評しているのなら、やっぱりホンズッキーさんも普通の人だったんだろうね」

「何ですか、その三段論法。毒島さんらしくもない」

「いや、高千穂さん。今の世の中で、普通でいるのは結構難しいことなんだよ。皆、普通であるのを嫌がっているんだから。さて、それじゃあ次いこうか」

「次って、もう聴取対象は残っていませんよ」

「慰労会の参加者以外にも話を訊きたい人物がいる。ある意味、ホンズッキーさんと一番絡んだお人」

「まさか」

「うん、そのまさか」

「任意で呼ぶんですか」

「十中八九、事情を訊きたいから警察に出頭しろと言っても来てくれやしないよ。高千穂さんからアポ取っておいてね」

二人が自宅兼事務所となっている部屋を訪れると、田和部紀香は一瞬怪訝《けげん》そうな顔になった。

「どうして刑事さんに毒島さんが同行しているんですか」

毒島が警察手帳を提示すると、今度こそ田和部は驚倒した。

「兼業なのは聞いていたけど、選りに選って刑事だったなんて」

「僕も田和部さんとの初対面がこんなかたちで実現するなんて思いませんでしたよ。もっとも田和部さんの守備範囲に僕の小説はなかったみたいですけど」

一目見て、田和部も一筋縄ではいかない人物であるのが分かった。事前に毒島から仕入れた情報では二十代で文芸評論家としてデビューしたというから、大御所と呼んでいいだろう。つまりは大御所の文芸評論家と根性曲がりの作家の初対面という訳だ。しかも田和部は毒島を毛嫌いしているらしい。毒島を嫌悪するのは人として正しいのだが、無事に事情聴取が終わるようにと明日香は祈りたい気分だった。

「ホンズッキーさんこと本鋤祥真氏が亡くなったのはご存じですか」

「ニュースで知りました。本名を聞いたのは初めて」

「警察では事故と事件の両面から捜査を進めています。ホンズッキーさんと関係のあった人に、こうして聞き取りをしている次第です」

「関係ねえ」

田和部は不貞腐れた様子で天井を見上げる。

「確かにホンズッキーさんとはひと悶着あったけど、実際には一度も顔合わせしてないのよ。ＳＮＳ上でやり合ったこともないし、いつも一方通行。それで関係があったと言われてもねえ」

「一度も顔を合わせていないから余計に愛憎が募るということもあります。因みに七月二十四日の夜九時頃、どこにいらっしゃいましたか」

「やっぱり刑事らしい質問をするんだ」

「定型文の一つとお考えください」

「その時間は原稿を書いていたけど、独身だとアリバイを証明するのはほぼ不可能ね」

「念のため、どこに載せる原稿なのか、版元と誌名を教えてください」

「そこまで教える必要があるの」

「今、田和部さんの原稿依頼はそれほど多くないでしょう。版元に問い合わせれば事実確認はあっという間です」

「……刑事の仕事をしていても性格の悪さは変わらないのね」

もっと言ってやれと、明日香は内心で声援を送る。

「『小説幻冬』よ。前号の書評が評判だったから連載化されたの」

「それはそれはおめでとうございます。ところでホンズッキーさんの死体が発見された場所をご存じですか」

「どこかのキャンプ場としか知らない」

「若洲公園キャンプ場ですよ。野外炉も充実してバーベキューには最適。いいところです。田和部さんは行ったことありませんか」

「ないですよ。釣った魚をその場で焼いて食べる。野趣溢れる趣味だとは思いますけど、わたしは家の中で本を読んでいる方がずっと楽しいので」

「失礼しました」

「ねえ、さっきから感じていることを正直に話していいかな」

「何なりと」

「毒島先生、初めからわたしに対して不遜な態度よね。初めというのはこの初顔合わせじゃなくて、あなたのエッセイやらインタビューを読んでいると、わたしや他の書評家に対するリスペクトが全くと言っていいほどない。むしろ小馬鹿にしているように見える。この事情聴取も一緒。いったい自分を何様だと思っているの。文芸評論家を何だと考えているの」

よほど毒島が鼻持ちならないらしく、田和部は感情を剝き出しにして迫ってくる。ハブ対マングース。明日香にはこれ以上ない見世物だった。

しかし二人から注目された毒島は、視線を撥ね除けるようにひらひらと片手を払う。

「今日、僕は警察官として伺っています。書評家の皆さんをどう思っているかなんて捜査には何ら関係のないことですし、そもそも僕の意見を聞いたところで一文の得にもなりませんよ」

「少なくともわたしの好奇心は満足させられる」

「なるほどなるほど。では事件が解決した折にでも開陳するとしましょうか」

毒島は軽薄に笑うと、踵を返して玄関に向かった。

4

翌日、毒島は取調室で宇月と対峙していた。記録係の明日香は宇月の不安そうな表情をじっと観察する。

宇月が不安がっているのも無理はない。昨日事情聴取を終えたばかりだというのに、半日しか経っていないうちに再度の出頭を要請されたのだ。

再度の要請に驚いたのは明日香も同様だった。昨日、田和部宅から署に戻ると、本鋤祥真の解剖報告書が上がっていた。報告書に目を通すなり、毒島が本日の取り調べを決めた次第だ。

「知っていることは、昨日全部お話ししましたよ」

「記憶からこぼれているかもしれません。思い出してもらうためにお呼びしました」

毒島は丁寧に話すが、この男ほど慇懃《いんぎん》無礼という言葉が似合う者もいない。毒島が口を開く度に、宇月の顔は険しくなっていく。

「自分で言うのも何ですけど記憶力はいい方です。話し忘れたことなんてありません」

「じゃあ、僕がお手伝いしましょう。慰労会の様子は宇月さんや他のお二人から聞きました。アルコールのせいかお三方は盛り上がったのに、ホンズッキーさんだけは白けてしまったようですね。あなたも二人とは親しげに小突き合っていたのに、彼には指一本触れなかった」

「嶺里さんや脇本さんとは結構馴れ合っているけど、ホンズッキーさんとはそれほど親密でもなかったから」

「ホンズッキーさんは後頭部を強打し、その結果脳挫傷で死亡しています。その際、何者かと争った形跡がありました。これです」

毒島は鑑識係が撮影した現場写真の一枚を宇月の目の前に置く。右中指の拡大写真だった。

「見えますか。爪の間に繊維が挟まっています。これは相手と争った時に付着したのでしょう。だが相手の方は素肌に爪を立てられた訳ではないので気づかないままでいる。よくあることです」

「この繊維がどうかしたんですか」

「昨日の事情聴取の際、あなたが着ていたサマーセーターも同じ色でした」

「ただの偶然ですよ。同じ色のセーターなんてこの世に何万着あるか」

「しかし繊維が抜けた衣服には欠損部分が生じます。照合すれば一発ですよ。さて、慰労会当日、ホンズッキーさんには指一本触れていないはずなのに、何故あなたのセーターの繊維がホンズッキーさんの爪に残っていたのか」

「わたしのセーターとは限らないじゃないですか」

「では調べさせてください」

毒島は二枚目のカードを宇月の眼前に差し出す。家宅捜索の令状だった。

「もっとも断られても調べさせてもらいますけどね。ああ、言っておきますけど、いったん家宅捜索に入ったら家の中にあるものは一切合財拝見しますよ。もちろんスマホの中身も、動画のシナリオも」

最後の文言に、宇月はびくりと肩を上下させた。

「あはは、やっぱり反応しちゃいましたね。そうですそうです。あなたたちYouTuberの多くは動画を撮る前にシナリオを書くんですね。確かに撮影するにしても編集するにしてもシナリオがないと捗《はかど》りませんからね。Wordか、Googleドキュメントを使用する人が多いと聞きますが、宇月さんはどちらですか。もしかして手書きとか」

「妙なことを訊くんですね」

「最初に仕様を知っておけば仕事を早く進められます。わたしはこんなシナリオが残っていないかと予想しているんです。『文壇にデビューした文学YouTuberと辛口書評家のリアル対決』とかね」

いよいよ毒島の舌が滑らかになってくる。一方、宇月はと見れば、蛇に睨まれた蛙のように縮こまっている。

「あなたが慰労会を提案したと聞いた時から怪しいと思いました。いくら同じ事務所だからと言って、それまで碌に絡みもしなかったホンズッキーさんを慰めようという企画が既に胡散《うさん》臭い。つまり慰労会は前座に過ぎない、本題は慰労会終了後に仕組まれた、ホンズッキーさんと田和部さんの直接対決でした」

「何を根拠に」

「根拠も何も、あなたみたいに自己顕示欲が強い癖に再生回数がさっぱりの下衆なYouTuberが思いつきそうな企画を考えただけですよ。デビュー作を散々こき下ろされた新人作家と、デビュー前から彼の活動に眉を顰めていた大御所書評家がリアルで出逢ったらどんな修羅場が繰り広げられるだろう。下賤な連中には格好の見世物だ。再生回数は少なく見積もっても数十万回。通常投稿している動画では三桁がやっとのあなたには垂涎の数字でしょう。この程度の推測に根拠なんて不必要。そのくらい、あなたの企画力は底が浅い。迷惑系YouTuberと同じレベルでしかない。人を楽しませる才能がない人間は、人の嫌がることでしか注目を集められない。結局あなたはね、地方のヤンキーでしかないんです」

「証拠なんて出るものか」

堪忍袋の緒が切れたのか、宇月はいきなり声を張り上げた。

「大体わたしはシナリオを手書きしていない。クライアントに提出する場合を考えてGoogleドキュメントに」

言いかけて止まった。

「ああ、やっぱりそうでしたか。助かります。手書きだと燃やされたらそれっきりですが、Googleドキュメントなら削除されても復旧できますからね」

こうなれば毒島の一人舞台だった。

「あなたはホンズッキーさんと田和部さん双方にお互いの名前を騙《かた》って呼び出しをかけたのでしょう。それが二十一時過ぎのキャンプ場でした。ホンズッキーさんが二十一時前に慰労会から離脱したのは、田和部さんとの顔合わせに応じるつもりだったからです。早々に席を立ったホンズッキーさんを見て、あなたは内心ほくそ笑んだことでしょう。二十一時に会はお開きとなり、あなたは待ち合わせ場所に指定した東側の野外炉に赴いた」

毒島の語るストーリーに宇月は口を挟まない。否定できる部分がないのは、彼女の顔色からも明らかだった。

「しかし、そこで想定外のことが起きた。あなたはホンズッキーさんと口論になり彼と揉み合ううち、彼を野外炉に突き倒してしまった。ホンズッキーさんは後頭部を強打して死亡、あなたは死体を放置してその場から立ち去った。あなたはね、人を殺したんです」

もう宇月の顔は蒼白になっていた。

「人気のない文学YouTuberが人気の同業者に嫉妬した挙句、邪魔者として葬ってしまった。そういう図式に同情する裁判官はいないでしょうね」

「殺すつもりなんてなかったんです」

ようやく宇月の口から証言が迸《ほとばし》る。

「待ち合わせ場所に行ったらホンズッキーさんしかいなかった。わたしの企画はすっかり見破られていました。『人のスキャンダルで再生回数稼ぐつもりか』とか『底辺YouTuberの末路』とかひどいことを言われました。わたしにもプライドがあるから、素人風情がいい気になって本なんか出版するから袋叩きにされるんだって言ってやりました」

傍で聞いていた明日香は声を上げそうになる。この先の展開は目に見えるようだった。

「ホンズッキーさんが摑みかかってきたので、わたしは咄嗟に突き飛ばしたんです。そうしたらホンズッキーさんが野外炉に倒れて。頭から血が流れているのを見て急に怖くなりました。それで慌てて東側の出口から逃げたんです。殺すつもりなんて毛頭ありませんでした。あれはれっきとした正当防衛です」

「果たして正当防衛かどうかは実地検証の場ではっきりするでしょうね。ただし、あなたの稚拙で卑俗な思いつきが、結局は前途ある若者の命を奪ったことは現段階ではっきりしています。正当防衛云々はただの弁解に過ぎない」

毒島は宇月に顔を近づけてにたりと笑う。

「ホンズッキーさんの死は彼のファンに絶望を与えた。彼をデビューさせた版元は将来の期待を摘み取られた。そして何より本鋤祥真の人生を終わらせてしまった。これらは埋めようもない損失です。再生回数を増やしたい。有名になりたい。自己顕示欲を満足させたい。あなたのちっぽけな欲望が結果的にそれらの多大なる不幸をもたらした。これから宇月さんには長い長い思索の時間が与えられる。一挙手一投足は看守が見てくれる。自己顕示欲はそれで満足してもらうしかなさそうですねえ。うふ、うふふふふ」

とうとう宇月は泣き出してしまった。


「というのが宇月麗良さん自供の顚末でした」

毒島からの説明を聞き終えた田和部は、ふうと切なげに嘆息した。

「刑事毒島さんの本領発揮といったところですか。お見事ですね。生憎とあなたの作品を読んだことはありませんけど、きっとそんな風に一気読みを読者に強いるような作風なんでしょうね」

「恐れ入ります」

「それはともかく、どうしてわたしが取調室に呼ばれているんですか」

田和部は隅でキーを叩いている明日香を睨んできた。田和部の目には自分も毒島と同様に映っているのだろうと想像すると虚しくなった。

「お呼びしたのは、ホンズッキーさんの解剖報告書の内容が大変に興味深かったからです。直接の死因は頭蓋骨骨折による脳挫傷なのですが、仔細に検分した結果、創傷は二つあることが判明したんです。一つは浅く、そしてもう一つは同じ箇所に重なるように深く。ともに生活反応が認められました。つまりホンズッキーさんは一度後頭部を野外炉に打ちつけられ、その後もう一度同じ箇所を強打した。これが致命傷になったという訳です」

「わたしには関係のない話ですね」

「関係なくはありません。致命傷となった第二打を加えたのは田和部さんですから」

瞬間、田和部の顔色が変わる。

「いったい何の根拠があって」

「物的証拠と仰るのなら、これから山のようにお見せしますよ。田和部さんは若洲公園キャンプ場には一度も足を踏み入れたことがないと言われました。しかし死体が発見された場所に田和部さんの毛髪なり足跡が検出されたら納得してもらえますか」

「……記憶違い。ひょっとしたら何かの折に入場しているかもしれない」

「それにしたってホンズッキーさんに手を触れたなんてことは有り得ないでしょう」

毒島は鑑定報告のファイルを取り出した。

「死体の側頭部から本人以外の指紋が検出されています。人間の皮膚にも指紋は残るんです。検出された指紋と田和部さんの指紋が一致したら、次はどんな言い訳をしますか」

毒島は歌うような口調で田和部に迫る。猫がネズミを弄《もてあそ》ぶ絵柄にそっくりだった。

「既に宇月麗良さんが、あなたにもキャンプ場に来るように誘っている事実を自供しています。ホンズッキーさんと一対一で会う。危険ですが魅力的な誘いでもあります。あなたはキャンプ場にやってきた。しかしおいそれと誘いに乗ることはなく、遠巻きにホンズッキーさんが現れるかどうか確かめていたんですね。やがて待ち合わせの時間になり、ホンズッキーさんがやってきた。ところが彼は宇月さんの姿を見つけて口論が始まってしまう。あなたは出るタイミングを失って物陰に潜んでいるしかない。そしてホンズッキーさんが宇月さんに突き飛ばされて野外炉に頭を打ちつける。宇月さんは慌てて逃げ出し、ようやくあなたが姿を現す。ここからが第二幕です」

「よくもまあ想像だけでぺらぺら喋れるものね」

「『小説家、見てきたような嘘を言い』ですね。しかし、今のは刑事としての発言です。死体の側頭部に付着した指紋は、抵抗力のない被害者の頭を抱えて野外炉に打ちつけた事実を証明するものです。まず、あなたの指紋を採取させてください。一切の弁明はその後で聞きます」

しばらく田和部は黙り込んでいたが、やがてがくりと肩を落とした。

「介抱してやろうと思ったのよ。頭から血を流していたし」

「途中で気が変わったんですね」

「助け起こすと目を開けたのよ。そこで口から出たのが『ありがとう、オバアさん』よ。あの男は処女作の批評をしてくれたわたしの顔さえ知らなかった。仏心は一時で吹き飛んだ。まるで自分も老害扱いされたみたいだった。気がついたら、彼の頭を両手で抱えて、もう一度野外炉に打ちつけていた」

「瀕死の相手だったのでしょう」

「瀕死の状態であんな口を叩かれたら、誰だって魔が差す」

やれやれといった様子で、毒島は肩を竦める。

「宇月何某《なにがし》がDMでわたしをおびき寄せたことを自供しなければ……」

「その自供を引き出す以前から、僕は田和部さんを疑っていましたよ。あなたはキャンプ場に行ったに違いないと踏んでいました」

「どうして」

「僕がキャンプ場について、野外炉も充実してバーベキューには最適と水を向けた時、あなたは『釣った魚をその場で焼いて食べる。野趣溢れる趣味だとは思いますけど』と返してきた。普通バーベキューと言えば肉を連想するものですが、あなたは言下に釣った魚を焼くことに言及した。それで思い出しました。あのキャンプ場の東側出口には釣り具のレンタルショップが常設されています。田和部さんはその前を行き来したので釣りとバーベキューを無意識に繋げて、あんな言い方をしてしまったんですよ」

手品の種明かしをされた観客よろしく、田和部は悔しそうに笑った。

「わたしも質問していいかしら」

「何なりと」

「事務所に来た時、文芸評論家を何だと考えているのか訊いた。その回答がまだなんだけど」

「ああ、憶えておいででしたか」

「忘れるものですか」

「ええっと、田和部さんは海外文学に精通しておられるので、カポーティがインタビューで答えた言葉に代えさせてもらいます。おそらくあれは、カポーティだけではなく古今東西全ての創作者が抱いている思いだと存じます」

毒島の言葉を理解したのか、田和部は何とも言えない表情のまま動かなくなった。

彼女の自白調書を完成させた明日香は、取調室を出るなり毒島を捕まえた。

「さっきのカポーティの言葉って何のことですか」

「トルーマン・カポーティというアメリカの作家がいてさ。彼がインタビューに答えた中で批評に関するものがあった。内容はこうだ。『批評は活字になる前なら、そして信頼できる人の意見であるなら役に立つ。でも活字にした後、こっちが読みたいのは、聞きたいのは誉め言葉だけだね。それ以外はうんざりだ。書評家のねちねちした粗探しや偉そうな態度が役に立ったと心底から言ってる作家を見つけてきたら、五十ドルあげてもいいよ』。そしてこうも言っている。『是非とも言っておきたいアドバイス。批評家に反論するようなことをして自分を貶めたりは絶対にするな』」

「毒島さんも同じ感想なんですか」

「あんまり気にしたことがないなあ」

毒島は例のごとく楽しくてならないという笑みを浮かべる。

「作家は文芸評論家がいなくてもやっていけるけど、文芸評論家は作家が存在しなければ何の仕事もできない。要するに犯罪者と警察の関係と一緒。それに尽きるからねえ。うふふふふ」

# 四
# 文学賞が獲れません

# 1

「新作書くからさ、直木賞にノミネートさせてよ」

嬬恋連我《つまごいれんが》がそう告げると、「小説双龍」編集者の鮪見《まぐろみ》はすぐに破顔してみせた。

どうやら冗談だと思っているらしいので、嬬恋は真顔のまま鮪見を見据える。

「マジで言ってんだけど」

念を押すように言う。するとようやく鮪見は笑うのをやめ、こちらを悲しそうに見た。

「あの、嬬恋先生。まだ新作のプロットも拝見していないのですが」

「だろうね。まだ俺の頭の中にもないんだから」

「どんな内容かご本人も分からない作品を直木賞に、ですか」

「内容は任せてよ。これでも作家で八年、飯を食っている。どんな内容なら賞を獲れるか、傾向くらいは把握している」

受賞作の傾向を把握しているというのは嘘ではない。ここ数年の受賞作は全て読んでいる。どの作品も受賞が頷ける内容で大いに楽しめた。

問題は、今の自分がそのレベルに拮抗できる作品を生み出せるかどうかだが、それは深く考えないことにしている。

「八年も作家で飯を食っているんだからさ、そろそろ文学賞の一つも欲しいじゃない。で、どうせもらうなら直木賞」

「しかし、その、ですね」

「鮪見さんの言いたいことは分かっている。文学賞はこちらが選ぶものじゃなくて、選ばれるものだって言うんだろ。でも、ノミネートの前段階なら鮪見さんの力で何とかできるんじゃないの」

直木賞の候補作は半期毎に「新進・中堅作家によるエンターテインメント作品の単行本（長編小説もしくは短編集）のなかから、最も優秀な作品に贈られる」と規定されている。候補作は主催者側から委嘱された社の編集者二十名ほどが選出すると聞いているが、嬬恋はその前段階についても噂を耳にしていた。

「下読みの編集者も半期に発表された全作品を網羅している訳じゃない。まず文芸出版社に推薦できる作品があるかどうか尋ねるそうじゃないの」

真偽を質すように鮪見の反応を窺う。鮪見は隠し立てのできない性格で、こちらが正面から見据えるとすぐに視線を泳がせた。してみると、嬬恋の仕入れた情報も満更嘘ではないらしい。

「だからさ、俺の次回作を賞の候補作に推薦してほしいんだよ。それくらいなら鮪見さんの権限でできるだろ」

「編集長に相談しないと……と言うか、それ以前に作品が目の前になければ推薦だってできません」

語るに落ちたか。

「編集長に相談ということは、推薦できる権限があると認める訳だ」

「どちらにしても、嬬恋先生が直木賞に値する傑作を書いてくだされば、推薦するに吝かじゃありません。編集長も同じ意見だと思います」

「推薦してくれるという言質がもらえるなら新作を書くよ」

「そんな」

鮪見は切なそうに顔を歪める。

「いくら嬬恋先生でも、そんなわがままは通らないですよ」

「無理して直木賞を獲らせろと言ってるんじゃないよ。推薦するだけならわがままでも何でもないでしょ」

「しかしですね」

「まだプロットも立ててないけど、書く段になったらそれなりのものを完成させる。その辺は作家業八年の実績を信じてほしいものだよね。俺が双龍社さんに損をさせたことがあるかい」

一瞬、鮪見は言い淀む。

「それは、ないです」

わずかな躊躇が何を意味しているか、嬬恋も知らない訳ではない。それでもこの場は己の虚栄心が詮索を妨げた。

じゃあさ、と嫣恋は素早く下手に出る。

「これまでの貢献度と期待度込みで、一度持ち帰ってみてよ。こっちは急がないから」

「はあ」

鮪見は生煮えのような返事をする。このまま帰したのでは、碌な報告をしないのが目に見えている。

「必ず最高傑作にしてみせるからさ」

どんなに厳しい条件を突きつけても退路を作っておくのは交渉の基本だ。ただし、この場合の退路は嫣恋のためのものだ。

「じゃあ、編集長にはよろしく伝えておいて」

軽く会釈をしてから嫣恋は中華料理店を出る。支払いは出版社持ちなので、嫣恋はレジを素通りして外に出る。

支払いは相手持ちだが、庶民的な店で美味を堪能するまでには至らなかった。「ランチでもしながら打ち合わせを」という言葉に乗せられて出向いたものの、期待したほどではなかった。

期待。そうだ、もっと高級な店を用意してくれるものと期待していたのだ。

残酷な話だが各版元は小説家をランクづけしている。もちろん本人に打ち明けることも他社に話すこともないが、扱いの端々に格差があるので当の本人には薄々察しがつく。また薄々自覚させようとしているところが芸が細かい。

例えば地方在住の作家が打ち合わせで上京する際、交通費や宿泊費はどちら持ちなのか。出版社に利益をもたらす作家には相応の待遇がされるが、そうでない作家には無駄な経費は掛けられない。

これが打ち合わせの場所となると更に細分化された扱いになる。最下層はハンバーガーショップ、上は有名レストランまたはそれ以上と作家の稼ぎに比例して店が選ばれる。八年も業界にいれば、自分の立ち位置くらいは自ずと知れてくる。ランチを兼ねた打ち合わせ場所がコース料理もないような町の中華屋という事実で、双龍社の考えが透けて見える。鮪見には虚勢を張ったものの、ここ数年双龍社から出版した著作はどれも期待したほど売れなかった。双龍社の熱意が冷めるのも当然かもしれない。

そもそも嬬恋のデビュー版元は双龍社だった。グループ傘下の雑誌で記者をしていた時分、得意分野の政治内幕もので一本の長編を書き上げた。この長編が現在進行形の政局を反映していたことも手伝って評判を呼び、たちまちベストセラーになった。双龍社は言うに及ばず他社からも執筆依頼が相次ぎ、早期退職後に作家転身と相成った次第だ。

当時、政治小説の書き手が払底していた事情もあり、嬬恋の著作は売れに売れた。デビュー二年目の著述業収入はサラリーマン時代の実に三倍を記録した。

おお、素晴らしき印税生活。だが、それも長続きはしなかった。大きな波ほど引く時は早い。ベストセラーを叩き出したのはデビュー作を含めた初期作に留まり後は全て初版止まり、文庫に落ちても二刷がやっとの有様となった。

各版元の担当編集者は出版不況のせいだと慰めてくれたが、嬬恋もそれを信じるほど愚かではない。出版不況だろうが何だろうが、売れている作家は相変わらず売れている。重版に次ぐ重版で数十万部も突破、ドラマに映画にと映像化もひっきりなしだ。

嬬恋連我の作品に集客力がなくなったのだと認めざるを得ない。ベストセラー小説には興味を持つ者も嬬恋連我という著者名には何の反応も示さない。先月など、とうとう文庫書き下ろしの依頼が舞い込んだ。文芸誌の連載や単行本での刊行をすっ飛ばした文庫書き下ろしは、作家にとって一番メリットがない。原稿料も単行本化の印税も入らないからだ。出版社側が文庫書き下ろしを提案してくるのは、その作者にあまり原稿料を払う価値がないと判断しているからに違いない。このまま作品を書き続けていてもジリ貧になるのは目に見えている。

追い詰められた挙句に辿り着いた考えが直木賞の受賞だった。さほどの読書家でなくても芥川賞と直木賞は知っている。半年に一度のビッグイベントなのでマスコミも大々的に取り上げてくれる。書店では例外なく平積みにされるので、嫌でも目に付く。

未だ文壇に君臨する大御所と流行作家の間に埋没していた嬬恋連我の名前を再び浮上させるには、「直木賞受賞」の冠をつける以外に方法はない。今までも担当の鮪見には色々と無理難題を吹っかけてきたが、今回の要求はその最たるものだろう。だが嬬恋にも吹っかけるだけの事情と覚悟がある。編集長が条件を呑みさえすれば、自分は一世一代の傑作を書いてみせる。

得意の政治小説はすっかり需要が見込めなくなり、市場の要求に従って書いた恋愛小説やミステリーはことごとく返本の憂き目に遭っている。自分には作家としての才能はなく、ただ運だけがあったなどとは死んでも認めたくなかった。

二日後の夕方、嬬恋は東京會舘に赴いた。昭英社《しょうえいしゃ》主催の〈小説すめらぎ新人賞〉授賞式に出席するためだ。過去に「小説すめらぎ」で連載した作家には洩れなく招待状が発送されるので、嬬恋も招きに応じた次第だ。

東京會舘は著名な文学賞授賞式に使われる場所であり、多くの作家にとって憧れのホテルでもある。だが主催者側や受賞者でなく、同業者の知り合いもいなければ壁の花になりがちな催事でもある。他の作家とつるむことの少ない嬬恋はこれまで欠席を続けていたが、今回は敢えて参加を決めた。

理由はただ一つ、授賞式のパーティーに直木賞の選考委員の数名が顔を出すという情報を入手したからだ。まだ選考対象の本を書いてもいないうちに気の早い話ではあるが、今から顔馴染みになっておくのも悪くない。

受付を済ませてから会場に入る。絢爛《けんらん》とはこのことか。巨大なシャンデリアの下、金屏風の前に壇が設けられ、ビュッフェコーナーには色とりどりのオードブルが並んでいる。出版関係者のうち多くの女性は盛装しており、場が華やいでいる。

嬬恋は自分を選考委員に紹介してくれそうな知り合いを探してみるが、生憎とそんな都合のいい展開はない。そうこうするうちに授賞式が始まってしまった。

壇上はひときわ明るいライトで浮かび上がり、受賞者を誇示する。司会の挨拶で受賞者名と受賞作が読み上げられ、選考委員から正賞と副賞の授与が行われる。受賞者は緊張の面持ちだが、選考委員たちも会の参加者たちも寿ぐ表情でいる。

受賞者は三十代と思《おぼ》しき青年だ。これより彼を待つのは順風満帆たる海路か、それとも苦難に満ちた波乱の旅路か。いずれにしても、彼はこの栄光の瞬間を今後の糧としていくに相違ない。

不意に嬬恋の胸が掻き毟《むし》られる。羨望とも嫉妬ともつかない感情が腹の底から湧き上がってくる。

新人賞が文壇へのほとんど唯一の登竜門となって久しい。従ってここに集った作家たちの大部分は彼のように一度はスポットライトを浴びているはずだ。我が通った道。だからこそ、先輩作家たちは受賞者を温かく見守る。

嬬恋が疎外感を覚えるのは、あの壇に登ったことがないからだ。雑誌のコネで出版した小説が予想外に売れたお蔭で作家生活を始めたので、嬬恋は新人賞を獲ってデビューするという手順を踏んでいない。文壇の関係者に認められたことがない。

不意に嬬恋は理解した。自分が直木賞を欲しているのは営業戦略上の理由からだけではない。賞という、文壇からのお墨付きが欲しいのだ。権威あるものに認めてもらいたいのだ。

選評が語られ、受賞者の抱負が述べられると歓談タイムとなった。嬬恋は紹介者抜きで選考委員へのアタックを開始する。

だが選考委員は洩れなく大御所や今を時めく流行作家たちだ。彼らの周りは同業者や編集者が取り囲み、とても嬬恋が入り込む余地がない。

人の輪が緩和するまで待つしかない。嬬恋はいったん諦めてビュッフェコーナーへ向かう。その片隅で珍しい人物を見つけた。

毒島真理ではないか。

派手過ぎず地味過ぎずといった出で立ちで、小皿にサイコロステーキを載せている。壇上では選考委員たちが歓談しているが、全く関心がないといった風に背を向けている。

毒島には自作の帯コメントを書いてもらった縁がある。編集者を介しての依頼だったが、嬬恋も思いつかないような皮肉に満ちた一文だったので、ひどく感心した憶えがある。

「毒島さん」

声を掛けると、毒島は温和そうな顔をこちらに向けてきた。

「やあやあやあ、嬬恋さん。こんなところで奇遇ですね」

嬬恋は自分の皿に生ハムとスモークサーモンを盛り合わせ、毒島を同じテーブルに誘う。少しでも慣れた相手と話せば、選考委員に突撃する度胸がつくかもしれない。

「毒島さん、奇遇だと仰いましたよね。同じ作家同士、こういう場で顔を合わせるのは別に奇遇でも何でもないんじゃないですか」

「いやあ、僕が文壇パーティーに顔を出すなんて滅多にないことだし、嫣恋さんは僕より更に出不精と聞いているので。パーティー嫌いと出不精が授賞式で顔を合わせるなんて、とんでもなく低い確率でしょ」

「毒島さんがパーティーに顔を出さないのは聞き知っています。今日はどうした風の吹き回しですか」

「あれ」

毒島が指す方向に選考委員の鍋島魁夷《なべしまかいい》の姿があった。

「鍋島さん、日推協の理事でしょう。いい加減、一度くらいはパーティーに顔出せってうるさくてさ。大先輩の顔を立てるべく馳せ参じた次第」

「意外にも義理立てですか。無頼で鳴らす毒島さんらしくもない」

「ちょっ、ちょっ、ちょ。無頼って何ですか。太宰や坂口安吾じゃあるまいし。僕は純然たる迎合派。大体、文壇なんて義理人情の世界でしょうが」

無頼と言うよりは迎合、というのは頷ける話だった。確かに毒島の作風は一つのテーマに固執したり、自己表現を前面に押し出したりするものではない。時代の要請に即して過不足ない作品を提供している傾向にある。編集者の噂では締め切りもきちんと守っているというから、さしずめ職業作家の見本といったところか。少なくとも嫣恋とは違うタイプだ。

「義理人情と言われれば、そうかもしれないですね。一応、契約書はあるものの、本が出来上がって初版部数も価格も決まってからの確認事項みたいなものだし」

「そういう嬬恋さんはどうして出席しているんですか。出不精の上、僕以上にパーティー嫌いじゃなかったんですか」

「まあ、必要に駆られて」

うーん、と呻きながら毒島は小首を傾げてみせた。

「ひょっとして顔つなぎかなあ」

「え」

「さっきから、ちらちら壇上を見てるでしょ。編集者たちは自分の用が済むと、すぐに下りてくる。ずっと壇上に残っているのは選考委員と受賞者のみ。嬬恋さんが〈小すめ新人賞〉に興味があるとはあまり思えないから受賞者は除外。そうすると、目的は選考委員の誰か、もしくは全員」

「……毒島さん、ミステリー畑の人でしたね。ミステリー作家って、普段から他人のことを詮索してるんですか」

「いや、これは元々の性分。で、壇上に立つお歴々の顔ぶれを見ると、直木賞選考委員のメンバーにほぼ被るんだけど」

痛くもない腹、いや痛い腹を探られて嬬恋は持っていた皿をテーブルに置く。毒島は早く返事をしろという顔をしている。

毒島は自分より先にデビューしており付き合っている出版社も多いはずだが、不思議に取っつきにくくはない。人伝《ひとづて》に聞いた話では作家になる以前は長らく勤め人だったというから、どこか自分と共通点があるのかもしれない。

「お祭しの通りですよ。俺、直木賞を狙っているんです」

笑いながら打ち明けたのは、退路を確保するためだった。いざとなれば冗談で済ませられる。

ところが毒島は笑いもせずにこちらの顔を見つめている。

「それ、本気?」

「いや、本気も何も。仮に冗談だとしても、直木賞が欲しくない作家なんていないでしょう。いや、直木賞に限らず、数多《あまた》の文学賞は作家にとって立派な勲章でしょう」

「うん、勲章であるのは間違いない。だけど勲章で一生飯が食えるはずもないし、そもそも年がら年中勲章貼り付けたジャケットを着てる人間なんて碌なものじゃないよ」

「そんな人はいないでしょう」

「ものの喩えだけどさ」

毒島が斜に構えた物言いをするので、少し躍起になった。

「俺は正直欲しいですよ。直木賞が難しいなら他の賞でも構わない。選考委員の先生たちに認められるのは悪いこっちゃないでしょう」

「認められるのが悪いとは言ってないよ」毒島はサイコロステーキに添えてあった串を口で弄びながら、孀恋を見る。

「文学賞を目指してしゃかりき頑張るのも悪いことじゃない。感心はしないけどさ。外野としては生温かい目で見守るだけ」

「見守るだけですか」

「だって、あまり興味ないから」

嘘を吐け。

およそ作家である以上、文学賞に興味がないはずがないではないか。

「直木賞を獲れたら一躍有名になるでしょう。認知度が飛躍的に高まって読者も増える」

「名前が売れるのはその時だけだよ。半年すれば次回の受賞者に注目が集まる。どんな文学賞も一緒だけどさ、注目を浴びているうちに何かしなきゃ、結局は打ち上げ花火だよ。ひゅるひゅるひゅるひゅる、どーん。で、終わり」

「ずいぶんネガティヴな、ものの見方をするんですね」

「ちっともネガティヴじゃないよ。ただ現実に即した話をしているだけ。文学賞は数多あるけどさ。その受賞者たちは全員が全員、今もばりばり新作を書き続けているかしら」

「そりゃあ、中には冬眠中だったりする人もいますけど」

「賞という名前がついているから、優れた作品や作者なりを表彰するというのは無論その通り。だけど嬬恋さんも知ってると思うけど、作品に○○文学賞という冠を付けて売り出す営業戦略の一つでもあることは否めない。要は営業戦略という観点に限って言えば、『○○文学賞受賞』という帯と同等かそれ以上の戦略があるのなら、別に賞に拘泥する必要はない訳であってさ」

「他にどんな戦略があるって言うんですか」

「それこそ人それぞれ。他人が試して成功した例でも、別の作家がやれば大火傷《おおやけど》を負うことなんてしばしばあるじゃない。ＳＮＳで炎上させて本を売るなんて、その最たるものでしょ。あれだって手慣れた先生が許容範囲内で炎上させているから成立する商法であって、昨日今日Twitterを始めたような半可通がやったら大火傷でも済まなくなる」

「文学賞を目指してしゃかりき頑張っても感心しないと言いましたよね」

「うん。ご苦労様とは思うけど、真似しようとは思わない」

「受賞拒否という趣旨ですか」

「そんなに偉い話じゃないよ。くれるって言うんならもらうけどさ」

「それって、ただの強がりじゃないんですか。毒島さんも文学賞にはまるっきり縁がないじゃないですか」

口に出してからしまったと思った。いくら気安い相手でも、先輩に対して吐く台詞ではなかった。

果たして毒島は呆気に取られた様子で口を半開きにしている。慌てて孀恋は前言を撤回しようと試みる。

「あ、あのっ、すいません。今のは言葉の綾で」

「いやー」

毒島は感に堪えないように口元を綻ばせた。

「ちょっと感激しちゃった」

「へっ」

「僕のことを、そんなに人間臭く思ってくれる人がまだ業界にいるなんて。デビューしてからこっち、毒島は人でなしだとかサイボーグだとか原発だとか好きなように言われているから、途轍もなく新鮮。ねねね、録音したいから今の台詞もう一度言って」

今度は孀恋が呆れる番だった。

「さっきの言葉、どうやら本音みたいですね」

「だってさ、人に認めてもらったところで何も得しないじゃない。逆にどうでもいいヤツに何言われたって、どうでもいいし」

一瞬、聞き間違いかと思った。

「まさか毒島さんは他人に褒められたり認められたりするのが嬉しくないんですか」

すると毒島はきょとんとした顔で訊き返してきた。

「あなた、他人に褒められたり認められたりするのが、そんなに嬉しいの」

どうも話が嚙み合わない。いや、嚙み合う嚙み合わない以前に、文化圏の違う者同士が会話をしているようだった。

「毒島さん、作家になる前は勤め人だったんですよね。仕事面で上司や同僚から認められたいと思ったことはないですか」

嬬恋にはあった。記者時代、編集長が目を剝くような記事を書くことに注力した。自分の記事のお蔭で部数が増えたと言わせたかった。

「ないよ」

毒島は言下に答える。

「上司や同僚からはむしろ疎んじられていたかなあ。僕を目標にした部下もいなかったし」

「ストレスが溜まりませんか」

「全然。相手を捕まえたら、わざと心が折れるようなトークでたっぷりじっくり楽しんでいたからね。ストレスなんてこれっぽっちも感じなかった」

いったい、どんな前職だったのか。

「大体、仕事なんて自分で楽しむものであって、他人に認めてもらうためのものじゃないでしょう」

「俺、そろそろ毒島さんの言っていることが理解できなくなってきました」

「だろうねえ。理解してもらおうと思って喋ってないから」

これ以上話しても進展はなさそうだ。もっと有意義な話し相手を求めて、嬬恋は席を立つ。

「同業者に挨拶してきますよ」

「老婆心ながら一つだけ」

毒島は人差し指を立てて言う。

「もしも筆名を上げたいがために文学賞が欲しいと思っているのなら、考え直した方がいい」

「どうしてですか」

「承認欲求を満たすために文学賞を目指したところで碌なことにはならない。あそこの壇上にいるお歴々に訊いてごらんよ。きっと同じ答えが返ってくるから」

「でも人間の基本的欲求ですよ」

「基本的欲求だろうが生理的欲求だろうが、付き合い方ってものがある。承認欲求を拗らせたばかりに人生を踏み外した人間を今まで大勢見てきた。あなたにはそんな風になってほしくないな」

「ご親切にどうも」

嬬恋は毒島の座るテーブルを離れて、うろうろと知った顔を探す。振り返って毒島の顔を見るのがひどく鬱陶しかった。

2

嬬恋が条件を突き付けたのは双龍社だけではない。現在、取引があり、過去に直木賞受賞作を出版した版元全てに話を持ち掛ける算段だった。

二社目はDOYAKAO、そして三社目は奨学館《しょうがくかん》。ところが、この奨学館の担当編集者、磯貝《いそがい》が妙な反応を示してきた。

「あまり、そういう裏取引は感心しませんねえ」

喫茶店の中なので大きな声は出していないが、言葉の端々から侮蔑の響きが聞き取れた。

「別にどこかに内容を公開する訳じゃないから、裏も表もないと思うけど。第一、執筆依頼自体、契約書がある訳でもないし」

「直木賞が欲しいというお気持ちは理解できます。文学賞が欲しいというのは嬬恋先生だけじゃありませんから。問題は手段ですよ」

磯貝は生徒に説教をする教師の顔になっていた。

「文学賞にノミネートされようとするなら、まずそれに相応しい作品を書くのが先決でしょう。いいものを書いていれば、必ず誰かが見ていてくれます。文芸の世界に目利きは少なくないのですよ」

綺麗ごとは聞き飽きている。そう言おうとしたが、さすがに思い留まった。

「しかし新人賞はともかく、各文学賞は多分に政治的な判断が働いているものでしょう。どんなに素晴らしい作品でも時節に逆行するような内容なら受賞を逃がすだろうし」

「その辺の事情は否定しません。しかしたとえ政治的な判断が働いたにせよ、最終的に選ばれるのはその年を代表する作品です。これに関して何か異議はありますか」

「……ありません」

「付け加えますとね、そんな裏取引を仕掛けたところで、わたしたち出版社側は被害者の立場なので痛くも痒くもない。しかし先生の側は大変ですよ。横暴だとか権威主義者だとか薄汚いブタ野郎だとか文壇の寄生虫だとか散々な扱いを受けます」

「ブタ野郎とか寄生虫とかは、さすがに言い過ぎじゃないですか」

抗議のつもりで反論する。すると磯貝はこちらの反応を確かめるように窺い見た。

「嬬恋先生、昨日出たばかりの『週刊ハンゾー』、お読みになっておられないようですね」

「ゴシップ誌みたいな雑誌でしょう。興味ないもの」

「しかし、ご自分のことが記事になっていたら少しは興味が湧くんじゃありませんか」

磯貝はカバンから「週刊ハンゾー」を取り出すと、テーブルの上に置いた。

「嬬恋先生がページを開く前にわたしは退散させていただきます。ではこれで」

軽く一礼すると、磯貝はレジで支払いを済ませて店を出ていった。何やら意味ありげな言葉を残していったが、今は「週刊ハンゾー」を覗《のぞ》いてみるのが先決だった。

ところが目次を開いた瞬間に仰け反った。

『売れなくなった作家の起死回生術　「直木賞にノミネートしろ」』

慌てて該当のページを開くと、嬬恋の近影とともに名指しの記事が掲載されていた。

『「文壇アラカルト」

嬬恋連我という小説家をご存じだろうか。デビュー作の政治小説がベストセラーを記録しているので覚えている人もいるかもしれない。その後、様々なジャンルに手を出したものの、最近はすっかり落ち目になっている。その嬬恋連我に関して、思わず眉を顰めたくなるような噂が飛び交っているのだ。何と嬬恋氏は各版元の担当者に「直木賞にノミネートしてくれなければおたくには書かない」と脅しをかけているらしい。

ここで直木賞ノミネートから選考会に至るまでの過程を簡単に説明しておこう。

（中略）

しかし事もあろうに「ノミネートさせなきゃ書かない」というのには参った。当然ながら版元には出版する権利、作家を選ぶ権利がある。いったい嬬恋氏は自分の市場価値を承知の上で、こんな条件を提示しているのか。関係者からは氏のことを薄汚いブタ野郎だとか文壇の寄生虫だとか蔑む声が聞こえてくる。権威ある文学賞には数多のスキャンダルが隠れているものだが、嬬恋氏の恐喝まがいの要求も黒い歴史のひとコマになるのだろうか。

運よく氏の新作が見事に直木賞を射止めたあかつきには、この話も「ちょっと」パワハラ気味のエピソードになるかもしれないが、残念ながらその可能性は皆無に近いようだ』

読み終わるや否や、嬬恋は雑誌をテーブルに叩きつけた。勢いあまって空になったコップが弾け飛ぶ。

何という無礼な記事だ。自分がページを開く前に退散したのは、磯貝が見せたせめてもの配慮だったか。

「お客様、お静かに願います」

ウエイトレスが営業スマイルを凍りつかせて駆けつけてきた。

普段なら決して出てこないはずの罵倒が口をついた。

「これしきのことでばたばた走りやがって。お前の方が静かにしろ」

どうせ支払いは済んでいる。レジの横を通り過ぎようとしたら店員に呼び止められた。

「恐れ入ります。お勘定をお願いします」

「先に出た彼が支払いを済ませているだろ」

「お一人分しかお支払いされていません」

あの野郎。

「六百六十円になります」

震える指で財布から小銭を取り出し、カートンの上に叩きつける。レジの店員が感情のない目で硬貨を確認する。これで嬬恋は最低の客として認識されたに違いない。

店を出て自宅に戻った嬬恋は、再び「週刊ハンゾー」を手に取る。記事を再読するためではない。記事を書いた者を特定するためだ。

だが全ての記事に署名がある訳ではなかった。「文壇アラカルト」のような真偽のほどが不明な記事は匿名になっていた。奥付を開けば編集に携わった人間の名前が並んでいるが、誰がどの記事を担当しているのかまでは分からない。

腹立ちを抑え、ネットで「週刊ハンゾー」の来歴を調べる。版元の創立が一九九九年なのでまだまだ新興の部類になるが、雑誌自体には前身があるらしい。昭和の時代に反権威とスキャンダリズムをモットーに気を吐いた「真相の噂」という雑誌がそうだ。政治、マスコミ、芸能と幅広く扱っていたが、有象無象のゴシップ誌と一線を画す特長が文壇ネタだった。

大抵の出版社は大手と資本提携の関係にあるため、作家に関してネガティヴなニュースは差し控える傾向がある。ところが「真相の噂」は独立系メディアであったために作家への忖度など知ったことではなかった。映画化が相次ぐ著名作家と主演女優の逢瀬、青春小説の旗手の三股疑惑、国民的作家の狼藉ぶりなど、ほぼ毎号に亘って暴露していた。「真相の噂」は二〇〇四年に休刊となったが、その残党が集まって創刊されたのが「週刊ハンゾー」という経緯だ。

従って「週刊ハンゾー」は、今は亡き「真相の噂」の衣鉢を継ぐ雑誌と言って過言ではなく、反権威とスキャンダリズムをそのまま継承している。他の雑誌が敬遠しがちな文壇ネタを何の躊躇もなく載せる。表紙に『タブーに斬りこむ！　サンクチュアリに土足で踏みいる！』と謳っているが、要するに節操がないだけではないか。

胸襟を開くような同業者はいないが、嬬恋も業界の人間だ。出版事情に詳しい編集者には二、三心当たりがある。スマートフォンを弄《いじ》って、「週刊春潮」の志賀《しが》副編集長に当たってみた。

『「週刊ハンゾー」の「文壇アラカルト」ですか。ああ、知っていますよ』

志賀はあっさりと教えてくれた。声の調子から察するに、まだ問題の最新号を読んでいないに違いない。読んでいればトラブル回避のために個人名くらいは秘匿する男だ。

『「週刊ハンゾー」は硬軟取り交ぜて編集していますが、文壇に詳しいヤツはそんなに多くないんです。確か、以前文芸の出版社にいた友見《ともみ》という編集者が担当していると聞きました』

「どんな人物なんですか」

『そこまではわたしも存じません。ただ文芸畑が長くなければ、噂を拾い集めるネットワークも構築できないでしょうね』


「週刊ハンゾー」の記事がネットでも紹介されている事情も手伝い、「文壇アラカルト」で暴露された嬬恋の醜聞は瞬く間にＳＮＳで拡散されていた。

『「ハンゾー」の記事見ました。サイテーだな、嬬恋連我』

『申し訳ないが、作者の名前すらも知らんかった。代表作、誰か教えて』

『やっぱり直木賞が欲しい欲しい作家さんの末路ってこんなものかと』

『喩えが失礼だよな……薄汚いブタ野郎さんと寄生虫さんに対して』

『数少ないファンの一人と自負してましたけど、もう金輪際嬬恋の本は買わねえ』

『こういう同業者がいるのを知ったら歴代の直木賞受賞者たちは何と思うのだろう。各人のコメントを読んでみたい』

『寄生虫ってさ、絶対に宿主を殺すような真似はしないんだよね。でも、この嬬恋という人に文学賞を与えたら文芸の世界が滅びるかもしれない』

『姑息《こそく》』

『渇しても盗泉の水を飲まずという故事を知らんのか、このアマチュア作家は』

電子掲示板やSNSでの投稿で共通の話題が取り沙汰されると、それらを収集・編集したまとめサイトに取り上げられる。既にこの日の時点で複数のまとめサイトが嬬恋の醜聞を報じていた。

同じ言葉の繰り返しであっても、罵詈雑言の類は聞けば聞くほど神経を苛む。いっそ目に入れなければいいだけの話なのに、擁護してくれる者はいないのかと、つい覗いてしまう。まとめサイトを眺めているうちに、嬬恋はじりじりと強迫観念に囚われていく。

まとめサイトが乱立すると、次はトピックスとなってネットニュースに流れるようになる。果たして嬬恋の醜聞もご多分に洩れず、その日のうちにニュースとなってしまった。

『直木賞にノミネートされなかったら書かない？　あの作家の呆れた要求』

『ゴーマン作家、嬬恋連我って誰？　ネットにわきおこる顰蹙の嵐』

PVを稼ぐために、ネットニュースの見出しは煽情的になる傾向にある。知らぬ者が見れば、嬬恋連我というのは途轍もなく卑劣極まりない人間だと思うだろう。

見出しを見た嬬恋本人は記事の中身を検《あらた》めることなく激怒する。

何だよ、これは。

まるで俺が最低の人間みたいな扱いじゃないか。これじゃあ直木賞以前の問題だ。皆が嬬恋連我という名前に拒否反応を起こしてしまう。

自身の人格を全否定され、腹の底から憤怒が湧き上がる。感情が迸り、今にも爆発しそうになる。嬬恋は感情をどこにぶつけていいのか途方に暮れる。

不意に判明したのは、ここ数日の間に嬬恋連我というのは稀に見る卑怯者と世間に認知されたという事実だった。本来なら新直木賞作家として衆目を集め、畏敬の念を抱かせる予定だったのに、いったいどこで歯車が狂ってしまったのか。

言うまでもない。

友見とかいう悪党が編集者との密約を暴露したのが全ての元凶なのだ。

「週刊ハンゾー」の編集部に抗議するしかない。抗議して、その上で訂正なり謝罪文を掲載させるのだ。遅きに失したとは言え、噂の発信元が謝罪すれば炎上騒ぎも鎮火するに違いない。

嬬恋は取るものも取りあえず「週刊ハンゾー」の編集部へと向かった。


目指す場所は渋谷の宇田川町にあった。人通りの多い井ノ頭通りを一本裏に入ると飲食店と雑居ビルが建ち並ぶ。「週刊ハンゾー」の本社ビルはすぐに分かった。

アポイントもなく突撃したところで門前払いを食うのは目に見えていたので、事前に電話を一本入れておいた。

通された部屋は応接室ではなく、今しがたまで会議に使われていたような雑然とした部屋だった。待つこと十五分、痺れを切らしたところで二人の男が姿を現した。

一人は富士沢《ふじさわ》と名乗る副編集長、そしてもう一人が記事を書いたという友見冬彦《ふゆひこ》だった。

「お待たせして申し訳ありません、嬬恋センセイ」

口火を切ったのは富士沢だ。

「何でもウチが掲載した記事にご不満があるとのことでしたが」

「不満どころじゃない」

最初の切り口が肝心だ。嬬恋はここぞとばかり低い声で切り出す。

「あの記事のお蔭で俺の評判は目下錐揉《きりも》み状態で落下中だ。ネットでの印象も最悪、俺の作品を金輪際読まないってヤツも出てきた。これは立派な営業妨害だ」

「嬬恋センセイが有形無形の損失をされたというのは想像がつきます。損失が出ているのであれば威力業務妨害という可能性も生じますが、その場合焦点になるのは報道が『威力を用いること』に該当するかどうかです。センセイにも見当はついておいででしょうが、報道が威力にあたるとは到底考えられません。また偽計業務妨害については『虚偽の風説の流布』であるかどうかが問われますが、この点においても弊誌は読者を欺いたり不知を利用したりはしていないと自信を持っています」

「俺が直木賞のノミネートを条件に連載を交渉した記録でもあるのか。それがないのならデマだ」

「録音はありませんが、証人ならいますよ。なあ、友見くん。そうだろ」

問い掛けられた友見は薄笑いを浮かべたまま頷く。爬虫類を連想させる冷たい面立ちも手伝い、小馬鹿にしたような笑みがこちらの神経を逆撫でする。

「ええ、ちゃんと証言は取っています」

「いい加減なことを」

「いい加減も何も。ニュースソースまでは明らかにできませんが、嬬恋センセイから脅されたという証言を複数聴取しました。それも伝聞ではなく、当事者本人から」

担当編集者相手に交渉したのは事実だ。では鮪見たちがべらべらと余計なことを喋ったというのか。

もしそうであれば見下げ果てたヤツらだと思った。作家と担当編集者との会話は商談のようなものだ。それを第三者に洩らすなど信義則に反する行為ではないのか。

「仮に証言が得られたにしても、記事の書き方に問題がある」

嬬恋は切り口を変えてみた。

「記事には俺のことを、薄汚いブタ野郎だとか文壇の寄生虫だとか書いてあった。これは名誉毀損じゃないか」

睨みつけてやったが、友見は一向に怯む素振りを見せない。

「薄汚いブタ野郎も文壇の寄生虫も証言者の口から出た言葉です。わたしの主観ではありませんので悪しからず」

友見と富士沢は顔を見合わせて笑う。それは自分への嘲笑にしか思えなかった。

「じゃあ、その悪口を言った編集者の名前を教えてくれ」

「繰り返すようですが、ニュースソースは秘匿します。でなければ、わたしに情報を提供してくれた人の信頼を裏切ることになります」

第一、と友見は続ける。

「文学賞が獲れるかどうかはセンセイの作品次第ですけど、本の売れ行きを決めるのは何と言っても話題性でしょう。今回の件でセンセイの名前はずいぶん売れたと思いますよ。宣伝費に換算すれば数百万円に値するんじゃありませんか」

「スキャンダルだぞ」

「悪名は無名に勝ると言いますでしょう。大体、ネットで他人の悪口を喧伝したり拡散したりしているのは、ネット利用者全体の五パーセントに過ぎないという研究結果も出ています。残る九十五パーセントのサイレントマジョリティーは今回のニュースを好意的に受け取ってくれていますよ」

「そうそう。直木賞の選考委員も同情票でセンセイの作品に一票入れてくれるかもしれませんね」

二人とも揶揄しているのを隠そうともしない。彼らのにやけた顔を見ていると、慰めの言葉もことごとく罵倒に変わる。

「ふざけるなよ」

自制心に綻びが生じていたところに追い打ちをかけられ、嫣恋は感情をコントロールできなくなっていた。

「そんなお為ごかしで納得すると思ってんのかあっ」

思わず大声になったが、友見は相変わらず冷静だった。

「ガセネタでもない。真実の報道です。どうしてもご不満だったら、訴えていただいて構いません。ただし、訴訟になったところで恥を掻くのはセンセイですけどね」

友見はへらへらと舌を出して、嬬恋に顔を寄せてくる。

「訴えて、赤っ恥を掻いて、その後センセイに何が残るんでしょうね。わたしとしては、少しでもセンセイの知名度が上がってご著書の売り上げが伸びるのを祈るばかりです。ああ、これは新たなかたちの炎上商法かもしれませんね。まあ、そんなことでもしなけりゃ、センセイの本は売れないのでしょうけど」

「馬鹿にするなあっ」

反射的に右手が出た。

あっと思った時には遅かった。嬬恋の繰り出した右拳は見事に友見の顔面にヒットしていたのだ。

「何をするんですか」

間に入った富士沢は意外な腕力で嬬恋を引き剝がす。その勢いで嬬恋は尻もちをついた。

富士沢は素早く卓上の電話を取る。

「今すぐ来てくれ。来社した客が暴れ出した」

こちらに振り向いた表情で、これは茶番だと一瞬で理解した。その証拠に殴られた当人の友見が相変わらずにやにやと笑っている。

「お帰りください」

富士沢の言葉と、警備員の到着がほぼ同時だった。嬬恋は屈強な警備員二人に羽交い締めにされて部屋から連れ出された。

玄関から突き飛ばされるように追い出され、嬬恋は地面に倒れ伏した。怒りで目の前が真っ赤になるとは、こういうことかと思う。

「憶えていろ」

チンピラ紛いの捨て台詞を吐いて、また後悔する。もう少し文学的な表現をすればよかったのに。

嬬恋は重い足を引き摺りながら、自宅に引き返した。

「週刊ハンゾー」での出来事は、その日のうちにネットニュースで流れた。しかも嬬恋が友見を殴った瞬間の写真までが添付されていた。ニュースソースは富士沢たちに相違なかった。

嬬恋はその夜、悔しさと情けなさで一睡もできなかった。

# 3

小説家嬬恋連我が死んだのは六月五日、雨の深夜だった。

『空から人が降ってきた』

ドライバーからの通報により派出所の警官が現場に駆けつけると、歩道橋付近で轢《れき》死《し》体を発見した。死体の傍らで震えていた女性に事情を尋ねると、運転中に突然人が降ってきて、そのまま撥ね飛ばしてしまったと言う。

ただちに機捜が到着し、庶務担当管理官は事件性を否定できないと判断した。こうした経緯で警視庁捜査一課麻生班に臨場の命が下った。

「あそこから飛び降りたのか、あるいは放り出されたのか」

現場となった港区芝公園の山内《さんない》歩道橋を見上げ、犬養は呟いた。深夜帯でもそこそこ交通量のある道路だから、歩道橋から落ちてきた人間を轢いてしまう確率は低くないだろう。同様に暗い空を見上げる明日香は、庶務担当管理官が事件性を否定できなかった理由を思い知る。

雨だ。

現場には毛髪、下足痕、犯人が運んできた土など微細な証拠が山積している。鑑識の尽力によって採取された物的証拠が犯人を指し示してくれる。

だが、そうした数々の物的証拠を文字通り洗い流してしまうのが雨だ。毛髪も、足跡も、土も、埃も、雨が一過した後は何も残っていない。

居合わせた検視官の話では、死因は全身打撲による臓器損傷と失血死。生活反応があり、自動車との衝突による轢死と判断された。

普段であれば深夜帯でも通行人がいるはずだが、生憎の雨で目撃者は皆無だった。しかも周辺には防犯カメラが設置されておらず、被害者が突き落とされたのか、飛び降りたのかを判断する映像も得られる望みがない。

「被害者の身分証、ありました」

鑑識係がポリ袋を手に駆け寄ってきた。犬養と明日香は袋の中身を検める。運転免許証以外には保険証が入っているが、記載された文字を見て犬養の顔色が不穏なものに変わった。

『筆名・雅号　嬬恋連我　文芸美術国民健康保険組合』

「こいつ、小説家なのか」

最近は作家を兼業している刑事技能指導員と組まされることが多い明日香は嬬恋の名前を知っていた。

「確か、政治小説を書いていた人だったと思います」

明日香の話を聞くなり、犬養は不愉快さを隠そうともしなくなった。スマートフォンを取り出し、明日香の前で電話をかける。

「どうも犬養です。すぐ電話に出たくらいですからおやすみ中じゃなかったですよね。……ああ、執筆中でしたか。それはすみませんでした。ところで今、臨場しているんですが、嬬恋連我という作家さんをご存じですか。……ええ、亡くなりました。芝公園の山内歩道橋から落下したところを走ってきた乗用車に撥ね飛ばされました。……え、今から？　そいつは助かります。それじゃあ」

憑き物が落ちたような犬養を見た瞬間、明日香は嫌な予感が的中したのを知った。

「毒島さんを呼びましたね」

「被害者と面識があるそうだ。高千穂は余分な事情聴取をする手間が省ける。俺は俺で抱えている事件が多いから助かる。毒島さんは毒島さんで、知り合いの無念を晴らす機会を得られる。一石三鳥だぞ」

しれっと言われて、明日香は返す言葉もない。普段は事件に対してストイックな犬養だが、文壇が絡むと知るや否や放り出す悪癖は本当にどうにかしてほしいと思う。

二十分後、犬養と入れ替わるようにして毒島がやってきた。

「お仕事中だったみたいですね。こんな夜分に申し訳ありません」

「問題ないない。物書きなんて昼夜があってないようなものだし、締め切りのあるのは脱稿してから来たからさ」

「嬬恋連我さんとは面識があるんでしたね」

「うーん。面識はあるけど、それほど親しいという訳でもない。どこかで顔を合わせたら話す程度」

「ご遺体は大学病院に運ばれてしまった後です」

「遺体、損傷がひどかったの」

「原形を留めていたのは顔面だけでした」

「そっかー。嬬恋先生、面の皮だけは人並み外れて厚かったものね」

思わず辺りを見回した。他に被害者の知人がいる訳ではないが、あまりにもデリカシーがなさ過ぎる。

「毒島さんは嬬恋さんが嫌いだったんですか」

「何でさ。僕はあの人を小説家として、ずっとリスペクトしていたよ」

毒島は少しむきになって言葉を返す。

「嬬恋さんの政治小説が好きでさ。シリーズになったものは大抵読んでいる」

「それにしても、面の皮が厚いというのは誉め言葉じゃないですよね」

「それはさ、最近こういう事件があったからだよ」

毒島から嬬恋に関するトピックを聞くに従って、被害者に対する心証はどんどん悪くなる。

「毒島さん。文学賞にノミネートさせなかったら新作を書かないとか、自分のスキャンダルを報じた編集部にカチコミかけるとか、そういう作家さんをリスペクトするんですか」

「あのさ、高千穂さん。もうそろそろ作家という生き物に慣れようよ。本人の人格と生み出される作品は全くの別物。嬬恋さんの政治小説と本人の面の皮が厚いのも別問題。もっとも、嬬恋先生が多分に破廉恥だったのを、僕は悪いと思っていないのだけれど」

相変わらず、こちらの常識を裏切ってくれる男だ。

「よく分かりません」

「筆名を上げたいがために文学賞が欲しいという作家は大勢いるよ。嬬恋先生はそれが極端なだけ。加えて、彼は新人賞を経由してデビューした訳じゃないから何かしらの出生証明書みたいなものが欲しかったのかもしれない」

「出生証明書って。現に何冊も本を書いているじゃないですか」

「いつ書けなくなるか分からない。いつ出版されなくなるか分からない。ベテランも中堅も新人も、それは同じなんだよ。今年のベストセラー作家が二年後にどうなっているか、保証してくれるものは何もないしね」

「でも、それって毒島さんがいつも虚仮にしている承認欲求みたいなものじゃないですか」

「著名な文学賞を獲れば当然売れ行きが見込める。商業出版をしている作家が著作を売るために苦心惨憺《さんたん》するのは、真っ当な商行為だよ。デビューするなりTwitterやらYouTubeを開設して自己愛垂れ流すような勘違いちゃんと一緒にしちゃいけない」

薄笑いを浮かべているので何も事情を知らない者が聞けばジョークに思えるかもしれないが、これが毒島の本音に近いであろうことは明日香にも分かる。

最近になって分かってきたのだが、毒島という男は徹頭徹尾理屈を重視している。重視し過ぎなために、感情から引き起こされる言動をことごとく嫌っているように見える。以前、毒島は犬養のトレーナーをしていたと聞くが、一方の犬養は感情に左右されることが少なくなく、まるで正反対と思える二人が師弟関係だったというのは興味深い話だ。

「現場から証拠物件らしいものは、ほとんど採取できなかったようです。路上に本人のものと思われる傘が落ちていただけで」

「だろうね。こんな雨じゃ」

「従って、現状は事故なのか事件なのかも判断できない有様です」

「少なくとも自殺の線はないなー」

毒島は歌うように言う。

「根拠があるんですか」

「根拠と言えるほどのものじゃないけど、あんなに面の皮が厚い人間が世を儚んで自死するなんて辻褄が合わない。自著の宣伝のために狂言自殺するというのなら分かるんだけどさ」

「狂言自殺のつもりが、目算を誤ったとかじゃないんですか」

「狂言自殺だったら、晴れて、もっと人通りの多い時間帯を選ぶよ。狂言というのは観客が必要でしょ」

「……じゃあ、これは殺人ですか」

「犬ちゃんが電話で教えてくれた情報だけで、そう確信したよ。自殺だと思ったなら、わざわざこんな時間に臨場しないよ」

「自殺だったら来なかったって」

「僕が遺体に合掌したところで本人が成仏できるはずもないし、そもそも僕にそんな資格があるとも思えない。でも殺人事件というのであれば、僕には臨場する意味も資格もある」

珍しく毅然とした物言いだったので、改めて訊いてみた。

「毒島さん、嬬恋さんと仲がいい訳でもなかったんですよね」

「顔を合わせたら話す程度って言ったでしょ。ひょっとして高千穂さん、僕が私情で動いているとか考えていないかい」

「いえ、あの」

言い過ぎたと思い頭を下げかけた時、毒島の声が返ってきた。

「半分正解で半分間違い。物書きという商売は、作品はともかく本人の行動範囲や交友関係は驚くほど狭いんだよね。まあ、ずっと部屋に閉じ籠って原稿のマス目を埋める仕事だから当然っちゃ当然なんだけどさ。だから大抵の物書きは知人のほとんどが同業者もしくは編集者。そして大半の殺人事件は、犯人が被害者の家族か関係者。つまりさ、嬬恋先生を殺した犯人は業界内の人間である可能性が高い。業界の人間ということは僕の知った人である可能性もまた高い。自分の知り合い同士が殺し殺されたなんて話なら、そりゃあ興味も湧くってものでしょ。うふふふふふ」

明日香は呆れて声も出なかった。

翌日から、毒島は明日香を伴って捜査を開始した。

「でも毒島さん。物的証拠も目撃証言もないのに、いったいどこから着手するつもりですか」

「か―なしいねー」

毒島は大袈裟に肩を竦めてみせる。格好をつけたつもりかもしれないが、毒島がすれば悪ふざけにしか見えない。

「僕と一緒に現場を回るようになってから二年にもなろうってのに、未だに新人の域を出ていないなんてさ。技能指導員たる僕の面子《メンツ》が丸潰れじゃないの」

しっかり悪気のある口調なのだが、悪意は毒島の標準仕様なのであまり気にならなかった。

「被害者の内ポケットにはスマホが入っていました。クルマと衝突した際に液晶画面が粉々になりましたが、何とか操作はできたみたいです」

「操作できたってことは、鑑識で解析済みということかしら」

「解析しても興味の持てるような情報はなかったですね。事故が起こったのは五日の午後十一時五十二分ですが、最後の通話記録は午後五時三十分」

「相手は誰だったの」

「確認済みです。整体師でした」

「へえ。嬬恋先生、整体に通ってたんだ」

「昨夜は午後六時から予約が入っていたんですが、寸前になって本人からキャンセルの電話が入ったとのことです」

「つまり、急遽キャンセルせざるを得ない用事ができたということだよね」

それは明日香も考えていた。嬬恋は週一で整体に通っていた。その予定をキャンセルしてまで捻出した時間に誰と会っていたかが鍵だと考えている。

「どうして物的証拠が必要か。一つは容疑者を特定するためだよね。じゃあ、その物的証拠がない場合はどうするか。簡単だよ。殺人事件の捜査で最初に考えなきゃいけない項目を潰していく」

毒島の言わんとすることはすぐに分かった。

「嬬恋さんが死んで誰が得をするかという観点ですね。でも嬬恋さんは独身で、しかも住まいはワンルームマンションで特段に資産と呼べるようなものはありませんよ」

嬬恋の自宅兼事務所は港区内にあり、昨夜から別働隊が出向いているが、やはり資産と呼べるようなものは見当たらず、資料なのかいかがわしい雑誌類が散乱していたと報告を受けている。

「金品だけが損得の対象にはならないって話さ。文壇には文壇ならではの損得勘定というのもあってね。犬ちゃんが僕に仕事を丸投げしているのは彼が文壇嫌いという事情もあるけれど、最たる理由は僕がそういう複雑怪奇な人間関係に日々触れているからだよ」

「そうでしょうか」

「人使いの上手さだけは僕譲りだからね。他にも見習ってくれたらいいんだけど」

明日香は胸の裡で怖気《おぞけ》を震う。

これ以上、犬養の性格を歪められたら堪ったものではない。


二人が最初に訪れたのは双龍社だった。

「嬬恋先生のデビュー版元がここだよ」

「デビューした出版社とそれ以外の出版社で何か違いとかあるんですか」

「デビュー版元は親も同然という人もいるし、ただの出版社だという人もいて、それは様々。ただねえ、親も同然という作家さんはデビュー作が売れた人が多いね。デビュー作が売れない人に限って『あそこは扱いが酷い』だの『担当が他の作家を贔屓《ひいき》している』だのと文句をつける傾向が強いよ。結局は、子どもが親に対して抱く感情と似たようなものなんだよ」

嬬恋の担当は鮪見という男で、彼の死よりも毒島の訪問に驚いていた。

「毒島先生が、どうして刑事さんに同行していらっしゃるんですか」

明日香自身、こういう場面には何度も出くわした。毒島は自分の前職を公表どころか身内にも告げておらず、事件絡みで出版社を訪れると大抵驚かれる。

「あーいやいやいや。出版界に詳しい人間の案内が要るってんで、急遽呼び出された次第。要するにオブザーバーみたいなものだと思ってください」

どうやら連載を持っている出版社には素性を隠したいようだが、あまり付き合いのない出版社にはあっさり警察官としての身分を明かしている。明日香にはその区分がよく分からないが、身分を明かした出版関係者には洩れなく口止めをしているところをみると、やはり喧伝されたくはないらしい。

「聞きましたよ。嬬恋先生から直木賞へのノミネートを強要されたんですってね」

「あー、『週刊ハンゾー』を読まれちゃいましたか。一応、版元や担当編集の名前は匿名にしてあったんですけど、まあ業界の人間なら一目瞭然ですからね」

「実際、持ち掛けられてどう思いましたか」

死者に鞭打つのは気が進みませんけど、と鮪見は前置きして話し出す。

「正直、困惑しました。そりゃあウチからも推薦というかたちで何作か挙げますけど、推薦したのが箸にも棒にも掛からない作品だったら、双龍社の格が疑われますからね。飛ぶ鳥を落とす勢いだったデビュー当時ならともかく、今の嬬恋先生の作品だとちょっとキツい印象が否めません」

「鮪見さんはいつから担当でした」

「二年前からです。嬬恋先生がデビューした時からの担当者が異動したので代替わりという感じです」

「ははあ、では前任者ほど嫣恋先生には思い入れがなかった訳ですね」

「それは、その」

「いいですよ。僕もその程度のことは承知しているから。担当者の異動が版元との縁の切れ目。売れなくなる作家のテンプレみたいな話だもの」

「事情がお分かりなので助かります。この話、どうも業界外の人には理解しづらいらしくって。作家と編集者は一心同体、常に二人三脚なんていうイメージがあるみたいです」

「出版界は結構地味な世界だからねー。業界ものとしてコミック化や映像化しようとすると、どうしても派手めの演出になる。で、それを楽しんで読者や視聴者は簡単に納得しちゃう。出版界に限ったことじゃないけど、まあ、あるあるだよね」

「毒島先生だから言ってしまいますけど、作家と編集者というのは単なるビジネスパートナーですからね。仕事上のメリットがなければお互いに縁遠くもなります。それを理解してくれない作家さんが少なくなくって」

いかにも疲れたという表情で、鮪見が嫣恋には手を焼いていた状況が窺える。

「その様子だと、鮪見さんも結構嫣恋先生の扱いに困っていたみたいですねえ」

「直木賞ノミネートの件も、返事はぼかしていたんです。だけど連日のようにあの件はどうなったと矢の催促で。わたしも他に担当している作家さんがいるので、いちいち対応していられません。最後には申し訳ないけど居留守まで使いましたから」

「ひょっとして嬬恋先生が死んで、ほっとしてませんか」

「意地の悪い質問をされますね」

「僕の意地悪さは業界周知の事実でしょうに」

「わたしへの心証が悪くなるので答えたくありません」

死んで清々したと言っているのも同じではないか。

「最後に一つ。五日の午後十一時から零時までの間、どこにいましたか」

「校了間際だったので、編集作業の真っ最中でした。編集部にはわたし一人きりでしたけどパソコンに記録が残っていますから、必要であれば提出しますよ」


二人目の訪問先は奨学館の磯貝という編集者だった。彼もまた毒島と明日香の取り合わせを不審そうに見ていたが、毒島はさらりと躱《かわ》していた。

「嬬恋先生の事件は先ほどニュースで知りました。朝から緊急会議ですよ」

「会議。ひょっとして追悼企画ですか」

「仰る通りです。嬬恋先生を偲ぶ意味で既刊本を重版してはどうかと企画が出ています」

「通りましたか」

それがなかなか、と磯貝は渋い顔をする。

「元々、文庫でも初版止まりの作品ばかりでしたからね。営業部からは重版よりも在庫調整するのが先だとゴネられています」

本人の死すら商機と捉えることにも驚いたが、本人死亡の事実がさほどの商機にならないと判断されることにはもっと驚いた。いや、驚いたというよりも、扱いの冷徹さに改めて出版は営利事業なのだと思い知らされた。

「これが文壇の重鎮やベストセラー作家さんなら、営業の態度も一変するんですけどね」

「嬬恋先生のネームバリューでは力不足ということですか」

「『賞を獲らなくても食っていける作家と獲らなきゃ食えない作家がいる』」

「うん。それは僕も鍋島魁夷先生から耳にタコができるくらい聞かされています」

「本来、そういう区別は編集者側がするものなんです。もちろん何となくですが。それを直木賞ノミネートの件を持ち出されるものだから、とうとう本人が言っちゃいますかって話ですよ」

磯貝はやれやれと首を横に振る。

「嬬恋先生は元から出版界に身を置いていたんだから、その辺の事情は汲んでくれるとばかり思っていたんですけどね。やっぱり貧すれば鈍するのでしょうか」

故人に対してあまりと言えばあまりの物言いだが、毒島がいつもの笑みを浮かべているので磯貝も油断しているきらいがある。毒島の一見柔和な笑顔は相対する者をつい安心させてしまうのだ。

「嬬恋先生の気持ちも分からなくはないですが、いったんそんなことを言い出せば自身の評価が定着してしまいますよ。実際、自分の関わった版元全てに同じことを言ったみたいだから、本人が不慮の死を遂げても業界の反応が今一つなんですよ」

「それを嬬恋先生ご本人の前で言いましたか」

「いやあ、それはさすがに」

　磯貝は照れたように頭を掻く。

「角が立つのも何なので、『週刊ハンゾー』を目の前に置く程度でしたけどね」

「はっきり言えばよかったのに。奨学館の営業部では嬬恋先生の扱いは売れない新人並みだって」

「いくら何でも喧嘩になりますって」

「普段からビジネスパートナーを標榜するんだったら、本人に都合の悪い情報も包み隠さず開示するのが普通でしょ。売れている時はエビス様みたいな笑顔で迎えておきながら、売れなくなった途端にビジネスパートナー云々とか言い出すから、作家の側もテンパっちゃうんです。変に誤解する作家さんを擁護するつもりはないけど、風見鶏みたいな出版社の態度もどうかしらん」

「でもですね、実売部数やら返本率やらを馬鹿正直に教えたら、それこそ作家先生本人がへそを曲げて書いてくれなくなるじゃないですか」

「事実を知らされただけで執筆意欲が殺《そ》がれるというなら、元々その程度の資質しか持ち合わせなかったという話でしょう」

「毒島先生は手厳しくていらっしゃる。でも、作家さん全員が毒島先生みたいに強靭じゃないんです」

「強勒じゃないのは、あなたたちかもしれないよ」

毒島に指摘されると、磯貝は居心地悪そうに顔を顰めてみせた。

「因みに磯貝さん、五日の午後十一時から零時まではどこにいましたか」

「その時間でしたら自宅に帰ってましたね。独身なので証言してくれる人は誰もいませんけど」

「本当にもう、びっくりしちゃって」

三人目はＤＯＹＡＫＡＯの舘川《たてかわ》という女性編集者だった。

「ウチは再来月にも嬬恋先生の新作を出す予定だったんです。それがこんな事態になるなんて」

「新作は連載の書籍化ですか」

「いいえ、文庫書き下ろしですよ。もう三カ月も前に依頼していて、嬬恋先生からも順調に筆が進んでいるって聞かされたばかりでした」

「今からラインナップの変更も難しいでしょ」

そうなんですよ、と舘川は泣き顔を作ってみせる。

「毒島先生だから話が早くて助かるんですけど、ウチは八月に書き下ろし文庫を出すスケジュールなんで、弾が揃わないと来年の予算に響いてくるんですよ」

「でも文庫書き下ろしなら、他にも候補があるでしょう」

「候補があっても、今からじゃとても間に合いません。あの……絶対に無理だと思いますけど、毒島先生未発表の長編原稿とかありませんか」

大したタマだと思った。窮状を訴えた数秒後に、毒島に交渉を持ち掛けたではないか。

「生憎だけど」

「そーですよね、そーですよね。連載数本も抱えている毒島先生に失礼なことを言ってしまいました。今のは忘れてくださいっ」

「嬬恋先生はDOYAKAOさんにも直木賞ノミネートを打診してきたんですか」

「ええ。それはもう強硬に」

「舘川さんはどう返事したんですか」

「もちろん丁重にお断りしましたよ。そんなお願いされたところで、わたし責任取れませんもの」

嬬恋本人にしてみれば冷酷な態度に思えただろうが、明日香は逆に好印象を持った。先の毒島の弁ではないが、相手に都合の悪いことをはっきり告げることこそビジネスパートナーたる所以《ゆえん》ではないか。

「DOYAKAOさんはレーベルが沢山あって多くの新人を抱えているから、嬬恋先生の無理なお願いも言下に拒否できた。そういう見方は意地が悪いですかね」

「別に。事実ですから」

館川は涼しい顔で応える。毒島とのやり取りを見ていて、明日香は前の考えを撤回したくなった。

「嬬恋先生にはお世話になってますけど、無理無体な要求を呑まなきゃならないならお付き合いをやめるだけです。ひどい言い方になりますけど、嬬恋先生レベルの作家さんは他にも大勢いらっしゃいます。それに嬬恋先生は他社さんからデビューした人ですから」

自社で発掘した作家でないなら、いつ切っても構わないという言い方に引っ掛かる。

思っていたことが顔に出たのだろう。毒島が一瞬こちらを振り向き、黙っていろと目配せしてきた。

「言い訳じみていると思いますけど、書き手が余れば当然過当競争になりますよ。どんな世界でも過当競争に生き残れるのは一握りだけです」

「ドラスティックですねえ。僕もそういうのは嫌いじゃないけど」

「毒島先生には言われたくないなあ。先生、他社さんでウチの悪口言いふらしているでしょう。あそこは新人作家の墓場だとか何とか。言っておきますけど、ウチは他社さんよりもライトノベルの新人がメチャクチャ多いからそんな印象になるだけです。使い物にならない作家さんを切るのは、どこでもやっていることですよ」

「うふふふふ。肝に銘じておこうっと。ところで館川さん、五日の午後十一時から零時まではどこにいましたか」

「あら、アリバイですか。その時間だったら家で彼氏と一緒でした。今、絶賛同棲中なんですよー」

放っておくと惚気《のろけ》話が始まりそうだった。


最後に訪れた先は「週刊ハンゾー」の友見だった。

「亡くなられたのは今朝がた知りました。嬬恋先生と縁の深い弊誌としては、まずは巻頭に持ってこないと。今、記事の差し替え作業でてんてこ舞いなんです」

多忙であると言いながら、友見は嬉しさを隠しきれない様子だった。

「刑事さんが同行しているってことは、毒島先生は水先案内人ですか。どうしてまたそんな役目を。ああ、なるほど警察に取材した際に協力関係を構築された訳ですね。それで嬬恋先生殺しの事件に駆り出されたと」

こちらが何も言わないうちに、勝手に推論を進めていく。記者というのは取材前から自分なりのストーリーを組み立てると聞いたことがあるが、友見はその極端な例かもしれない。

「つまりはわたしも容疑者の一人という扱いですか」

「容疑者というよりは参考人ですね。現段階では嬬恋先生に明確な殺意を持つ人物が見当たらないので」

「嬬恋先生に殺意を抱く者。それは難しいでしょうねえ。逆ならいくらでも列挙できますけどね」

友見は爬虫類を連想させる冷たい面立ちで笑う。毒島の笑い方も大概だが、友見に比べれば慣れている分だけましだった。

「歴代の直木賞作家と選考委員の皆々様。嬬恋先生にとっては彼ら全員が憎悪の対象だったでしょうね」

「まだノミネートもされていないうちから殺意を抱くというのは辻褄が合わない」

毒島は言下に否定してみせる。この時ばかりは明日香も快哉《かいさい》を叫びたい気分だった。

「殺意とまではいかなくても、例の友見さんの記事はずいぶんと嬬恋先生への悪意を孕《はら》んでいませんでしたか」

「嫌ですねえ、毒島先生。わたしは文壇の隅に巣食う底辺作家の昏い欲望を訴えたかっただけです。一見、華やかに見える文壇でも、光の当たらない部分では矮小で人間臭い営みがあると世間に知らしめたかった。それで文壇と一般読者との距離が縮まれば万々歳じゃないですか」

「距離、ねえ。あの記事からは嫌悪感しか漂ってこないのだけれど」

「それは嬬恋連我という作家が嫌悪感を持たせるような人物だったということですよ」

「あのスキャンダルを報じた号は売れましたか」

「まあまあですね」

友見は薄笑いを崩さずに愚痴る。

「全くの不発という訳ではありませんが、期待したほどじゃなかったです。WEB版では記事に対するコメントが多く並びましたが、ほとんどは定期購読者のものばかりでした。やっぱり、もっと知名度のある作家さんでないと部数が伸びません。反省材料ですよ」

「反省材料と言いながら、さほど惜しくもなさそうな口ぶりですね」

「微増とは言え、決して売れなかった訳でもありませんし」

「週刊誌の売れ行き云々よりも、あなたはあの記事を書くことで充分満足したんじゃないんですか」

「どういう意味でしょう」

「あの記事は義憤に駆られるというより、友見さん個人の思いの発露だったような気がするんですけどね」

「詳しく説明してくださいよ」

問い詰められた格好の毒島だったが、何を思ったかスマートフォンを取り出すと誰かを呼び出したではないか。

友見を目の前にしてさすがに失礼だと明日香は焦ったが、何とその友見の胸元から着信音が聞こえてきた。

ぎょっとしてスマートフォンを取り出した友見は表示部分を見て怪訝な顔をする。

「ああ、それは僕のスマホの番号です」

「どうして先生がわたしのスマホの番号を知っているのですか。しかもこれ、会社からの貸与スマホじゃなくて、わたし個人用のスマホですよ」

「二年前、〈小説すめらぎ新人賞〉の二次予選で落とされた投稿者の中に友見冬彦という人がいました。東京都出身で年齢も一致。これ、あなたですよね」

友見の顔から笑みが消えた。

「落選作は破棄されるけど、投稿者のデータだけは残っていました。警察からの問い合わせがあれば出版社もデータを提供せざるを得ない。僕もダメ元で各新人賞を主催している版元さんに片っ端から照会かけたんだけど、いやあビンゴビンゴ」

「……何の確証もなしに照会をかけたんですか」

「小説家志望の記者さんは結構いるものでさ。現に嬬恋先生がそうだったじゃない。で、友見さんの記事には既存の作家さんに対する怨念やら嫉妬が滲み出ているのよ。あんなもの、読む人間が読めば丸分かり。ひょっとして作家になりたい夢が叶わなかったルサンチマンの恨み節かと想像したら、案の定だったという訳」

「不運だった人間を嗤《わら》って楽しいですか」

「〈小すめ新人賞〉の二次選考は複数の編集者が目を通す。そこで落とされたのなら運不運の問題じゃない。あなたに才能がなかっただけの話だよ」

友見の顔が次第に赤みを増してくる。

「スキャンダルは雑誌の売りだし、それで溜飲を下げる読者もいるから悪いこっちゃない。むしろ真っ当な商業行為だよ。でも、それに私怨が絡むとなれば別問題。嬬恋先生に殺意を抱く者を探すのは難しいとあなたは言ったけど、そんなことはない。ほら、そこに約一名いるじゃないの」

「わたしは孀恋先生を殺してなんかいません」

「殺意を抱いていたことは認めますか」

「殺意なんて大それた代物じゃない。ただの……ただのやっかみですよ」

「じゃあ恒例のアリバイ調べ。五日の午後十一時から零時にかけて、あなたはどこにいましたか」

「その時間帯なら編集部で校了の真っ最中でした。何なら編集長以下スタッフ全員に確認してもらってもいいですよ」

編集部を後にすると、明日香はいつもの不快さとともに感想を吐露した。

「何だか、うっすらと見えてきました。後はアリバイをどうやって崩すかですね」

だが毒島の返事は予想していたものではなかった。

「アリバイより先に崩さなきゃならないものがある」

「何ですか」

「心」

4

二日後、取調室では毒島とその人物が対峙していた。記録係の明日香はちらちらと二人を見ながら、キーボードの上に指を置く。

「どうしてわたしがこの場に呼ばれているんでしょうか。アリバイは申し上げたつもりですけど」

「本日お呼びしたのは、僕とあなたとで嬬恋先生の思い出を語り合うためです」

「選りに選って、この場所でですか」

「僕は会えば立ち話をする程度だったけど、あなたは大変だったでしょう。あれから何人かの担当編集者さんと話をしましたが、いい噂よりは悪い噂の方が多かった」

「自作を賞レースに無理やり捻じ込もうとした時点で悪評芬々《ふんぷん》ですよ」

「ええっと。それに関しては肯定的な意見も皆無じゃないので取り上げません」

「あるんですか、肯定的な意見なんて」

「作家が生き残る戦略の一つとしてはアリです。もっとも人としての観点で見ればアウトとみる向きが圧倒的に多い。実は、それこそが今回の事件の色彩を決定する最大の要因でした。即ち彼は作家嬬恋先生として疎んじられたのか。それとも嬬恋連我という人として憎まれたのか」

「結局は同一人物じゃないですか」

「動機の深さが全然違う。実のところ、自作を無理やり賞レースに捻じ込むなんてのは迷惑行為には違いないけれど、恨まれるような行為じゃない。嬬恋先生が直木賞候補の常連だったというならまだしも、担当編集からも相手にされないような作家だったのならまるで意味がない。ひどい言い種だけどさ」

本当にひどい言い種だと思った。

「だからさ、この二日間、僕が知り合いの編集者さんに聞き回ったのは、嬬恋先生の人としての立ち居振る舞い及び人となり。みんなさ、最初は死者に鞭を打ちたくないと言いながら、やっぱり殴られた痛みは忘れられないんだよ。で、忘れられない痛みは人に話すことで緩和されていく。まあウエからシモまで大から小まで出るわ出るわ、不名誉の数々。用事があって版元に参上した際には必ず往復のタクシー料金を請求すること。打ち合わせで喫茶店を使う時には一番高い飲み物を注文すること。雑談タイムでは必ずと言っていいほど、同業者の悪口を吐き散らすこと。ふた言目には、自分の本が売れないのは版元の販売方法に問題があるとイチャモンをつけること。新作の広告を出す際には他の誰よりも大きな級数で名前を記載しろと要求すること」

聞いていると、明日香は次第に情けなくなってくる。確かに作家としてではなく人としての立ち居振る舞いだが、それにしても惨めったらしい。

「しかし、最悪なのは腰から下の性格。彼、担当編集の半数近くにセクハラ行為をしていた。彼の筆歴を考慮すると担当がころころ代わりすぎだと思っていたけど、そんな事情があったんだねえ。もちろん、あなたも被害者の一人。と言うか最大の被害者かもしれない」

向かいに座る人物がびくりと肩を上下させた。

「現役の担当者の中で最も長続きしているのがあなただ。言い換えれば誰よりも長く深くセクハラ行為を受けていたことになる。実際、あなたが枕営業よろしく、嬬恋先生の取材旅行に同行したり、同じホテルに宿泊したりした事実を数人が証言している」

その人物の両拳が固く握られているのを見て、明日香は同情を禁じ得なかった。

「失礼だけど、それはあなたも同意の上だったのかな」

返事はない。代わりに握り締めた拳が小刻みに震えている。

「あなたも嬬恋先生に恋愛感情を抱いて」

「そんなことがあるはずないでしょうっ」

遂に相手は激昂した。

「何度も拒否したんです。でも嬬恋先生はわたしの抗議なんて気にも留めてくれませんでした。セクハラを受けたなんて、恥ずかしくて編集長に相談することもできませんでした」

「その関係が事件当日まで続いたんですね」

「あの日は夕方の五時過ぎ、神田で偶然に会ったんです。半ば強引に夕食に誘われて、延々厭味と愚痴に付き合わされました。一軒目が終わると河岸《かし》を変えようと言い出して、そのままタクシーで芝公園まで移動しました。黙っていたら先生の自宅に連れ込まれる予感があったので、散々呑ませたんです」

「その状態で歩道橋までいったんですね」

「歩道橋の上で、家に泊まれと命令されました。やんわり断っていると、誰のお蔭で編集部にいられるんだとか断ったら今までの関係を編集部にバラすとか脅されて……咄嗟に先生の足首を持って、欄干から放り出してました。信じてください。本当に発作的にやってしまったんです」

それだけ言うと、鮪見は机に突っ伏し、やがてゆっくりと顔を上げた。

「でも、どうしてわたしを疑ったのですか」

「鑑識が嬬恋先生の自宅を捜索したところ、そのテのマニア向け雑誌が見つかりました。下卑た話で申し訳ないけど、付箋の貼られたページに掲載されていたモデルの写真は、いずれもあなたと同じ体形をしていたんです」

それを聞いた鮪見は何とも言えない表情をしていた。

彼の主張したアリバイは、鑑識の解析によりあっさりと瓦解していた。編集作業をしていたパソコンの記録は、後からタイムコードを打ち込んだものであることが立証されたからだ。

翌日、別件で芝公園に出向いていた明日香は山内歩道橋の上に見慣れた姿を見つけた。毒島だった。

いったい何の用向きかと思ったが、彼の手に献花の束が握られているのを見て言葉を失った。

毒島は献花を欄干の下に置くと、しばらくその場に佇んでいた。
手を合わせることも、弔いの言葉を呟くこともなく、ただ突っ立っているだけだった。
そして数分もすると、何事もなかったかのような顔で歩道橋から下りてきた。
明日香は何故か見つけられたくなくて、物陰に身を潜める。
再び顔を覗かせた時、毒島の姿はどこにもなかった。

# 五

# この世に神様はいません

1

『沼田《ぬまた》文学最新刊、「改革者の倫《みち》」第23巻　発売前重版！　全国書店から感動の声殺到』

『反省堂《はんせいどう》予約週間一位独走中』

『読書メーター　今一番読みたい本第一位』

『既刊、好評発売中』

「うーん」

機関誌の全面広告に躍る惹句を眺めると、梨田《なしだ》は不満げに呻いた。

派手な全面広告を展開できるのは広告料の不要な機関誌だからだ。全国紙に掲載するとなれば相当な広告料を捻出したとしても全五段が精一杯だ。何とか信者以外の読者を開拓したいものだが、現状では何も妙案が浮かばない。

梨田が出版部長を務める〈統価会《とうかかい》〉は信者数四百二十万世帯を誇る巨大宗教法人だ。沼田栄法《えいほう》を教祖とし、創立から既に半世紀を経過しようとしている。

半世紀の間に起きた何度かの新興宗教ブームによって統価会は着実に信者と規模を拡大してきた。全国八支部四十八ブロック、十部門で構成された盤石の組織、近年では信者の中から国会に進出する者を輩出し、政党まで結成した。順風満帆、飛ぶ鳥を落とす勢いの成長ぶりと言っていいだろう。

だが拡大の昭和、安定の平成を経て令和の時代になると様相が一変した。新規入会の先細りと、それに伴う信者の高齢化だ。

他方、新興宗教ブームは霊感商法をはじめとする違法すれすれのカネ集めという副作用を生んだ。統価会も例外ではない。執拗な勧誘と寄付金の要求により、破産した個人、崩壊した家庭は千や万では収まらない。社会問題にも発展し、世間にも叩かれた。自ずと勧誘に警戒心を抱く者が増え、巨額の寄付も多数の新規信者も見込めなくなった。

だが統価会には他の宗教法人と同様、合法的に信者からカネを集めるシステムがある。祈願、研修といったスポットの収入もあるが、最大の収入となるのは梨田率いる出版部による教団関連の書籍販売だ。

教祖沼田栄法の生涯は波瀾万丈だ。十代での神秘体験、二十歳の開眼と解脱、教祖となってからの幾たびもの奇跡。彼の誕生から現在、そして未来を追う自叙伝『改革者の倫』は第1巻から初版百万部を超える大ベストセラーとなった。

取次も通さず、編集から出版、販売までを出版部が一手に引き受けるため書籍の売り上げのほとんどは全て教団の利益となる。一冊二千円の単行本を百万部売れば単純計算で二十億円になるのだから、こんなに旨い話はない。

問題は信者の高齢化と減少につれて書籍の売れ行きが落ち込む傾向にあることだ。新たな信者が望めない以上、信者以外の購読者を開拓しなければならないのだが、書籍の性格からそれもまた容易ではない。

あれこれ悩んでいるとドアをノックする者がいた。副部長の江見川《えみかわ》だった。

「そろそろ部数会議のお時間です」

「分かっている」

ちょうど今、支度をしていたところだ。江見川は慇懃で物腰柔らかだが、どうも自分とはタイミングが合わず苛立つことが少なくない。

苛立つ理由はタイミングの合わなさだけではなく、江見川の思惑が透けて見えるからだ。十中八九、この男は自分の後釜に座ろうとしている。折あらば梨田の足を掬《すく》おうと手ぐすねを引いているのだ。

「部長。崎山《さきやま》くんが再三面会を希望していますが」

同じ出版部の崎山光輝《みつてる》が面会を求めたのは、これで三度目だ。彼の用件は分かっている。顔を合わせれば面倒な事態になるのが明らかなのでのらりくらり躱しているのだ。

「今日は忙しい。日を改めるよう伝えてくれ」

「承知しました」

江見川は殊勝に一礼してみせるが、やはり慇懃無礼の感は拭えない。梨田は江見川の前を横切って教団本部を出ると、専用車で千代田区神田神保町へと向かう。

向かった先は反省堂書店の神田神保町本店だ。有名な古書店街にあって、築五十年を経過した八階建てのビルは威容を誇っている。著名な作家が挙ってサイン会を開催する場所としても知られている。平日だというのに店内にはあらゆる層の客がひしめいており、はて出版不況とはいったいどこの国の話なのかと思ってしまう。

一階カウンターで来意を告げると、しばらくして文芸担当の浜口《はまぐち》が姿を現した。

「あらー、梨田さん。お待ちしていましたー」

浜口は統価会の書籍を置いてもらうようになってからの担当で、十年以上の付き合いになる。当初はバイトだった彼女も今や本店の一部門を任せられる正社員になっている。まことに時の流れは光陰矢の如しと言うべきか。

「もう皆さん、お待ちかねですよー」

浜口とともにエレベーターで八階に向かう。すっかり慣れてしまったが、初回は梨田も緊張したものだ。教団が出版する書籍なので、そのまま信者に直接頒布することも可能なのだが、『改革者の倫』は一般市場でベストセラーになっていると喧伝したかった。

八階フロアの会議室では各支部の販売部長が雁首を揃えていた。部数会議では、どの支部がどれだけの部数に責任を持つかを決める。つまり全国の反省堂に書籍を置いてもらうが、各支部の販売部は決められた部数の販売に責任を持たなければならない。平たく言えば支部の信者に無理やり買い取らせるのだ。

「各支部の販売部長さん、お集まりいただいて恐縮です」

はじめに梨田が挨拶すると、各販売部長は一斉に頭を下げる。まさか外部の人間がいる前で土下座はできないが、どれだけ深く低頭できるかを競っているようだ。

居並ぶ部長たちに頭を下げられると、正直悪い気はしない。巨大な宗教法人の中枢で己の立ち位置を確認できる場面でもある。

「お蔭様で『改革者の倫』の第23巻は事前の評判も上々で、反省堂さんの予約は週間一位、読書メーターでも今一番読みたい本第一位を記録しています」

ただし予約にしてもアンケートにしても、全国の信者たちを動員しているがための数字だった。出来レースもいいところだが、一般に教団の書籍を宣伝するには格好のツールでもある。

「特に今巻は統価会が政界に進出した当時を回顧した内容であり、沼田会長の思い入れがある巻です。信者の皆さんのみならず、全国の議員さんに必ずや感銘を与える内容と自信をもってお勧めする次第です。各支部の部長はその点を踏まえた上で、数字を出してください。それではまず北海道支部から」

呼ばれた北海道支部販売部長は俯き加減のまま口を開く。

「五千部でお願いします」

「前回より下がりましたね。理由は」

「北海道では高齢信者の物故が相次ぎ、また青年部からの大量脱会の穴を未だ埋められません」

「信者を確保できないのは販売部ではなく、各支部の勧誘能力の問題でしょう」

「そうは言われましても、読者が減れば実売数が減るのも致し方なく」

「分かりました。北海道支部はいったん五千部にしておきましょう」

いったん、というのがこの会議のミソだ。支部にも面子があるので、引き受け可能なぎりぎりの数字を出してくる。ここからどう積み上げていくかが出版部長である梨田の腕の見せ所だ。

「次、東北支部」

「東北支部も五千部でお願いします」

「東北支部も前回より千部下がりましたね」

「復興予算の転用により、信者の多くが収入減となりました。平均して一割減といったところでしょうか。彼らの経済事情を鑑みれば五千部が精一杯の数字です」

「収入の一割減と部数の削減に、どのような相関関係があるのでしょうか」

梨田は故意に無表情のままに斬り込む。表情を殺した顔に威圧感があるのは自覚している。案の定、東北支部販売部長は顔色を変えた。

「いえ、相関関係の話ではなく、財布の紐がきつくなったという話を」

「個人の信心を財布の中身に比例させるのは、真っ当な信仰の姿ではないように思います。沼田会長がお聞きになったら、さぞ嘆かれることでしょうね」

東北支部販売部長は唇を真一文字に結んで頭を垂れる。

「次、関東甲信越支部」

「ウチは二万部でお願いします」

「二万部の根拠をお聞かせください」

「関東甲信越は会員数も微減に収まり、前回と同様の活動ができることを約束します」

関東甲信越支部の部長は鼻の穴を広げて誇らしげに言う。首都圏、近畿圏に次いで信者の多い地区なので信者獲得にも余裕があるからだろう。

だが梨田は現状維持を誇示する者に甘くなかった。

「前回と同様。なるほど部数減に比べればいくぶんマシな印象ではあります。沼田会長もお怒りになることはないでしょう」

一瞬、関東甲信越支部販売部長の顔が緩む。梨田はその隙を逃さなかった。

「沼田会長のお言葉を憶えていらっしゃいますか。『前進こそが統価会の目指す信仰である』。あなたが得意げに吹聴しているのは前進ではありません。ただの停滞です」

ぐうと呻いて関東甲信越支部販売部長は押し黙る。これでいい、と梨田は内心でほくそ笑む。他のメンバーを責め立てることで、一同の緊張感と使命感が途切れない。

「次、首都圏支部」

「手前どもの支部は五万部でお願いします」

「根拠を」

「首都圏は信者が微増しており、他の支部よりは貢献できるのではないかと存じます」

「確かにここ数年で信者が増えているのは首都圏くらいです。しかし一方不満もあります」

梨田が不満と口走った途端、首都圏支部販売部長は顔を強張らせる。

「ご不満と仰ると」

「人口の増え方に比して信者の増加率が低迷している事実です。いやしくも統価会の看板を背負っているのであれば、首都圏に流入した市民全員を折伏《しゃくぶく》するくらいの気構えがなくてどうしますか」

「いや、それはしかし」

「何でしょう。わたしは何か無理無体なことを言っているでしょうか」

梨田は相手に詰め寄る。首都圏支部販売部長は蛇に睨まれたカエルのように身動き一つしない。

「最大の信者数を誇る支部の責任者なら、それ相応の範を示してほしいものです。次、中部支部」

「ちゅ、中部支部は二万部でお願いします」

「ほう、信者数の割合でいけば首都圏の三割。それで二万部ですか」

「はいっ」

梨田の言葉を肯定的に捉えたのか、中部支部販売部長は元気いっぱいに答える。ところが梨田は両目をくわっと見開いた。

「他支部との比較でこれならいい。もしもそんなつまらぬことを考えたのであれば猛省を促すところです」

「ひっ」

「何故、現時点での信者数を基底にしてモノを考えるのか。何故、これから次の書籍が出版されるまでの間に信者を飛躍的に増やしてみせると考えないのか。信仰とは怠惰ではなく情熱です。今更わたしごときに言われるまでもないでしょう」

「はいっ、はいっ」

「次、近畿支部」

近畿支部販売部長は梨田に対抗するように毅然として対応する。

「近畿支部は四万部でお願いします」

「首都圏支部より一万部少ない理由は何ですか」

「他所《よそ》の支部と比較しての数字ではありません。現時点での会員数と伸長を考慮した上での数字です」

近畿支部販売部長は就任して四年の強者《つわもの》で、梨田のやり口も熟知している。一歩も引かない態度は褒めてやりたいが、それでは梨田の存在価値が問われかねない。

「伸長とは、具体的にどんな戦略を考えていますか」

「大学の新入生勧誘をはじめとして、青年部に動員をかける計画です」

「なるほど、手堅い方策ですな。しかし昨今の少子化が災いして、新入生の母数自体が激減している現状、果たしてそれで計画は達成するのでしょうか」

「それは、やってみないことには何とも」

「甘い甘い甘い。絶望的に甘い。若い信者の獲得に翳《かげ》りがあるのなら、別の手段も考えるべきです。たとえば他のインチキ宗教法人に取り込まれている人たちを統価会に宗旨替えさせるとか」

「そんなことをしたら信者の引き抜き合戦になってしまいますよ」

「引き抜き合戦、大いに結構じゃありませんか。最終的に勝てばいいのだし、そもそも沼田会長の教えがインチキな宗旨に負けるはずがないではありませんか」

近畿支部販売部長は唇を嚙み締めた。

「次、中国四国支部。どうぞ」

自分の前に六人の販売部長が梨田の餌食になっているせいか、中国四国支部販売部長は頰の辺りを何かの神経症のように細かく震わせていた。

「ウチは一万五千、いや二万部を出そうと考えております」

「今、一瞬、一万五千と言いかけて変更しましたね。それは何故ですか」

「五千というのは中途半端な数ではないかと思ったものですから」

「ふむ。中途半端な数は恥ずかしいと」

「はい、その通りです」

「何より中途半端なのはあなたです」

梨田は中国四国支部販売部長がほっと安堵したらしい瞬間を突いた。

「一万五千が中途半端で、二万なら中途半端ではない。あなたの、そのマイナス思考はいったい何に起因するのか。一度頭の中を覗いてみたい気分ですよ」

「あの、あの」

「この国は十進法の国です。ならば中途半端でない数字は十。あるいは譲歩しても五というのが半端でない数字と言えるのではありませんか。今一度、再考をお願いしたいですね」

哀れ中国四国支部販売部長は萎《しお》れた花のように項垂《うなだ》れてしまった。

「では最後に九州沖縄支部、お願いします」

それまで部屋の隅で所在なげにしていた九州沖縄支部販売部長は呼ばれた瞬間、意を決したように進み出た。

「ウチは首都圏支部さんと同じ五万部でお願いします」

思いがけない数字に他の販売部長から一斉に驚きの声が洩れる。

「九州沖縄は八支部の中でも、会員数が最小ですよね。それにも拘わらず五万部という数字を出した理由を聞かせてくれますか」

「言うまでもなく、『前進こそが統価会の目指す信仰である』からであります。我々信者は皆、沼田会長の子どもです。子どもが父親の教えを聞かずして何を指針とするのでしょう。積み上げるのではありません。設定した目標に向かって邁進するのが我々の務めなのです」

「素晴らしい」

梨田はこれ見よがしに拍手してみせた。

「それでこそ栄えある統価会の販売部長です。闇雲に精神論を振りかざすのではなく、沼田会長の教えを愚直に固持していく。いや、本当に素晴らしい」

相手が恐縮しているところを見計らい、梨田は更に続ける。

「あなたの信仰に対する熱心さは必ずや沼田会長の耳に届くでしょう。次回の昇格試験を受ける際には、是非胸を張って臨んでください。いい結果が出るように、わたしも及ばずながら祈念したいと存じます」

その時だった。

意気消沈していた中国四国支部販売部長が矢庭に声を上げた。

「中国四国支部、三万部に変更します」

するとそれまでずっと床を見つめていた北海道支部販売部長が、さっと顔を上げた。

「北海道支部、二万部でお願いします」

中部支部長も黙っていなかった。

「ウチは三万部に変更です」

蛇に睨まれたカエルだった首都圏支部販売部長が手を挙げる。

「首都圏支部、七万部でお願いします」

割合に泰然としていた近畿支部販売部長は、首都圏支部販売部長の発言を聞いて目の色を変えた。

「近畿支部、七万部で」

遅れてならじと東北支部販売部長と関東甲信越支部販売部長が先を争うように声を上げる。

「東北支部、二万部でお願いします」

「関東甲信越支部は四万部を保証します」

「中国四国支部、五万部で」

「中部支部、六万部」

「北海道支部、四万部でお願いします」

「東北支部も四万部でお願いします」

「それなら関東甲信越支部は八万部です」

「近畿支部、九万部」

「首都圏支部、十万部」

十万部の声が出た途端、他の販売部長が更に声を張り上げた。

「北海道支部、十万部」

「東北支部も十万部」

「関東甲信越支部、十二万部」

「首都圏支部は十五万部でいきましょう」

「中部支部は十万部」

「近畿支部、十三万部を頑張りたい」

「中国四国支部、十一万部」

「九州沖縄支部、十万部」

狭い会議室の中が異様な熱気に包まれる。一気にヒートアップして、各販売部長は口角泡を飛ばすように喚きながら部数を吊り上げていく。隣に座る者を手で制して発言するものだから、小競り合いも起こる。梨田が間に入って事なきを得たものの、今度は当事者同士が半ば喧嘩腰になって吊り上げ競争にひた走る。

閉め切った会場に人を集め、雰囲気を盛り上げて冷静な判断力を奪っていく。世に知れた催眠商法は、すれっからしの古株信者にも有効だった。いや、元々催眠商法ごときに手もなく洗脳されるような人間だから入信させられたのか。

種明かしをしてしまえば九州沖縄支部販売部長は最初から仕込んでおいたサクラだ。彼が上擦りながら身の丈違いの部数を口にすれば、それを梨田が激賞し昇格を匂わせるという筋書きだった。単純過ぎて実現が疑わしくなるが、元来人間は想像以上に単純なので呆れるほど簡単に引っ掛かる。

三十分後、各々の部数が決定した。

北海道支部二十万部。

東北支部二十万部。

関東甲信越支部三十万部。

首都圏支部五十万部。

中部支部二十万部。

近畿支部四十万部。

中国四国支部二十万部。

九州沖縄支部二十万部。

合計二百二十万部なら悪い数字ではない。梨田は満足だった。

「各販売部長、お疲れ様でした」

熱気が過ぎ去ると、各人は夢から醒めたように茫然自失となっていた。

「トータルで初版二百二十万部の販売が決定しました。これで新たな読者には入信の道が繋がり、既存会員はますます沼田会長に心酔することでしょう。それぞれの部数をお持ち帰りの上、一冊残らず捌《さば》いてください。よろしくお願いします。では、解散」

販売部長たちはのろのろと立ち上がり、背中を丸めて部屋を出ていく。どの支部もぽんぽんとカネを出せる信者は少なくなっている。首都圏では十万人がやっとだろう。言い換えれば一人あたり五冊を購入してもらわなければ目標に届かなくなる。地方はもっと深刻だ。梨田の知る例では一人で三十冊を購入させられた者もいたらしい。

四六判ハードカバーの書籍は難儀な代物で、枕にも薪《まき》にも使えない。物置にでも死蔵されるか、さもなければ鍋敷きの代用品にしかならない。間違ってもゴミ収集日に捨てるような真似は許されない。もし別の信者の目に触れでもしたら、こっぴどく糾弾されるからだ。加えて信者全員が読書家という訳でもないため、山のように積まれた本は一行も読まれることなく、本来の役目を果たせぬまま押入れや納戸の肥やしになり、カビを生やし、やがて腐っていく。

それがどうした、と梨田は思う。所詮教団の発行する書籍は兌換《だかん》紙幣のようなものだ。正貨と引き換えになった途端、ただの紙切れになる。一冊二千円、三十冊で六万円。単体で考えれば小口の寄付だから問題化することもなく、至極簡易に且つ合法的にカネを集められる。

販売部長たちがいなくなった会議室には梨田と浜口だけが残された。

「お疲れ様でした、浜口さん」

「いえいえ、こちらこそ」

思えば会議のスタート時点から浜口は笑顔を絶やさなかった。決して営業スマイルではない。店頭に並べた本が売れれば本体価格の二十パーセントが書店側の利益になる。浜口がえびす顔になっているのは、間違いなくそういう事情からだ。

「いい結果が出せました。ありがとうございました」

「こちらこそ」

「初版二百二十万部ならベストセラー間違いなしですね」

「ええ。今月はビッグタイトルもありませんから。ウチでの週間一位はまず間違いないでしょうね」

どことなく言葉に棘《とげ》があった。

「ひょっとして出来レースみたいな書籍販売は、浜口さんのお気に召しませんか」

「とおんでもない」

浜口は慌てた素振りで首を横に振る。

「いつも統価会さんにはお世話になっております」

「まあ、お互いに利のある話です。ウィンウィンでやりましょう」

反省堂のような大型書店に並べば、それだけで相当な宣伝効果になる。どうせ快くは思われていないだろうが、しばらくはビジネスパートナーとして反省堂と手を切るつもりはない。

エレベーターに向かう途中で自費出版のポスターを目にした。

『あなたの本を出版します。企画、添削指導から出版まで。気軽にお申し出ください』

「御社でもされているんですよね、自費出版。出版不況の折ですが、申し込む人はいるんですか」

「不況でも好景気でも自費出版を希望されるお客様は一定数いらっしゃいます」

「皆さん、そんなに作家に憧れるものなんでしょうか」

「そういう方もいらっしゃいますけど、最近は自分史を紙媒体で残しておきたいという方も少なくありません」

「そんなもの、読むのは自分だけでしょう。千部も刷ったら、他にいったい誰が読むのやら」

話している最中、梨田は急に言葉に詰まる。

何だ。

沼田会長の自叙伝である『改革者の倫』も、とどのつまりは自費出版ではないか。統価会の資金で出版し、統価会の信者に無理に買わせる。熱心な信者でなければ読まれもしない本が百万部単位でゴミと化していく。

思わず変な笑いが口から洩れた。

「どうしたんですか」

「いや、失敬。他人の自費出版を笑えた義理じゃありませんでした」

「梨田さんも自費出版をお考えなんですか」

「生憎、文学とやらには、とんと興味がないものでしてね」

「出版部長さん、ですよね」

「興味を持つ者が必ずしもその仕事に就くとは限らないでしょう」

口にはしないが、梨田自身は統価会の教義や沼田の半生に何の興味もない。興味があるのは、どこからどれだけカネを吸い取れるかだけだ。

「わたしたち書店員は割合に本好きが多いですね」

浜口はエレベーターの壁に貼ってある本屋大賞のポスターを指差した。

「この本屋大賞、『全国書店員が選んだ　いちばん！　売りたい本』というのが惹句になっているでしょう。売りたい本というのは、やっぱり自分が好きな本なんです」

エレベーターで一階まで下りると、浜口は正面入口まで送ってくれた。

「では本が搬入されたら、いつもの場所に並べておきます」

統価会関連の本は各地区の反省堂書店に信者が出向き、その場で手売りをするシステムだ。統価会にとっては販促活動、信者にとっては絶好の奉仕活動になる。

「ではよろしく」

店から出て数分、梨田はあることに気づいた。浜口が示した本屋大賞の惹句、『全国書店員が選んだ　いちばん！　売りたい本』についてだ。

『売りたい本というのは、やっぱり自分が好きな本なんです』

売りたい本があるというのは、別の言い方をすれば売りたくない本もあるという意味ではないか。

浜口は営業スマイルを顔に貼りつけたまま、暗に統価会の本など売りたくないと言いたかったのではないか。

だが、不思議に梨田は浜口を憎めなかった。

2

統価会本部に戻り、駐車場に専用車を停めた時、ボンネットに駆け寄る人影があった。

梨田は舌打ちをする。思った通り、人影は崎山光輝だった。

「待ってましたよ、梨田部長」

目の前に現れたのでは逃げる訳にもいくまい。梨田は大袈裟に驚いてみせた。

「藪から棒にどうしたんですか、崎山さん」

「どうしたもこうしたもないでしょう。もう何度も一度会って話がしたいと申し入れているのに、全然お目通りが叶わない」

「聞いていませんね。多分、何かの行き違いでしょう。わたしが崎山さんの面会希望を無視するはずがない」

梨田は専用車から降りると、崎山を相談室へ招き入れた。外見は普通の応接室だが、防音仕様になっており結構な大声を上げても外に洩れないようになっている。

「さて、どんな用向きですか」

崎山が訴えたいことなどとうに見当はついているが、わざととぼけてみせる。交渉ごとは先に感情的になった方が負けだ。

「単刀直入に言います。もう『改革者の倫』は書きたくない」

やはりそうきたか。

自分の予想が見事に的中したものの快感は微塵もなく、ひたすら鬱陶しい限りだ。

「何か執筆を妨げる出来事でもありましたか。もしわたしで解決できる内容なら可及的速やかに対処しますが」

「俺が嫌なんですよ」

崎山は机を叩かんばかりの勢いで言う。

「あなたに依頼されてから十五年頑張ってきたけど、もうゴーストライターなんてやりたくないんです」

崎山光輝は信者ではない。十五年前、梨田がヘッドハンティングして統価会出版部に雇い入れた専属のゴーストライターだった。

大著『改革者の倫』は沼田栄法が自身の手で書き上げた自叙伝的な性格を帯びている。素人の筆ながら戦後の混乱期を綴った内容は非常に読ませると評判だった。

しかし統価会が政党を作り、沼田自身が忙殺されると執筆速度が鈍ってきた。元々はアマチュアであることも手伝い、第6巻からは代筆の必要に迫られるようになった。

沼田本人の気が進まないにも拘わらずシリーズを継続させるのには無理がある。だが本の売り上げが丸ごと教団の懐に入るシステムは手放したくない。そこで梨田が即座に思いついたのはゴーストライターに執筆させる案だった。

ちょうどその頃、梨田が知る信者の一人がこんな話を持ち込んできた。

『ヒットに恵まれない作家くずれがいる。今、勧誘すればあっさり代筆しそうだ』

新人賞を獲ってデビューしたものの、その後は鳴かず飛ばずだった小説家。それが崎山だった。デビューと同時に勤めを辞めて専業作家を目指したが、当時は公共料金さえ碌に払えない状況が続いていた。

ゴーストライターを欲する統価会とカネを欲する崎山の運命的な出逢いだ、と思った。

実際に書かせてみればまだ生硬さの残る文章がいい塩梅に素人臭く、沼田の自著と紹介しても誰も疑わない。当の沼田も崎山に代筆させることを快諾し、以降『改革者の倫』が続刊される運びとなった。統価会には出版の度に莫大なカネが舞い込み、崎山には四百字詰め原稿用紙一枚につき五千円の原稿料が払い込まれる。両者蜜月の状態が今後も続いていくはずだったのだ。

「いったい何が不満なのですか。ゴーストライターだから崎山さんの名前を出す訳にはいかないが、出版の際には二百万円をお渡ししています。もし金銭面での不満なら、原稿料を上げてもいいのですよ」

「カネの問題もあるが、それだけじゃない。他人の自叙伝やインチキなスピリチュアル本を書くのが耐えられなくなったんです」

崎山の言うインチキなスピリチュアル本というのは、やはり統価会から定期的に出版されている〈生霊の告知シリーズ〉のことだ。自叙伝とは別に、沼田会長がイタコとなって物故した著名人の声と仕草を届けるシリーズで、こちらも巻を重ねてはや五年になる。外部からは荒唐無稽だの劣悪なパフォーマンスだのと中傷されているが、要は会員たちが購入してくれれば目的は達成するので、梨田は気にも留めていない。

「『改革者の倫』の自画自賛は書いていて虫唾が走るようになりました」

崎山は出版部に所属していながら信者ではないので、沼田会長の言動を悪し様に批判する。他の信者が聞いたらただでは済まない。

「まるで沼田会長がマハトマ・ガンジーかダライ・ラマみたいな扱いで、しかも百ページに一回の割合で神がかった奇跡を起こす仕様になっている。あんなの自叙伝じゃない。ただの俺TUEEEファンタジーじゃないですか」

俺TUEEEというのがどんなジャンルの小説なのか寡聞にして梨田は知らないが、何となくニュアンスは伝わる。どんな内容にせよ、書き続けるのが苦痛な小説なのだろう。

「〈生霊の告知シリーズ〉はもっとひどい。リンカーンやらケネディやらの霊を憑依させるだけでも噴飯ものの企画なのに、最近では早逝した歌手やアイドルを呼び寄せて統価会の歌を歌わせている。あれはスピリチュアルどころかギャグじゃないですか」

「崎山さんは統価会の信者ではないから、そう考える。奇跡というものは大掛かりになればなるほど滑稽に近づいていく。奇跡を信じて、壮大な法螺《ほら》を信じられる人間こそが信仰に救われるのです」

「それって、バカだから与太を信じるって意味ですよね」

「あなたの物言いはいちいち即物的ですね」

「現実的と言ってください。まあ、宗教団体の中にいて現実的な話をしても詮無いことなんですけど」

何だ、分かっているじゃないか。

梨田は胸の裡で頷く。他の誰あろう、己こそが教団幹部の中では一番現実的であり、それゆえに寡黙を貫いているのだ。

宗教は最も効率のいいカネ儲けに過ぎない。カネ儲けだからこそ集金システムが確立しており、先行投資があり、各種グッズがあり、利益配分がある。売るモノは幻想であり、教祖はイメージキャラクター、客を満足させてその対価を得るという点で他の商売と何ら変わるところはない。

「しかしですね、崎山さん。プロの作家だって毎度毎度自分の書きたいものを書いているわけじゃないでしょう。中には意に染まぬ企画でも、生活のために仕方なく引き受ける仕事があるでしょう」

「それでも自分の名前で本を出している。いくらベストセラーを出しても自分の名前で書いてなけりゃ、書店で平積みにされていても空しいだけだ」

「では崎山さん。あなたの名前で書いた本を出版して、どれだけ売れると考えていますか」

梨田は直球と思える質問をぶつけてみた。案の定、崎山は不快そうに顔を顰めてみせる。

「あなたはデビュー作ですら売れなかったそうじゃありませんか。あれから十五年、今更崎山光輝の名前を憶えている読者がどれだけいますかね。残酷なことを言うようだが、折角出版しても在庫の山を抱えるのが関の山でしょう」

「沼田会長名義の本はタンスの肥やしになっている」

タンスの肥やしか在庫の山か。究極の選択じみた話になるが、ベストセラー作家の虚名を賜るだけでも前者に意味があるのではないか。

「たとえ売れなかったとしても、俺は自分の魂を残しておきたいんです」

売れもしない本を出版する側の身にもなってみろ。口から出かかった言葉を喉の辺りで止めておく。

「カネではなくプライドの問題でしたか。しかしプライドで飯は食えませんよ」

「あなたは作家の気持ちを全然理解していない」

そんなものを理解したいとは思っていない。

「互いの妥協点を探しませんか。わたしたちは崎山さんの文才が欲しい。崎山さんはプライドを満足させたい。それなら当会の機関誌に『作家崎山光輝』として別の著名人と対談していただくというのはいかがですか」

「そうじゃない。そうじゃないんだったら」

崎山は聞き分けのない子どものように身を捩《よじ》って否定してみせる。

「ゴーストライターで統価会の本を出すのも、機関誌でドヤるのも、結局は統価会内の話でしかない。俺は自分の名前を文芸誌や全国紙の広告ページに載せたいんです。統価会の会員以外に俺の本を読んでほしいんです」

本音は承認欲求か。梨田は合点がいくなり腰が砕けそうになった。

信者の中にも承認欲求を拗らせている者は少なくない。自分は社会から認められていない。誰も自分を必要としていない。そうした悩みをきっかけに入信する者は引きも切らない。幾度かそうした信者から悩みを打ち明けられた梨田には食傷気味のネタでもある。

そして食傷気味だからこそ回答も用意している。名誉に勝るものは、結局のところカネしかない。

「困りましたね」

梨田は本当に困ったような顔をしてみせる。

「どうやら統価会は崎山さんのプライドを満足させられないようです。では、当会が何を提供すればゴーストライターを継続してくれるのですか。この仕事がなくなれば、あなたの収入源は皆無になる。生活費がなければ執筆活動にも影響が出るでしょう」

ようやく崎山の表情が緩んだ。

「まず二千万円欲しい」

いきなり具体的な金額を提示してきたか。

崎山の年収は四百万円だ。収入源がゴーストライターの報酬だけなので、梨田にはガラス張りだ。

『たとえ売れなかったとしても、俺は自分の魂を残しておきたいんです』

大言壮語を口にしながら、ちゃっかり年収五年分のカネを要求してくるところなど、やはり小悪党の域を出ない。物書きとしても悪党としても小粒な人間だと思った。

「五年だけ、統価会関連の本を書くのを猶予してほしい」

「その五年間で崎山光輝畢生の大作を仕上げるつもりですか」

「長らく自分の小説を書いてこなかった。リハビリ期間を含めれば、それだけの日数が必要になる」

五年間も出版を中断させて堪るものか。今や書籍出版は統価会の定期収入となっている。教団の運営を継続するには不可欠の財源であり、五年も中断しては教団本部の職員に給料すら払えなくなる惧《おそ》れがある。

「つまり五年間の有給休暇という訳ですか。ずいぶん恵まれた環境ですね」

「何と言ってくれても構いません。俺にしてみればこの十五年、統価会に奉仕した当然の報酬だと思っています」

「なかなかに受け容れ困難な条件ですね」

「要求を聞き入れてくれなければ、こちらにも考えがあります。『改革者の倫』は第6巻から全て俺がゴーストライターをして書いていたことをマスコミに暴露しますよ」

そうくるか。梨田は感情がだんだん冷えていくのを感じる。

「タレコミですか。あまり上品とは言えませんね」

「『週刊春潮』辺りにタレコミすれば、すぐに会って話を聞いてくれるでしょうね。何しろあの週刊誌は統価会を目の敵にしていますから」

「自分のしているのが恐喝行為であるのは理解していますか。カネを懐に入れれば、あなたは恐喝罪に問われる」

「俺が恐喝罪で訴えられるのと、沼田会長の著作のほとんどがゴーストライターによるものであるのを暴露されるのと、どちらのダメージが大きいですかね。やさぐれた言い方になりますけど、俺には失うものがない。だけどそっちは失うものが多過ぎる。違いますか」

ふん。交渉のイロハくらいは知っていたか。

梨田が沈黙しているのを見て、崎山は自分が優位だと思ったらしい。余裕の表情を浮かべて腰を上げた。

「いくら出版部長でも、この場で即答できるとは思っていません。返事は明日で結構ですよ」

「性急ですね」

「俺も追い詰められていたんです。この十五年間、ずっと。それじゃあ色よい返事を期待してますので、よろしく」

崎山はこちらを小馬鹿にするように、ひらひらと片手を振って相談室を出ていった。

さあ、どうしてやろうか。

後には心が昏く冷えた梨田だけが残された。

3

小説家花王子《はなおうじ》貴光《たかみつ》の死体が発見されたのは七月十日、自宅の書斎兼教室だった。通報したのは花王子が開いている小説講座の受講生で、約束の時間に訪問すると玄関ドアが開錠されたままだったので教室まで進入したのだと言う。

第一報を受けて所轄の強行犯係と機捜が到着し、庶務担当管理官の判断で警視庁捜査一課の臨場と相成った。

専従になった麻生班では例のごとく明日香が臨場を命じられる。

「班長。被害者が著述業だからってわたしに振るの、いい加減やめてくれませんか」

「まあ、そう言うな」

出動前、麻生はこちらの機嫌を伺うように言った。

「毒島さんと一番相性がいいのは高千穂なんだから」

「誰があの捻くれ者と相性がいいんですか。いくら班長でも怒りますよ。一種のセクハラです」

「しかしな、あの人と二年以上コンビが続いているのはお前だけだ。これを相性がいいと言わずして何がいいと言うんだ」

相性がいいのではなく、単に明日香が我慢をしているだけなのだが、麻生はなし崩しに毒島とのコンビを固定化させようとしている。逆らってはみるものの、他に手を挙げる者もいないのでずるずると流されているのが実状だった。

現場で検視官や鑑識係の話を聞いていると、毒島が姿を現した。

「やあやあやあやあ、お待たせ」

遅れて臨場しても、まるで悪びれない様子にまず腹が立つ。

「あ、高千穂さん、怒ってるのかな怒ってるのかな」

「別に」

「脱稿したのが三十分前だったんだよ。電話もらってから一気呵成に書き上げてさ」

「捜査には何の関係もありません」

「殺されたのが花王子さんと聞いて二の足を踏んだのも事実なんだけどさ。そこはまあ公務員だから被害者に分け隔てなく」

「被害者と知り合いなんですか」

「とおんでもない」

毒島は滅相もないというように頭を振る。

「名前を聞いている程度だよ。できればお会いしたくない種類の人」

明日香は歩行帯を進む毒島に続き、判明している事実を伝える。

「発見は本日午前九時。講座の生徒さんが通報してきました。検視官の話では死亡推定時刻は昨夜午後六時から八時までの間。発見が遅れたのは花王子さんが一人住まいだったからです」

書斎兼教室にはまだ死体が転がっていた。書斎と言ってもキッチンを改装し真ん中に長机を置いただけの代物で、書棚には申し訳程度の書籍が収まっているだけだ。死体は頭から血を流し、机に突っ伏していたと言う。

「凶器はクリスタルガラス製の灰皿。指紋は拭き取られた跡があります」

死体の後頭部は石榴《ざくろ》のように割れていた。傷口からは夥しい出血があり、机の上にも血《ち》飛沫《しぶき》が残っている。

「致命傷は後頭部の一撃で」

「死体の状況は別にいいからさ、机の上に載っていたものを見たいな。何かが置いてあった跡がある」

「別にいいって、そんな無責任な」

「死体は検視官が徹底的に調べてるんだから、今更僕が見たって何も新発見はないでしょ。僕が見るべきは他の皆が見ないもの。で、机の上には何が置いてあったの」

「原稿です」

毒島の不遜ぶりは相変わらずだが、慣れるものでもない。明日香はむっとしたが他の捜査員の手前、何とか堪える。

「死体の顔は原稿用紙の上に突っ伏していました」

「じゃあ、その原稿を見せて」

「一番上の原稿は血飛沫で文章がまともに読めなくなってますよ」

「いいよ。どうせ小説講座に転がっている原稿なんて、血塗れでなくたって読めるような代物じゃないんだから」

いつか人の恨みで殺されるのではないかと思うが、毒島なら返り討ちにするだろうから同情する余地もない。

鑑識から血塗れの原稿を受け取ると、毒島は手袋を嵌めた手で一枚ずつ捲《めく》っていく。三百枚ほどの原稿を十五分ほどで読み終えてしまった。

「それだけの枚数、全部読んじゃったんですか」

「全部は読まないよ。目が滑るしね。チェックだけならすぐに終わる」

明日香も原稿を検める。表紙には『来世の契り　崎山光輝』とある。各ページとも血飛沫が飛んでいると思ったが、よく見ると血ではなかった。

「これ、赤ペンですよね」

「うん。ほぼ全ページ朱が入っていて、まるで吐血状態。ひょっとして死体の近くに赤ペンが落ちてなかったかな」

「落ちてました。ただし、被害者の指紋しか検出できませんでしたけど」

「花王子さん、添削作業の途中だったんだよ。最後に朱が入ったページが血塗れになっている」

「小説講座の先生は添削指導までするんですか」

「それくらいしなきゃ月謝を取れないだろうからね。講師として最低限のお仕事」

どことなく険のある言い方に引っ掛かった。

「毒島さん、被害者には面識がないという話でしたよね」

「できればお会いしたくない種類の人って言ったでしょう」

毒島は不味いものを食べた直後のように舌を出す。

「大昔には本も出していたけど、ここ二十年ほどは書店で著書を見かけない」

「売れない作家さんなんですね」

「うーん。作家というよりは業界ゴロみたいな扱いされてるねえ。講座の受講生を文学賞の受賞パーティーに潜り込ませてタダ飯食わせたり、自分の既刊を書評サイトでべた褒めさせたりとか、悪評たらたら」

「そんな悪評たらたらなのに、講座に人が集まるんですか」

「小説の書き方を教わろうなんて人は、大抵切羽詰まってるからね。最初から講師の人格を見極められる人は少ないよ」

その時、鑑識係の一人がポリ袋を携えてやってきた。

「被害者のスマホ、台所のテーブルにありました」

ずいぶん不用心な犯人だと驚いた。被害者は文章添削の最中に背後から殴殺されている。つまり犯人は被害者の顔見知りに相違ない。それなら携帯端末には己の情報が入っているはずであり、置き去りにしていくとはあまりに迂闊ではないか。

「パスコードは本人の生年月日、１０２８で解除できました」

言われた通りのパスコードを打ち込むと、即座に画面が開いた。毒島は迷う素振り一つ見せず、次々に画面をタップしていく。

「やっぱり予定が入っている」

「何の予定ですか」

毒島の背中越しに見れば、カレンダーが表示してある。

『7月9日、pm6:00~pm8:00　教室にて崎山氏に原稿添削指導』

昨夜、つまり七月九日の午後六時から、花王子は崎山と会うことになっていた。指定されている時間帯は死亡推定時刻である午後六時から八時までの間に、ぴたりと重なる。

「早くも容疑者確定じゃないですか」

展開の呆気なさに、明日香も不用意な声を上げる。

「わざわざ毒島さんが臨場するまでもなかったですね」

「そうとも限らない」

毒島の口から出ると何げない言葉が否応なく不穏に聞こえるのは何故だろう。まさか容疑者の身柄を確保した上で、いつものようにねちねちといびり倒すのが最終目的というのではないか。

「毒島さん、この崎山光輝という人も知っているんじゃないですか」

「いや、さすがに知らない。知らないけど妙に引っ掛かってさ」

「引っ掛かったら、すぐ検索ですよ」

明日香は自分のスマートフォンを取り出し、早速崎山の名前を検索してみる。

「出ました。この人、ちゃんとした作家さんじゃないですか」

「僕は聞いたことがないなあ」

「十五年前に新人賞を獲ってますけど、デビュー作で終わっちゃったみたいですね。毒島さんがデビューするずっと以前だから知らないのも道理ですよね」

喋っていて自分で気がついた。デビューして十五年の崎山が、どうして花王子から文章添削を指導されなくてはならなかったのか。毒島とコンビを組んでからというもの、売れない作家の悲哀は山ほど見聞きしてきた。おそらく再デビューかブレイクを賭けて乾坤一《けんこんいっ》擲《てき》の新作を書き上げ、細部を仕上げたかったのだろう。

「きっと捲土重来《けんどちょうらい》を目指していたんでしょうね」

皮肉と嘲笑と理屈でできているような毒島だが、実は努力を続ける者には意外に優しい。崎山にも共感するかと観察してみるが、毒島は薄笑いを浮かべるだけだ。

「捲土って土煙を上げるほどの激しい勢いって意味なんだけどね。果たして、この作品にそんな勢いがあるかどうか」

おや、と思った。今回は努力する者にも皮肉な見方をする。明日香の顔色から悟ったのだろう。毒島は説明を加えた。

「文章がね。どうにも」

「でも、新人賞を獲ったプロの文章なんですよね」

「それがさ、妙な方向に書き慣れてるんだよね」

間もなく、二人は死体の第一発見者である田上紹子《たがみしょうこ》から話を聞くこととなった。本日午前九時から作品講評の予定が入っていたと言う。なるほど花王子のスマートフォンにあるカレンダーにも、その旨が記録されている。

「死体発見の状況は他のお巡りさんに伝えたんですよね」

「はい」

「僕は別のことが訊きたいですね。たとえば花王子さんの人となりです。どんな教え方をしていましたか」

「どんなって、他の教室のことを知らないので比較ができないんですけど」

「基本的な文法はともかく、皆さんの書くジャンルにまで言及しましたか」

「ああ、それはありました。数ある新人賞でも、ビッグタイトルを狙うのならジャンルは自ずと限られてくるって」

「それでも自分の好きなジャンルに拘る受講生さんもいらっしゃるでしょう」

「いますいます」

田上は何故か嬉しそうに答える。

「先生はそういう人には厳しかったですね。俺の言うことを聞かないヤツは一生予選落ちだって、頭ごなしに怒鳴るんです」

一度話し始めると、後は一気にまくし立てた。

「文章や漢字の使い方も、〈花王子メソッド〉というのが決められていて、それに従っていれば間違いないと言うんです。で、少しでもメソッドから外れた書き方をすると、『だから最終選考まで辿り着けないんだ』って散々にこき下ろすんです」

聞くだにパワハラめいた指導法だと思った。田上が嬉しそうに話すのも、幾分かは告発のつもりなのかもしれない。

「崎山光輝という受講生はご存じですか」

「先週から入会した人です。ずいぶん前にプロデビューした人だと紹介されました」

「ほお、プロの作家さんですか。プロなのに、今更小説講座に通っているんですか」

「崎山さんは受講よりも添削指導が目的だと聞いています。何でも畢生の大作を完璧なかたちに仕上げたいと息巻いていましたから」

自身の推理が正しいと証明され、明日香は少し気持ちがいい。

カレンダーを確認すると、確かに崎山は先週も教室を訪れている。田上の証言は信じてもよさそうだ。

鑑識の追加報告では、玄関から教室に至るまでは複数の不明指紋と毛髪が採取されたと言う。自宅を講座の教室にしている以上、受講生の出入りは当然だった。従って、その中に崎山のものが紛れていたとしても何の不思議もない。

「スマホの中に受講生の連絡先一覧がある。早速、崎山何某に事情聴取してみようよ」

毒島はネットで紹介された名店に出掛けるような気軽さで言い放つ。


崎山の自宅マンションは郊外にあった。駅から遠く、低層住宅の続く中にあって、そこだけ異彩を放つ高層住宅だった。

当該の部屋を訪ねてみたものの、どうやら留守らしくインターフォンは何の反応も示さない。

「勤め人じゃないから、この時間でも在宅しているはずなんですけどね」

最前確認したところ、集合ポストには郵便物が溜まっていなかった。少なくとも昨日は在宅していたと考えるべきだ。

「一階に戻ろっか。エントランスの隅に管理人室があったはず」

果たして管理人がいたので訊いてみると、崎山はしばらく留守にすると言い残していったらしい。

「緊急の連絡先を聞いています」

管理人が差し出したメモには住所と電話番号が控えてある。現場に向かおうと覆面パトカーのナビゲーションで検索して、明日香は驚いた。

ナビゲーションが示した場所は何と宗教法人統価会総本部の所在地だった。

「統価会かあ。俄然、話が面白くなってきたじゃない」

当惑する明日香を尻目に、毒島はお気に入りのオモチャを見つけた子どものように弾んだ声を上げる。


東京メトロの駅から徒歩三分。都心でもこれだけ広い面積が確保できるのかと明日香は驚嘆する。官公庁の建物でもないのに、野球場がすっぽり入るような敷地いっぱいにパルテノン神殿を思わせる巨大建築物が威容を誇っている。まさに近代建築による大伽藍《がらん》といったところか。

「とても立派な総本部ですねえ」

明日香が溜息交じりにこぼすと、横にいた毒島は底意地の悪そうな顔で口角を上げる。

「うんうんうん、立派立派。立派過ぎて逆に醜悪」

「どうしてですか」

「成金とか、ぽっと出の権威とかまず例外ないんだけどさ。出自が後ろ暗かったり劣等感抱えたりしている組織って、建物や催事をとにかく派手にしたがるんだよね。これ、貧相な肉体を見られたくなくて豪奢な着物で着飾るのと同じ理屈。うふふふふ」

受付で警察官の身分を提示すると別室に案内された。待つこと五分、現れたのは出版部長の肩書を持つ男だった。

「梨田と申します。崎山光輝さんの件で訪ねてこられたようですね」

「昨日発生した事件の関係者として崎山さんを捜していました。自宅には戻らず、しばらくこちらに寝泊まりすると連絡があったと聞きました」

「事件。いったい何が起きたのですか」

毒島から事件の概要を説明されると、梨田は記憶を巡らせるように天を仰いだ。

「では事件が起きたのは昨日七月九日の午後なんですね。でしたら崎山さんは無関係と申し上げる以外にありません」

「梨田さんが崎山さんのアリバイを証明してくれる訳ですか」

「彼はウチの出版部に籍を置いてましてね。昨日は正午頃から総本部に泊まり込みで仕事をしていました。自宅はおろか買い出しにも行けず雪隠《せっちん》詰めの状態ですよ」

昨日正午から一歩も外に出ていないのであれば、崎山のアリバイが成立する。

「崎山さんは統価会の信者なのですか」

「信者ではありませんが、出版部の職員です。信者でなければ雇用しないというのは、人材確保の面から考えても得策とは言えません」

「素晴らしい」

毒島は我が意を得たりとばかりに手を叩く。だが、傍から見れば統価会の方針を小馬鹿にしているようにしか映らない。正面に座る梨田も、いささか気分を害したかのように見える。

「出版部で崎山さんはどんな仕事をしているんですか」

「主に添削ですね。何しろプロの作家さんですから、そうした作業はうってつけでしょう」

その崎山本人が小説講座の講師に添削指導を受けていたのだから、これ以上の皮肉もない。明日香は危うく苦笑しそうになる。

「因みに崎山さんが添削指導をしている本は何ですかね」

「沼田会長の『改革者の倫』第24巻ですよ。十月刊行を目指して関係各位、頑張っています」

「崎山さん本人にも話を伺いたいのですが」

「聞いていませんでしたか。現在、添削も含めて関係各位作業に没頭しています。彼のアリバイはわたしが証言したではありませんか」

「捜査にご協力ください」

梨田もなかなか能弁だが、押しの強さで毒島の右に出る者はいない。

「いや、彼は作業中と」

「天下の統価会ともあろうものが、職員一人のわずかな時間を捻出することができませんか」

「長時間は困りますよ」

「ご心配なく。確認だけですから」

梨田が席を立ち、入れ替わるかたちで別の男が姿を見せた。

「お待たせしました。崎山光輝です」

痩せぎすで頬の肉も削げ落ちている。着ている服も垢抜けない。明日香が抱く「売れない作家」のイメージ通りなので、声が出そうになった。

だが、先に声を上げたのは崎山の方だった。

「あれ。毒島さんって、あの毒島真理さんじゃないですか。どうして、こんなところに」

さすがに同業者には名前が通じるらしい。毒島はいつもの通り、警察のアドバイザーと説明してから話を進める。

「花王子さんの事件は、さっき出版部長から聞きました。昨日、教室に行く予定だったので、正直驚いています」

「ドタキャンしたんですね」

「こちらの編集作業のスケジュールが大幅に遅れているので、急遽お呼びがかかったんです。自分の都合を優先させる訳にもいかないので、花王子さんの方をキャンセルした次第です」

「先方に連絡を入れましたか」

花王子のスマートフォンに、昨日付けでの崎山との交信記録は見当たらなかった。もし連絡を入れたと証言すれば偽証、もしくは花王子が何らかの理由で削除したことになる。

「いやあ、それが出版部長に拉致同然に連れてこられて、そのまま作業に入ってしまったので連絡せずのままなんです。もし連絡を入れていれば、花王子さんの事件も様子が変わっていたんじゃないかと思うと後悔しきりですよ」

「崎山さん、ここしばらく新作を出していないようですね」

途端に崎山の表情が曇る。

「ええ、まあ、なかなか企画が通らず」

「今回、花王子さんの添削指導を受けているのは十五年ぶりの著作ですよね。それよりも統価会の仕事が優先しますか」

「何しろ給料をもらっていますからね。我がままを言えた義理じゃないんです」

「義理を優先させるような代物なんですか、あなたの十五年ぶりの新作というのは」

毒島が崎山を挑発しているのは明らかで、相手もそれを感じていないはずがない。しかし崎山は感情を爆発させることなく質問に答える。

「俺は信者じゃありませんけどね。ここは統価会の総本山です。こんなところで働いていれば、それなりに使命感も生まれますよ。毒島先生だって、各版元さんとの付き合いは契約書だけじゃなく、義理人情で書く時があるでしょう」

「それは否定しません。口約束が優先するような前近代的な業界ですしね。しかし既にデビュー済みの崎山さんが、改めて他人の添削指導を乞うというのはよほどのことだと思ったものですから」

「毒島先生のように次々と新刊を出している作家には理解できないでしょうね。十五年も自分の本を出していないと不安でしょうがないんですよ。作風は今の時代に合っているのか。文体は古びていないか。文章は乱れていないか。それこそ投稿時代より臆病になっています」

聞いていて分かるが、声の調子が一変した。社交辞令でも謙遜でもなく、心の底から溢れ出た本音のように思えた。

「俺としては背水の陣で書き上げたという自覚があります。だからこそ他人の目を通して完璧なものに仕上げたいんですよ」

「統価会の職員として勤務しているにも拘わらず背水の陣というのは少し違和感がありま

すが、まあいいでしょう。では梨田さんが証言しているように、九日の正午から総本部の外に一歩も出なかったのは本当なんですね」

「ええ」

「梨田さん以外に証明してくれる職員さんはいますか」

「作業部屋に招き入れてくれたのは出版部長だけで、俺も個室でひたすら添削作業に没頭していたんで、他にはいませんよ。でも出版部長は第三者です。第三者の証言があれば、それで充分でしょう」

「入退館の記録はありませんか」

「ありません。これが入館証ですからね」

崎山は襟に付けられたバッジを指差した。

「統価会のシンボルマークなんですけど、信者と単なる職員では色違いになっています。このバッジさえあれば自由に出入りできますが、毒島先生たちのような部外者は正面玄関でチェックが入る仕組みです」

ふんふんと頷いていた毒島は、やがて興味を失くしたかのように席を立った。

「捜査へのご協力、ありがとうございました。今後もよろしく」

「え。今後もって」

「今日のところは退散します。その前に、統価会が出版している書籍を拝見したいのですが」

「四階に図書館があります。統価会の出版物全てが所蔵されているはずです」

最前まで統価会を小馬鹿にしていた男がどういう風の吹き回しかと思ったが、明日香は毒島の後についていく。

建物の外観と同様、図書館も大した規模だった。天井が高く、脚立がなければ天辺の棚に手が届かない。区立図書館並みの蔵書数ではないのか。

毒島は迷う素振り一つ見せず、教団関連本の棚に進む。取り出したのは『改革者の倫』第1巻だった。だが一冊を熟読するのではなく、ぱらぱらとページを繰って何ごとかをチェックすると、すぐに次の巻に手を伸ばすという読み方だった。そのため最新刊まで読破するのに、ものの一時間と要しなかった。

「なるほどね」

斜め読みにしか見えなかったのに、毒島は満足そうに図書館を後にする。総本部から出たタイミングで、明日香は問い掛けた。

「さっきのあれ、何だったんですか。何をなるほどと納得してたんですか」

「崎山さん、自己分析はできてるんだよね」

いきなり何を言い出したのかと思った。

「『作風は今の時代に合っているのか。文体は古びていないか。文章は乱れていないか』。崎山さんが不安がった内容は全部当たっているよ。今の読者層や出版界が彼の新作を歓迎するとはとても思えない」

毒島は花王子の自宅兼教室で既に崎山の原稿を読んでいる。だからこその分析なのだろうが、やはり崎山には辛辣なのが気になる。

「言っておくけど、僕は『改革者の倫』の話をしているんだよ」

「あれは沼田会長の書いた本じゃないですか」

「いいや。十中八九、あれは崎山さんの筆だよ。5巻までは沼田栄法本人の自筆かもしれないけど、6巻からはまるで文体が違っている。別人だよ。しかもその文体は崎山さんのそれと非常に似通っている。センテンスの切り方や独特の言い回しもそうだけど、何より『閑話休題』とか『左様なら』とかの言葉選びは、そうそうお目にかかれるものじゃない」

「崎山さんはゴーストライターだったということですか」

「宗教法人の出版物なんて信者以外は誰も読まないし、読んだ信者は教祖様に批判なんて畏れ多くてできないから有難がるだけ。だから十五年書き続けたところで批判する者も本音で感想を言う者もいないから、一向にレベルは上達しない。それでも枚数はこなしているから書くこと自体は苦にならない。妙な方向に書き慣れてると僕が言ったのは、そこなんだよ」

「でも、文体が似ているというだけで崎山さんがゴーストライターというのは、穿《うが》ち過ぎじゃないんですか」

「彼、『十五年も自分の本を出していないと不安でしょうがない』と言ってたでしょ。言い換えたら、他人名義の本は書いていたって意味じゃないの」

「あ」

「問題は、崎山さんに花王子殺害の動機があるのかないのか。更に、梨田出版部長が証言している崎山さんのアリバイは信じていいのか悪いのか」

「崎山さんを疑っている根拠は何なんですか」

「十五年目のブレイクを目指している小説家が、自分の原稿よりも代筆原稿を優先させるなんて有り得ないからだよ。しかもそれが宗教本ときた日にゃ。おおっと」

毒島は大袈裟に自分の口を押さえてみせる。

「最後のひと言は、あくまで僕の個人的感想」

「宗教本のどこがいけないんですか。いつだったか毒島さん、どんな本だって売れるに越したことはないって言ってたじゃないですか」

「もう五、六年前かなあ。ある晩、通りを歩いていたらさ、丸の内署の傍で中年のおじさんが通行人に声を掛けてるんだよ。タダでもいいから持っていってくれって。見たら三十冊ばかり本を抱えていて、それが全部『改革者の倫』」

「三十冊。それをタダで配ってたんですか」

「信者がノルマを達成するべく買わされたはいいものの、処分に困ったんだろうね。捨てる場面を別の信者に目撃されたら後で糾弾される。かと言って信者以外に売れるものでもないし、あの調子じゃ親戚筋にも敬遠されて贈ることもできない。するとタダで配るしかなくなる。三十冊分の書籍代を支払い、親戚から疎まれ、通行人からは白い目で見られながら教祖の本を配る。そういう本の売れ方が好ましいかどうかだよね」

毒島は問い掛けるようにこちらを見る。答えは考えるまでもない。

「信者以外は読まず、ノルマを割り当てられ、収益のほとんどは教団の懐に入る。いや、事によると信者さえまともに読んでいないかもしれない。そんなもの本でも何でもない。ただのお布施だよ」

その後の鑑識報告によれば花王子宅付近に防犯カメラは設置されておらず、犯行時刻に誰が立ち寄ったかを確認することはできなかったという。ただし鑑識課は別の有意義な物的証拠を見つけてくれた。

4

任意出頭に応じた崎山は、取調室に入っても落ち着かない様子だった。ただし毒島は相手の都合に合わせる気など毛頭ないらしい。

「添削作業は終わりましたか」

「三日かかってやっと終了しました」

崎山は恨みがましい視線を毒島に向ける。

「自宅に戻って、自分の原稿に手を付けた途端、警察からお呼びが掛かりました。総本部でお話しした内容では不充分だったんですか」

「いや、今日は本について語り合いたいと思いまして」

そう言って机の上に出したのは、『改革者の倫』第23巻だ。

「この23巻、崎山さんは添削指導とかしているんですか」

「いえ、この巻までは何もしていません」

「それなら思う存分、批評できます。一度、同業者と感想を闘わせたかったんですよ」

「はあ」

崎山は気乗り薄の体で頷く。当然だろう。警察から任意出頭を求められ、出向いてみれば本の感想を語り合いたいと言われるのだ。困惑するのも無理はない。

「まず崎山さんは、この巻についてどう思いましたか」

「自叙伝としては素晴らしい作品だと思います。そうでなければ23、24と巻を重ねることはできないでしょう」

「いやあ、購読者が信者に限定されて、しかも一人当たりの購買ノルマが決められているなら売れるのは当たり前です。はっきり言っちゃえば全編真っ白、表紙だけの本だって売れる」

崎山は不快そうに黙り込む。もし崎山が『改革者の倫』のゴーストライターであれば当然の反応だろう。

「自叙伝というのは多分に自己陶酔の文章になるものだけど、『改革者の倫』は殊にその傾向が顕著。信者ならともかく、部外者が読むと鼻持ちならない。教祖も信者も選民意識の塊《かたまり》で、『世界を救うのは我』とか『キリスト以来の救世主』とか『百億人の中から選ばれた神の因子』とか、もうギャグの世界。ところがこんなギャグを、当の本人たちが鵜呑みにしているのがとても興味深い。普通に社会生活を営んでいて自己肯定感を満たされている者なら鼻で笑っちゃう内容。それを真剣に読めるんだから、いかに信者たちが承認欲求のバケモノであるかを如実に表している」

「『改革者の倫』は自叙伝であるとともに一種の啓蒙書なので、いくぶん過剰な表現になるのは仕方ないでしょう」

「うんうんうんうん。啓蒙書。なるほどね。ただ過剰な表現ということだけど、『改革者の倫』は全巻に亘って表現が稚拙。特に第6巻以降がひどい」

崎山の眉がひくひくと引き攣《つ》り出した。

「その時々の社会情勢に絡めていち宗教家の半生を綴るという狙いは分かる。ただ如何せん文章表現の稚拙さがテーマを殺してしまっている。第5巻までは素人の筆ながら異様な迫力で読ませるけど、第6巻からはそれも失速。文章自体は読みやすくなっているけど、それは記号を多用しているから。で、記号の多用によってマンガ原作みたいな読み心地になっている」

「具体的に言ってください」

「一例を挙げればさ、エクスクラメーションマーク（！）やクエスチョンマーク（？）が、ほぼ一ページに一カ所以上もある。ちゃんとした疑問文にすればいいのに、マーク一つで片づけているからどうしたって文章が軽くなる。アクション多め、スリルとサスペンス満載の小説ならまだしも、自叙伝や啓蒙書で使う手法じゃない。それより深刻なのは三点リーダー（…）の多用でね。思わせぶりに使っているけど、キャラクター造形が浅いからただの思わせぶりで終わっている。要するに心情の表現力がないから記号で誤魔化しているだけなんだよ。マンガにはフキダシで記号を多用する作家も少なくないけど、あれは絵とコマ割りで心情表現できるジャンルだから許されている。一般小説で記号の多さだけ真似したって同じ効果が得られるはずないんだけど、多分書いている本人は気づいていない。仮に気づいていたとしても楽だから、ついやっちゃう」

話の途中から崎山の顔色がどんどん凶暴に変わっていく。正面に座っていて分からないはずはないのだが、毒島は歌うように『改革者の倫』をこき下ろし続ける。

「うん、本人が気づいていないというのが最大の問題。所詮、会長様万歳の信者しか買わないから無批判だし、巻によって売れ行きが違うなんて現象も生まれないから書いている本人には何のフィードバックもない。フィードバックがないから稚拙な文章と浅いキャラクター造形が手癖になっていて、一般読者の読み物たり得ていない。つまり、書籍のかたちをしたお布施」

「お布施と言いましたか」

「うん。おカネを払えば信者の手元に残るからお守りの一種かもしれない。だから言ったじゃないの。全編真っ白、表紙だけでも売れるってのはそういう意味。お守りは外装だけで充分、中を開いてお札の文章を確認する人なんてそうそういないじゃない。それと一緒だよ」

「いくら同業者だからって、言っていいことと悪いことが」

「同業者なんて露ほども思っちゃいないよ」

崎山が興奮すればするほど、毒島は挑発的な言葉で更に煽る。これまでに明日香が幾度となく目にしてきた光景だ。傍から見れば、どうしてこう易々と毒島の挑発に乗せられるのか不思議に思うだろうが、見慣れた明日香にはおよその見当がついている。

毒島は己の欲求が満たされずに歪んでいる者を的確に見極めるのだ。そして満たされない部分にかえしのついた銛《もり》をぶち込む。貫かれた相手は銛を抜こうと抗っても抜けず、毒島から解放された後も苦しみ続けるという寸法だ。

「正直言うとさ、一冊読むのに五分もかからなかった。読みやすかったんじゃなくて、文章の特徴をチェックするだけでよかったから」

「そんな斜め読みで、あの作品の真価が分かるものかあっ」

「真価ねえ」

毒島は崎山に顔を近づける。

「本当に真価が知りたければコミケにでも出展すればいいよ。おそらくどんな同人誌よりも売れない。一冊五百円でも無理。在庫の山を宅配業者に委ねて、とぼとぼ帰宅するのがオチだから」

「もう一度言ってみろ」

言葉より早く右手が毒島の襟首を捕まえていた。

いいぞ、もっとやれ。

「人の書いた作品を目の前で腐して何が面白いんだ」

「おや。第23巻まで崎山さんは関与していなかったんじゃありませんか」

崎山はしまったという顔で手を離す。

だが、もう遅かった。

「あなたは約束の時間、花王子さんの教室で添削指導を受けていた。そこで今と同じような指摘を受けたんじゃありませんか。添削に慣れた人間なら、僕がしたような指摘は誰だって思いつく。花王子という人は自分ちの受講生にも殊の外厳しい人だったみたいだから、プロ作家を名乗るあなたには尚更だったでしょう」

「俺にはアリバイがあるのを忘れたのか」

「そのアリバイを証明してくれるのは梨田出版部長一人だけでしょう。彼が共犯もしくは事後共犯なら、そんな証言に何の意味もない。第一、花王子さんを殺したのはあなた以外に考えられないんだよ」

「証拠でもあるのか」

「鑑識が見つけてくれました。花王子さんはあなたの書いた原稿の上に突っ伏していました。そのため一番上の原稿用紙は血塗れ。ところが仔細に調べてみると、花王子さんの頭は原稿用紙からいったん離され、もう一度同じ場所に置かれた形跡がある。これが何を意味するのか分かりますか」

　問われた崎山は表情を凍り付かせる。

「小説を書いている人には分かるでしょう。殺《あや》めた相手の血で原稿が汚れている。慌てて原稿用紙を退《ど》かそうとするのは、それが自分の原稿であった場合くらいなんです。凶器が現場にあった灰皿であることからも、犯行は衝動的なものであったのが見て取れる。だから、あなたは触れてはならないものに触れてしまった。もっとも元々あなたの原稿にあなたの指紋が付着しているのは当然なのだけど、衝動的な犯行だったから咄嗟に手が出たというのが真相でしょう」

　崎山は宙に浮いていた手を力なく落とす。

「ゴーストライターとして書いた『改革者の倫』を腐されて、あの怒りようだ。十五年ぶりに自分の名前で書いた新作を貶されたら堪ったものじゃないでしょう」

「ひどい言い種でした。書いた本人を前にして、よくもあんな罵詈雑言が吐けるものだ。ひょっとしたら他人の原稿の欠点を論《あげつら》うのが趣味なんじゃないかとまで疑いましたよ」

　崎山は花王子に言われたことを一つ一つ再現して聞かせた。話しながら涙ぐんでいたので本当に悔しかったとみえる。

「彼の受講生さんが気の毒になったくらいです。きっと毎日言葉の暴力で人格を全否定されているんでしょうね」

「いやあ、それはどうでしょうか。あの先生、自分の指示に従う人にはそれほどでもなかったみたいだから」

「俺にはキツかったです。花王子さん自身が売れない作家だから、同族嫌悪でもあったんでしょうか」

「花王子さんがあなたの原稿に難癖をつけたのは、多分他にも理由があります。崎山さん、あなたは統価会の関係者であることを花王子さんに教えたんじゃありませんか」

「『改革者の倫』のゴーストライターであるのは隠しましたけど、統価会から度々お呼びが掛かるので関係者だとは伝えました」

「花王子さんは二世信者なんですよ」

初耳だったらしく、崎山は素直に驚いていた。

「昔、母親が統価会に入信してから家庭が崩壊したんだってさ。返済できない借金をこさえて土地家屋は売却。それでも返しきれなくて父親が自殺。まだ高校生だった花王子さんは、そりゃあ苦労したそうでね。著作の中には明白に統価会を批判した内容のものがある。教団関係者であるあなたに辛く当たったのも、大部分はそのせいだよ。つまりね」

毒島は溜めに溜めたものを吐き出すように言う。

「あなたを追い詰め、あなたに人を殺めさせたのは、結局統価会だったという訳です。うふ、うふふふふ」

「あうう」

ひと声呻いてから、崎山は茫然自失の体でいた。

供述調書を作成し終えた明日香は、ずっと抱えていた疑問をぶつけることにした。

「毒島さん、あのことについては尋問しませんでしたね」

「何がさ」

「梨田さんがアリバイを偽証した件です。あれは『改革者の倫』のゴーストライターが崎山さんであるのをネタに脅されての結果なんですか」

「ああ、ゴーストライターであるのを黙っていてやる代わりに自分のアリバイ作りに協力しろって話ね」

「そうじゃないんですか」

「まあ、ありがちっちゃありがちな話なんだけどさ。十五年も新作を出していない物書きが暴露したところで、果たして統価会にそれほどの脅威になるかという問題はあるよね。統価会ほど組織力と資金力があればマスコミ対策もきっちり立てられるだろうし、そもそも著名人の著書にゴーストライターが関与しているのはそんなに珍しい話じゃない。聞き書きを自認している自叙伝があるくらいだし」

「だったらどうして」

「梨田出版部長が法に触れてまで崎山さんの口を押さえようとしたのには、別の理由があるんだよ」

統価会総本部に捜査が入ったのは、その日の午後だった。

「何ですか、あなたたちは。許可のない入館はお断りします」

一階フロアにいた職員は警備員たちに合図をするものの、彼らも制服警官の姿を認めると一歩も動こうとしない。

「不法侵入です。通報しますよ」

「申し訳ないのですが、こっちは通報を受ける側なので」

先頭を歩く毒島は職員の猛攻撃もどこ吹く風で進んでいく。他の警察官の応援があるとは言え、明日香は後ろをついていくのが精一杯だった。

「そもそも統価会そのものが公安からマークされているのを、あなたたちもご承知でしょう。大火傷したくなかったら不必要な抵抗はしないことですよー」

「いったい何のつもりですか、毒島さん」

エレベーターホールで立ちふさがったのは梨田だ。

「崎山さんが花王子さん殺しを自供したのですよ。つまりあなたの証言は偽証だったことになる。ここに立ち入ったのは捜査の一環です。はい、これが捜査令状」

「待ってください。わたしの偽証が問題になるのなら出頭しますよ。総本部に強制捜査をかける必要はないでしょう」

「まああああ。ここでは他の職員さんや信者さんたちの目があるので、箱の中で話しませんか。それがいいそれがいい」

抵抗を試みようとする梨田に有無を言わせず、同じエレベーターに引き入れてしまう。

「あ、あなたね。いくら警察だからって権力の濫用《らんよう》じゃないですか」

「濫用かそうでないかは捜査対象によるでしょうね。賢明なあなたのことだ。僕が何を疑っているのか、とうに見当がついているんじゃないかしら」

梨田は言葉に詰まった様子だった。

毒島が最上階のボタンを押したが点灯すらしない。

「やっぱり最上階には限られた者しか行けないシステムですか。じゃあ梨田さん、よろしく」

不承不承、梨田がＩＣチップ入りらしいカードを昇降ボタンに翳《かざ》すと、ようやくエレベーターが動き出した。

「あなた、どこまで知っているんだ」

「自供によれば、崎山さんは教団関連本について五年間の執筆中断と二千万円の口止め料を要求したそうですね。ただこれ、恐喝としては条件が緩過ぎるんです。まず二千万円なんて統価会にしてみれば鼻クソみたいな金額でしょう。次にゴーストライターを五年間中断する件ですが、これだって他の書き手を探してくれれば済む話です。崎山さん程度の書き手なら馬に食わせるほどいますからね。従って、崎山さんの出した条件は決して梨田さんを縛るようなものじゃない。それにも拘わらず崎山さんのアリバイ作りに加担したのは、事件絡みで統価会総本部に捜査の手が入るのを恐れたからです」

梨田からは何の反論もない。

やがてエレベーターは最上階に到達する。

「おそらく、梨田さんたちが隠していることは崎山さんも知らないんでしょうね」

「あんな物書きくずれに誰が教えるものか。そのくらいのリスクマネジメントは持ち合わせている」

廊下を歩いていると突き当たりに、天井に届くほどの鉄扉に護られた部屋が現れた。すっかり観念した様子の梨田が扉の端末に顔を近づける。

『梨田出版部長。確認しました』

電子音声に少し遅れて両側の扉が開く。

明日香はその光景に息を呑んだ。

贅を尽くした内装に囲まれ、中央には棺が安置されていた。ただの棺ではない。蓋がガラスかカーボンの透明素材でできているので中が丸見えになっている。

雑誌でよく見かけた人物が横たわっていた。紛れもなく沼田栄法その人だった。

既に他界していたのか。

「ええっと。顔に霜が降りているところをみると冷凍保存ですよね。いつからですか」

「九年前から」

「沼田会長には子どもがおらず、さりとて幹部には会長ほどのカリスマ性を持つ人がいませんでしたね」

「知っているのは奥方と限られた幹部だけだ。今までも会長を催事に出さなかった。写真は合成で誤魔化した。後継者問題を解決する前に会長の死を公にすることはできなかった。そうなれば統価会は大混乱に陥る」

「たちまち起こる派閥争いと組織の分裂。統価会が母体となっている政党にも影響は避けられない。ついでにあなたも今の立場が危うくなる」

「発表を遅らせるだけでよかったんだ」

「だからと言って死体を冷凍保存とは。レーニンや毛沢東じゃあるまいし。あ、でも彼らも広い意味ではカルト集団の教祖みたいなものだものなあ。うふ、うふふ、うふふふ」

梨田の身柄を確保した後、明日香は捜査本部に向かう途中で訊いてみた。

「毒島さん、統価会には容赦なかったですね」

「そうかい」

「事件の本筋を追うだけなら梨田の偽証を自供させれば済む話だったのに、どうして沼田会長の死まで暴こうとしたんですか。まさか公安が目を光らせている宗教法人を壊滅させるのが目的だったとか」

「宗教法人ねえ」

毒島はいつものように含み笑いを交えて言う。

「あれのどこが宗教法人なんだか。多くの人間を不幸に陥れて尚、嬉々として活動を続けられるなんて宗教団体でも何でもない。ただの詐欺師集団だよ」

この物語がフィクションだったらいいのになぁ。

本書は「小説幻冬」２０２２年6月号～２０２３年3月号
の連載に、加筆・修正したものです。

〈著者紹介〉
中山七里（なかやま・しちり）　1961年生まれ、岐阜県出身。『さよならドビュッシー』で第8回「このミステリーがすごい！」大賞で大賞を受賞し、2010年1月デビュー。同作は映画化もされベストセラーになる。他に『連続殺人鬼カエル男』『贖罪の奏鳴曲』『総理にされた男』『作家刑事毒島』『護られなかった者たちへ』『彷徨う者たち』『有罪、とAIは告げた』『ヒポクラテスの悲嘆』『鬼の哭く里』『ドクター・デスの再臨』など著書多数。

作家刑事毒島の暴言
2024年9月20日　第1刷発行

著　者　中山七里
発行人　見城 徹
編集人　石原正康
編集者　壷井 円　武田勇美

GENTOSHA

発行所　株式会社 幻冬舎
〒151-0051 東京都渋谷区千駄ヶ谷4-9-7
電話：03(5411)6211(編集)
03(5411)6222(営業)
公式HP：https://www.gentosha.co.jp/

印刷・製本所　中央精版印刷株式会社

検印廃止


Printed in Japan
ISBN978-4-344-04351-0 C0093

この本に関するご意見・ご感想は、
下記アンケートフォームからお寄せください。
https://www.gentosha.co.jp/e/